KB043004

포식의 군주

포식의 군주 2

초판 1쇄 인쇄일 2016년 12월 24일 | **초판 1쇄 발행일** 2016년 12월 28일

지은이 풍류랑 | **펴낸이** 곽동현 | **담당편집 팀장** 이범수
편집부 신연제 이윤아 홍현주 김유진 조서영

펴낸곳 (주)조은세상 | **출판등록** 제 2002-23호
주소 경기도 연천군 미산면 청정로 1355
TEL 편집부 02)587-2966 | FAX 02)587-2922
e-mail bukdu@comics21c.co.kr

풍류랑 ⓒ 2016
ISBN 979-11-5832-812-5 | ISBN 979-11-5832-810-8(set) | 값 8,000원

포식의 군주

풍류랑 현대판타지 장편소설

NEO MODERN FANTAS STORY

2

북두
㈜좋은세상

CONTENTS

포식의
군주

포식의 군주

1. 인연

한편 여탕에서는 묘한 신경전이 벌어지고 있었다.

비누칠을 위해 탕 밖으로 나온 은숙은, 농염한 나신을 맘껏 뽐내는 중이었다. 비누거품으로도 가릴 수 없는 눈부신 굴곡이 유화의 시선을 블랙홀처럼 잡아당겼다. 서양인에 가까운 모델같은 체형은 남녀를 떠나 보는이의 경탄을 불러 일으키기 충분했다.

"우리 여기 자주 오면 좋겠다. 솔직히 씻는 거 너무 불편하지 않니?"

유화는 아직까지 탕 속 이었다.

괜히 밖으로 나갔다가 비교당할 것 같은 생각에 섣불리 일어설 수 없었다.

'뭐야 확대 수술이라도 한건가? 왜 저렇게 가슴이 커?'

유화의 시선이 머무는 장소를 의식한 은숙이 선제적 대응을 해왔다.

"하! 원래 다음 달 쯤에 축소 수술이라도 받아볼까 했었는데…."

"네? 무슨 축소요?"

"가슴 말이야. 이게 너무 크니까 어깨도 결리고 허리에 부담 가더라고. B컵 정도면 옷 빨두 잘 받고 얼마나 좋니? D는 니가 봐도 에바지? 사실 중딩 때부터 속옷 사는 게 제일 힘들었어. 알지? 국산제품은 빅 사이즈 잘 안 나오는 거. 있어두 무슨 줌마스러운 스타일 뿐이더라구."

"…그, 그런가요?"

유화가 이젠 턱밑까지 몸을 감추었다.

'씨뎅. 자랑 질은… 내가 빅사이즈가 나오는지 안 나오는지 어찌 알아!'

가슴을 몬스터 등급에 빗대면 자신은 고블린이다.

은숙은 오우거 쯤 되려나?

유화의 하체는 운동으로 다져 탄탄한 반면, 가슴은 대한민국 평균밖에 되지 않았다. 학점으로 치면 더없이 높지만, 볼륨으로 견주면 한없이 낮다.

그녀가 속으로 궁시렁대고 있는데 은숙이 기습적으로 질문을 던졌다.

"수현이 어떤 것 같아?"

"네? 이수현요?"

"응. 귀엽지 않니? 하아, 내가 두 살만 어렸어도 확 꼬시고 싶더라니까? 그 왜 아이돌 누구 닮지 않았어?"

"전 곱상한 스타일은 별로에요."

"왜, 요새 둘이 잘 어울리더니?"

"그거야 동생이니까 그렇죠. 딱히 남자로서 매력을 느끼는 건 아니에요."

"역시 태랑이 쪽이 더 낫지?"

"그렇… 네?"

유화가 화들짝 놀랐다. 속마음을 들킨 기분에 더욱 부끄러워 졌다. 이젠 거의 눈만 나올 정도까지 물속으로 처박혔다.

"야, 너 좀 있으면 잠수 하겠다?"

"엡읍윽!"

자기도 모르게 대답하려던 유화는 물을 마시고 켁켁 거렸다.

"푸하―!"

"물 마셨니?"

"갑자기 말 거시면 어떡해요!"

"갑자기는 무슨 계속 얘기하고 있었는데?"

"흠!"

"너 솔직히 말해. 태랑이 좋아하지?"

"…아직 모르겠어요."

"사실 전부터 눈치 채긴 했는데 아까 동물원에서 확 느껴졌어. 아! 좋아하는 남자가 위기에 처하니까 호랑이도 때려잡는 여자구나 유화는, 하고."

"놀리지 마시죠?"

"놀리는 거 아닌데? 뭐 딱히 잘생긴 편은 아니지만 얼굴은 그만하면 됐고, 뭣보다 능력자잖아."

"능력자?"

"태랑이 가진 힘."

"해골병사 소환하는 거요? 에이, 그 뼈다구들 제가 한방만 쳐도 부서지던데? 요샌 뭐 좀 쌔진 것 같긴 하지만서두."

"태랑의 진짜 힘은 그게 아니지. 사실 그렇게 따지면 잘은 몰라도 태랑보다 더 강한 사람들도 많을 거야. 안 그래? 너만 해도 그렇고…."

"그래도 태랑 오빤 '특성 포식' 이란 능력을 가지고 있잖아요."

"그건 성장하는데 오래 걸리잖아. 나도 곰곰이 생각해 봤는데 특성이 수천 가지가 넘는다면 꼭 태랑이 가진 능력이 최고라고 볼 순 없지 않을까? 가령 순간이동을 자유자재로 한다든지, 투명인간으로 변신하거나, 혹은 염동력을 부린다든지… 이런 특성들도 전혀 꿀릴 것 같진 않는데?"

"듣고 보니 또 그렇네요?"

"내 생각에 태랑이 가진 진짜 힘은 미래를 알고 있다는 거야. 단순히 아는 정도가 아니라, 바뀐 세상에서 어떻게 하면 살아남을 수 있을지 완벽하게 파악하고 있다는 거지. 이 세상의 설계자나 마찬가지니까."

"그렇죠."

"…그래서 오히려 걱정이야."

"뭐가요?"

"너무 부담 갖을까봐서. 태랑은 자신이 살아남기 위해서 싸운다고 말은 하지만 시간이 지날수록 점점 지쳐 갈 거야. 아무도 모르게 세상을 구한다는 게 쉬운 일은 아니니까."

"맞아요. 저도 생각해봤는데 조금 억울할 수도 있을 것 같아요. 이렇게 힘들게 싸우고 있어도… 결국 아무도 몰라주겠죠?"

"그렇다고 인터넷에 막 떠벌일 수도 없잖니. 세상엔 별의별 사람들이 다 있으니. 괜히 맨이터들 표적이 될지도 모르고."

"그런 사람들 오기만 하라 그래요. 제가 아주 혼구녕을 내줄 거에요."

"그래. 그래야지. 그리고 너무 뜸들이지는 마."

"네?"

"나쁜 사람만 오진 않겠지. 어쩌면 수현이처럼 좋은 사람들도 우리에게 올 수도 있잖아."

"그야 그렇죠. 앞으로 동료를 구한다고 했으니까요."

"근데 그 동료가 네 또래의 여자애라면?"

"네?"

"혹시 태랑의 능력을 보고 반할지도 모르잖아. 와, 이 남자 정말 멋있구나 하고. 그런데 쏠로다? 한번 들이대 볼까? 하지 않을까?"

"히잉…."

"확실하게 해, 태도를. 확실하게."

"네…."

"그리고 뭣하면 내가 가르쳐 줄 수도 있어."

"뭘요?"

"남자를 유혹하는 법."

"돼, 됐거든요? 저 아직 순진하거든요?"

"흐응. 뭐 그거야 어려서 그런 거야. 고기 맛도 모르는 사람에게 어떻게 말로 설명할 수 있겠니?"

"저, 저 먼저 나가볼게요!"

황급히 여탕을 나가는 유화를 은숙이 불러 세웠다.

"애! 그냥 가면 어떡하니?"

"왜, 왜요?"

"등 좀 밀어주고 가."

"……."

힘겨웠던 대공원 레이드이후, 태랑 일행은 한동안 정비의 시간을 갖기로 했다. 각성한 뒤부터 강행군을 거듭해온 탓에 체력이 바닥까지 떨어져 있었다.

의욕 넘치게 시작했던 대공원 레이드에서 풀려난 맹수와 클레이 골렘 등의 돌발 변수에 큰 낭패를 볼 뻔도 했다. 태랑은 그것이 자신의 조급함에서 비롯되었다고 생각했다.

가끔 필드를 돌며 자잘한 몬스터들을 사냥하기도 했지만, 그것은 음식물이나 필요한 물품을 구할 때 뿐.

63빌딩 공략은 닥치는 대로 싸우기만 한다고 해결될 문제가 아니었다. 그것은 긴 싸움이었고, 시작부터 착실하게 기반을 다질 필요가 있었다.

당장 급한 것은 근거지 확보.

PC방은 인터넷이 된다는 장점이 있지만, 사람이 오래 거주하기엔 부족한 점이 많았다.

일단 취사도 어려웠고, 무엇보다 남녀가 섞인 상태로 계속 혼숙을 할 순 없는 노릇이었다. 차라리 남자끼리라면 모를까. 은숙와 유화에겐 여러가지로 불편하고 곤욕스러울 것이다.

새로운 거주지를 찾는 고민은 의외로 쉽게 해결되었다.

"뭐야, 5층에 가정집이 있었어?"

상가건물 4층 위로는 철문으로 막혀있었는데 알고 보니 건물주가 기거하는 가정집이었다. 잠긴 철문을 따고 들어가자 50평 크기의 달하는 넉넉한 공간이 나왔다.

베란다에서 옥상이 곧바로 이어지는 독특한 구조였다. 녹색의 방수페인트로 도포된 옥상은 화단처럼 깔끔한 인상을 줬다. 어떻게 보면 옥탑방 같기도 하고, 다르게 생각하면 마지막 층만 계단식으로 깎아 만든 것도 같았다.

"야, 이수현. 너희들 머리 위에 이렇게 좋은 집을 놔두고 PC방에서 일주일씩이나 보냈던 거야?"

"저흰 진짜 몰랐어요. 빌딩 전체가 상가 건물인줄 알고… 위에는 옥상이라 막아놨다고 생각했거든요."

"으이고. 이 주의력 부족한 것들. 등잔 밑이 어둡다더니… 아니네, 이 경우엔 천장 위가 어두웠네."

"어쨌든 잘 됐다. 집주인은 진즉 도망친 거 같으니… 어, 여기 도시가스 아니잖아? 가스렌지에 불도 들어오는데?"

도시가스는 인베이젼 당시 누출을 우려해 대부분 차단된 상태. 다행히 본 건물은 LPG가스를 통으로 때다 쓰는 모양이었다. PC방처럼 전기와 인터넷도 통하는데다, 수도에 가스까지. 근거지로서 조건은 완벽에 가까웠다.

"방이 네 개니까 나눠쓰자."

"사람은 다섯인데 어떡하죠?"

"나랑 한모씨가 둘이서 제일 큰 안방을 쓸게."

"오, 그러면 되겠네."

"그럼 다른 사람들은 방 하나씩 잡는 걸로."

왠지 무단 점거하는 분위기지만, 집주인이 되돌아오는 일은 없을 테니 안심이었다.

근거지 기반을 마련한 태랑은 커다란 서울시 지도를 거실에 걸어두고 공략 루트를 정교히 다듬는데 몰두했다. 포스트 잇을 활용해 군데군데 상세한 설명을 적어 붙이고, 침핀을 꽂아놓고 색실로 연결하여 동선을 잡았다. 흡사 첩보작전을 방불케 하는 디테일이었다.

유화와 은숙은 살림솜씨를 발휘하여 밖에서 구해온 음식재료들을 차곡차곡 쌓았다. 둘은 세탁물 처리도 전담했는데 매일 속옷을 갈아입을 수 있다는 사실만으로 뛸 듯이 기뻐했다. 쓸모없는 집기를 옥상에 내놓고, 집안 공간을 재구획하는 것 역시 여성들의 몫이었다. 평범했던 가정집은 점차 헌터 사무실처럼 구색을 갖추기 시작했다.

한모는 무기를 전담했다. 식량을 구하러 가는 길에 철물점을 들러 대형 해머와 쇠 파이프 따위의 둔기류(?)를 구비하고, 일식집 창문을 깨고 들어가 사시미도 챙겼다. 용접봉으로 무기를 자체제작하기도 했는데, 쇠사슬 끝에 낫을 달아 만든 사슬낫과 철봉 양단에 단검을 붙여 만든 양날창 등 신박한 물건들을 많이 만들었다.

전직 조폭 출신이라는 장점이 유감없이 발휘되는 순간이었다. 은숙과 한모의 작업과정을 보면서 조선시대에 태어났으면 필시 대장장이가 되었을 사람이라고 평했다.

대학 전공이 컴퓨터 공학인 수현은 자연스럽게 인터넷 게시판 담당이었다.

'레이드(Raid) 사이트는 급속도로 규모가 커져 현존 최대의 생존자 포털로 변모한 상태였다.

처음엔 그저 게시판 한개 달랑 있는 조촐한 수준이었지만, 서버 유실을 우려한 IT전문가들이 전국에서 원격으로 머리를 맞댔다. 미러링(Mirroring)기술을 통해 데이터를 중복 저장하고, 기능하는 서버들을 당겨와 트래픽을 분산하는 등 한 달이 채 안 되는 사이 엄청난 발전이 이루어졌다. 졸지에 일자리를 잃어버린 프로그래머들과 웹디자이너들의 잉여노동력이 발전적으로 수렴한 사례였다.

게시판에 올라온 글을 하나씩 정독하던 수현은 거실에서 휴식 중인 일행들에게 소리쳤다.

"태랑이형! 이것 좀 보셔야 할 것 같은데요?"

"왜? 뭐 새로운 소식 있어?"

"클랜 모집 공고가 떴는데요?"

"클랜?"

사람들이 우르르 모니터로 몰려들자 수현이 게시글을 클릭했다.

〈쿤겐클랜 회원 모집〉

지금껏 살아남은 생존자 여러분께 찬사를!

본 쿤겐클랜은 이제 생존을 뛰어넘어 몬스터의 완전박멸을 추구하고 있습니다. 클랜원은 모두 일곱이지만, 스텟합

30이 넘는 강자들로 이루어져 있습니다.

보다 강해지고 싶으십니까? 가족의 복수를 꿈꾸십니까?

도전하세요. 쿤겐클랜이 여러분을 기다립니다.

단, 조건에 부합되지 않는 사람은 지원을 불허합니다.

조건.

1. 포스+쉴드 스텟합 30이상인 분.

2. 탱커, 힐러의 특성을 갖추신 분.

(애매한 특성은 받지 않습니다.)

3. 군,경 출신 가산점.

4. 조화롭지 못한 성격, 이기적이며 유아독존인 스타일은 사양.

"뭐시여 이것들은? 클랜이라고? 웃기고 자빠졌네. 지금무슨 게임하는 줄 아나?"

"스텝합 30이 강자야? 내가 40 넘는데도 여기선 밑에서두 번짼데…."

은숙이 팔짱을 끼고 혀를 찼다.

태랑은 모집공고문을 빠르게 훑더니 소감을 말했다.

"…슬슬 시작 된 거야."

"뭐가요 오빠?"

"한 달이 지나면서부터 생존자들이 새로운 환경에 적응하는 거지. 혼자서는 힘들다, 강한 사람들끼리 뭉칠수록안정적인 사냥을 할 수 있겠구나, 라는 사실을 깨닫게 된거야. 앞으론 이런 클랜 모집글이 빗발 칠거야. 처음에는

19

이동문제로 인근지역기반이지만 나중엔 전국구 클랜까지 등장해."

"정말요?"

"참, 그리고 말이 나와서 말인데 스텟합 30이면 지금 각성자 중엔 상위 5% 안에 드는 수준일걸? 그 이상일지도 모르고."

"정말? 그렇게 높아?"

"당연하지. 아직 스킬도 못 받은 사람이 태반이니까. 몬스터를 피해 남쪽지방으로 내려간 사람들은 무늬만 각성자일 뿐이고… 현재 포스 쉴드 합쳐 10포인트 이상을 쌓은 경우는, 부여받은 특성이 굉장히 좋았다거나 A급 몬스터를 잡던 중 재수 좋게 스킬차크라가 떨어진 경우지."

"하긴 보통 사람들이 C급 몬스터를 사냥하긴 무리겠다. 몬스터가 쓰는 스킬이나 공략법도 잘 모를 테니."

"그렇지. 지금은 B급도 버거워야 정상이야. 클랜원을 확대하려는 이유도 인해전술로 어떻게든 해보려는 거겠지."

"그럼 오빠, 우리 정도면 정확히 어떤 수준이에요? 수현이 빼곤 다들 스텟합 40은 넘잖아요."

태랑이 잠시 생각하더니 대답했다.

"상위 1%쯤? 아니다. 3등급 아티펙트에 특성, 포스까지 고려하면… 유화정도면 우리나라에선 100위권 안에 들지도…?"

"진짜요?"

"햐~ 나는 1%만 들었다 해도 기분 좋은데? 수능 칠 때 말곤 뭐든 1%안에 든 건 오랜만이라."

"우아, 은숙이 누나 공부 잘했네요?"

"뭐야! 가슴 크니 무식해 보이니?"

"아, 아니 제 말은 그게 아니고요…."

은숙과 수현이 시덥잖은 얘기를 주고 받는 사이 태랑이 한모에게 말했다.

"형님, 저희 슬슬 다음 레이드 준비해야겠어요."

"그려, 안 그래도 요새 며칠 쉬었다고 몸이 근질근질 하더라. 이번엔 어디로 가냐?"

"아이템 구하러 던전에 가볼까 해요."

"아이템?"

"저번에 구한 거석의 파편 있죠?"

"응, 돌덩어리 괴물한테 나온 거?"

"네. 그거랑 다른 아이템 두 개를 조합하면 골렘을 제작할 수 있거든요. 하나는 '에테르'라고 불리는 마력원이고, 또 하나는 '푸른 소금'이라 불리는 질료에요."

특정 아이템들을 재조합하면 전혀 효과를 발휘하는 경우가 있다.

본래 거석의 파편은 석갑 마법을 사용할 수 있는 아이템이었고, 에테르는 포스를 회복시키는 소모품, 마지막으로 푸른 소금은 마비독 계열의 해독약으로 쓰이는 물건이다. 그러나 이 세 가지 아이템을 한데 모으면 신기하게도 스톤 골렘 소환이 가능했다.

"괴물을 직접 만들겠다고?"

"네. 해골병사는 공격력에 비해 상대적으로 내구력이 약하잖아요. 그래서 탱커 역할을 전담할 골렘이 있으면 싸우는데 큰 도움이 될 것 같아요. 제가 가진 소환수 특성도 적용받을 수 있구요."

한모는 대공원에서 겨루었던 단단한 골렘들을 떠올렸다. 태랑이 약점을 알려주지 않았다면 분명 해치우기 힘든 상대였을 것이다. 그런 놈들이 아군이 된다? 확실한 이득이다.

"그라믄 접때 싸웠던 골렘들, 해골처럼 우르르 데리고 다닐 수 있는 거여?"

"아뇨. 조합재료가 생각보다 많이 필요해요. 스톤 골렘 한 마리 만들려면 거석의 파편 3개에다 에테르 2개, 푸른 소금 2개가 필요하고 클레이 골렘의 경우는 상위 몬스터라서 진흙의 정수 3개, 에테르 4개, 신비의 영약 2개가 필요하죠. 해서 당장 만들 수 있는 것은 스톤 골렘 한 마리 정도에요. 물론 제일 좋은 방법은 골렘 소환 스킬을 획득하는 건데 스킬을 얻는 건 순전히 운이니까."

"그렇구만. 하여튼 아이템만 많이 구해오면 골렘을 군단처럼 부릴 수도 있다는 말이제?"

"아무렴요. 조폭네크잖아요 제가."

"흐흐. 태랑이 많이 컷네? 내 앞에서 조폭 흉내도 다 내고?"

"아차. 농담입니다."

태랑 일행은 만반의 준비를 갖춰 레이드를 준비했다.

"선바위역이라고?"

"응, 물론 깊숙이 들어가진 않을 거야. 거기 보스는 D급이거든. 필요한 아이템만 구해서 빠져야지."

"D급까진 아직 무릴려나?"

"스킬레벨을 좀 더 올리던지, 아니면 포스를 30이상은 맞춰야 해. 안 그러면 공격이 먹히지 않거든."

아지트를 벗어나 선바위역까지 가는 길은 순조로웠다.

주변에 자잘한 몬스터들을 시간이 나는 대로 소탕해 놓았기 때문에 걸리적거릴 게 없었다.

역 근처에 도달하자 어디선가 소리가 들렸다.

주변에 몬스터들이 나타난 모양이었다.

"이거 싸우는 소리 아냐?"

"혹시 생존자들인가? 도우러 가자."

태랑 일행이 소리의 발원지를 향해 서둘러 달려갔다. 차들이 멈춰선 4차선 교차로의 한가운데 몬스터들과 사투중인 사람들이 보였다.

"받아라 괴물 놈들!"

호구(護具)를 받쳐 입은 사내가 진검을 휘둘러 오크를

베고 있었다. 장발머리를 뒤로 질끈 묶은 남자였다.

그를 선두로 하여 뒤에 세 사람이 더 있었다. 두 남자는 각기 각목과 자전거 체인을 들고 있었고, 여자는 후방에서 지원하는 포지션인 듯 멀찌감치 떨어져 있었다.

전투는 어느새 막바지에 다다랐다. 마지막 남은 대여섯 마리의 오크만이 특유의 글레이브를 들고 버티는 중이었다. 오크와 싸우던 무리는 갑자기 등장한 태랑 일행을 보고 경계하는 태도를 보이며 소리쳤다.

"오지 마! 이놈들은 우리 몫이다! 괜히 껴들면 재미없을 줄 알아!"

도와주려던 마음이 싹 가시게 하는 태도였다.

"이 자식들이 우리를 뭘로 보고…."

"형님, 일단 실력이나 보죠."

태랑의 만류에 한모가 들어 올렸던 쇠파이프를 내렸다.

각목과 자전거 체인을 든 청년들은 평범했다. A급 몬스터인 오크와 호각을 이루는 정도. 그러나 진검을 쥔 사내는 척 봐도 범상치 않은 움직임을 보여주고 있었다.

그는 공격을 거의 전담하고 있었는데, 다른 사람들이 한 마리씩 겨우 붙들고 있을 때 혼자 서너 마리는 너끈히 상대했다.

"헤이스트!"

후방에 있던 여자가 보조마법을 걸자 순간적으로 세 사람의 움직임이 빨라졌다.

"저게 뭐야? 갑자기 저 사람들 민첩해 졌는데?"

"헤이스트 스킬. 움직임을 가속시키는 마법이지. 주력으로는 살짝 아쉽지만 보조기로는 쓸 만 해."

헤이스트 마법이 걸린 검사가 폭주를 시작했다. 그는 순식간에 오크 3마리의 목을 썰어 버렸다. 같은 근접전사인 한모가 그의 움직임에 주목했다.

"폼을 본께 칼질 하나는 제대로 배운 놈 같은디? 예전에 일본도 들고 설치던 야쿠자랑 비슷하구만."

"아저씨 야쿠자랑도 싸워봤어요? 어떻게 됐어요 그래서?"

"시상이 어느 땐디 얄궂은 날붙이 가꼬 되겠냐?"

한모가 손가락으로 권총을 만들어 쏘는 시늉을 했다.

"요거 한방이면 끝이제. 국내선 못 쓰지만 서두 한일전 같이 국제 경기 뛸 때는 필수걸랑."

"역시… 아저씨는 제가 경찰됐으면 그대로 구속이에요."

"흐흐. 하마터면 쇠고랑 찰 뻔 했구마잉."

"그나저나 호구 입고 있는 거 보니 확실히 검도를 배운 사람 같아. 그렇다곤 해도 너무 센데? 오크가 A급 몬스터긴 해도 일격에 목을 치기 쉬운 상대는 절대 아닌데…"

녹색의 피부를 가진 땅딸막한 오크는 질긴 생명력이 특징이었다. 체력이 좋고 호전적인 녀석들은 A급 몬스터 중 밸런스가 잘 잡힌 편이라 어설피 덤볐다가 큰 코 다치는 경우가 많았다.

또 검술 실력이 제아무리 빼어나도 포스가 받쳐주지 않는 이상 결코 몬스터의 신체를 양단(兩斷)할 수 없다. 현실계의 물리력하곤 무관하게 포스가 약한 사람은 몬스터에게 타격을 줄 수 없기 때문이다.

포스가 10인 권투선수의 펀치보다, 포스가 20인 평범한 사람의 주먹질이 훨씬 강하다는 의미.

장발 검사의 질풍 같은 공격에 오크들이 모두 마무리 되었다. 차크라를 획득한 그들은 재빨리 스텟을 확인했다.

"오! 드디어 포스 12!"

"민준이 형은? 혼자 제일 많이 잡았잖아."

민준이라 불리는 검사가 대답했다.

"난 이제 15 넘었네. 보경아, 헤이스트 적절했어. 최고야."

"참, 저 사람들…."

네 사람이 천천히 태랑 일행에게 다가왔다.

자전거 체인을 빙글 돌리던 청년이 경계하는 태도로 물었다.

"댁들도 혹시 헌팅 중이쇼?"

"댁들? 하, 이 새끼가 아까부터 말하는 뽄새가…."

처음엔 싸우는 중이라 경황이 없었다 해도 지금의 태도는 명백한 결례였다. 한모가 고개를 좌우로 까딱 대며 한걸음 나아갔다.

"아야 꼬맹아, 말 짧게 했다가 목숨 줄 짧아졌다는 얘기 못 들어봤냐?"

"뭐? 지금 우리랑 해보자는 거야?"

"해는 새끼야, 진즉 머리위에 떴고."

분위기가 순식간에 험악해졌다. 그때 은숙이 한모 손을 붙잡았다.

"참아요. 한모씨."

"야! 너 뭐하는 거야! 얼른 사과 못해? 초면에 정말 죄송합니다. 동생들이 막 싸움을 끝내고 와서 흥분했나 봅니다."

장발의 검사가 검을 거두며 대신 사과했다. 민준이 저자세로 나오자 그를 믿고 우쭐하던 청년들도 별 수 없이 고개를 꾸벅 숙였다.

한모는 쉽게 기분이 풀리지 않았지만 태랑이 눈치를 보내자 일단 화를 누그러뜨렸다.

"저흰 지나가는 길에 혹시나 위험하나 싶어 도와주러 온 겁니다."

"호의 감사합니다. 많이 위험하지는 않았습니다."

예의가 바르면서도 자신감 넘치는 태도.

태랑은 문득 검사의 모습이 낯익은 데가 있었다.

'이상하다. 분명 오늘 처음 봤는데… 이 기시감은 뭐지?'

"실례지만 성함이… 참 저는 태랑입니다."

"조민준이라고 합니다."

민준. 검사(劍士) 조민준?!

태랑의 동공이 크게 확대되었다.

자신의 기억이 틀림없다면 이 자는 후에 몬스터와의 전쟁에서 엄청난 활약을 하게 된다.

해동검도 3단의 검술도장 사범이던 그가 받은 특성은 '무한의 검제.'

도검류 무기를 쓸 때 자신보다 포스가 낮은 상대를 무조건 벨 수 있는 사기에 가까운 권능을 부여 받은 각성자였다.

낮은 포스에도 불구하고 오크의 목을 단칼에 쳐낼 수 있었던 것은 그가 가진 특성 때문이었던 것이다.

'세상에! 민준은 분명 1년 뒤 열리는 [클랜마스터 대회의] 쯤에야 전면에 등장한 사람인데… 이런 곳에서 만나게 될 줄이야!'

태랑이 놀란 가슴을 진정시켰다.

민준은 자신이 몬스터 해방 전선에서 얼마나 큰 역할을 담당하게 되는지 전혀 모르고 있을 것이다. 하지만 이 자리에서 복잡한 얘기를 떠들어 봐야 설득시키긴 무리였다.

그때 민준이 자신의 동료들을 소개했다.

"여기 두 사람은 제가 평소 알고 지내던 동생들입니다. 그리고 저쪽은 제 여동생."

"…보경이라고 해요."

단발머리의 보경은 낯가림이 심한 스타일 같았다. 목례를 하는 둥 마는 둥 끄덕이더니 민준의 뒤에서 소매를 붙잡고 경계하는 눈으로 태랑 일행을 쳐다보았다.

그도 그럴 것이 태랑 일행에겐 한모가 제작한 살벌한 무기들이 들려 있었다.

특히 험악한 인상의 한모는 한손에 쇠파이프도 모자라, 어깨부터 사선으로 쇠사슬을 걸치고 있어 영화에 나오는 악당이라고 해도 믿을 만 했다.

"태랑, 통성명했음 제 갈길 가자. 뭣 헌다고 길가에 서가꼬 시간 끌어 쌌냐."

민준 일행에게 반감을 갖고 있던 한모가 탐탁찮은 목소리로 말했다. 민준의 사과로 겨우 화를 참긴 했지만, 계속 같이 있다간 조만간 폭발할 것 같았다.

그러나 태랑은 어렵사리 만난 민준을 이대로 보낼 수 없었다.

"혹시 몬스터 사냥중이면 같이 하시겠습니까?"

"네?"

"아까보니 레벨링하고 계신 것 같아서요. 저희랑 함께라면 더 낫지 않을까요?"

태랑의 갑작스런 제안에 민준이 잠시 양해를 구했다.

"혼자서 결정할 순 없으니 잠시 얘기 좀 나누고 오겠습니다."

민준이 물러나자, 은숙이 불만을 터뜨렸다.

"뭐야, 태랑! 그런 걸 갑자기 결정하면 어떡해? 사람이 너무 많아도 좋지 않다고 했던 건 너였잖아?"

"진짜 미안. 당장 설명하긴 복잡한데, 지금 저 민준이라는 사람 꼭 붙잡아야 돼."

"이유가 뭔데? 검을 잘 써서? 저치가 무슨 소드마스터라도 돼?"

"어떻게 알았어? 그게 저 사람 별명이야. 아니 별명이 될 예정이지."

"별명이 소드마스터라고?"

소드마스터 민준.

무한의 검제 민준.

앞으로 그에게 따라붙을 명예로운 호칭이었다.

은숙에 이어 한모 역시 한마디 했다.

"아니 민준이라는 애는 근다고치고, 옆에 떨거지들은 어쩔 건디? 싹수가 노란 것이 확 닭아 패블믄 속이 시원하겠구만."

"아저씨 다 들려요."

"들리믄 들으라고 해! 나가 지금 속에 천불나는디 태랑이 면을 봐서 참고 있는 것잉께. 왐마~ 뺀찌 구한모 승질 많이 죽었네."

"네, 알고 있어요. 고맙습니다. 어쨌든 민준을 만난 건 우리에겐 엄청난 행운이에요. 가장 동료로 삼고 싶었던 사람이었는데 도저히 만날 방법을 몰랐거든요. 원래대로면 1년 뒤에나 등장할 사람이라…."

"오빠, 근데 민준이라는 사람도 우리와 함께 하려고

할까요?"

"어?"

"생각해 봐요. 우린 각성 전부터 함께였고, 수현이는 부득이 홀로 남는 바람에 합류했지만 지금 저분에겐 동료들이 있잖아요. 굳이 우리랑 합칠 이유가 있을까요?"

"정 안되면 저 사람들까지 모두 끌어들이는 수밖에 없어."

"저 떨거지들까지? 그만큼 저 사람이 대단하다고?"

"응. 확실히."

그때 얘기를 끝낸 민준이 태랑에게 다시 돌아왔다.

"동생들이 사냥을 같이 해도 상관은 없는데 경험치에 손해를 보면 어쩌냐며…"

난색을 표하는 민준을 보며 태랑은 어이가 없었다.

적반하장이란 게 이런 상황에 쓰는 말인가?

지금 누가 아쉬운 입장인데… 하지만 태랑은 한번 더 접어주었다.

"경험치면 차크라 말인가요?"

"네, 레이드 게시판에서 그렇게도 부르는 사람들도 있더군요. 아무튼 차크라 배분 문제가 좀 걸린다는군요."

"그 부분은 걱정 마세요. 오크 같은 자잘한 애들뿐 아니라 B급 몬스터까지 상대할 수도 있으니까요. 강한 몬스터 잡으면 보상이 훨씬 큰 거 알죠?"

같이 온 민준 일행 중 한명이 놀라 물었다.

"B급이요? 지금 B급이라고 하셨습니까?"

레이드 게시판이 활성화 되면서 몬스터 등급에 대한 논의도 활발히 진행되었다.

통상 평범한 각성자가 1:1로 상대할 수 있는 개체를 A급이라 칭했고, 그 이상의 경우는 상대했던 각성자의 경험을 바탕으로 새롭게 등급이 설정되는 중이었다.

포식력 개념이 대두되기 전이었으므로 명확한 기준이 정해지진 않았지만, 통상 B급이라 함은 혼자선 절대 사냥 불가능한 개체로 여겨졌다.

"혹시 실례지만 다들 능력치가…."

"30은 다 넘습니다."

"헉! 몰라 뵈서 죄송합니다. 야, 이분들 대박이셔!"

방금 전까지 시건방지게 굴던 이들이 태도를 싹 바꾸는 모습에 은숙이 실소했다. 강자에게 약하고 약자에게 강한, 전형적인 소인배들.

전혀 신뢰가 가지 않았다. 어쨌든 태랑의 적극적인 구애로 민준 패거리와의 임시 동맹이 결성되었다.

태랑은 기회를 봐 민준을 팀으로 합류시키려는 의도였고, 민준은 강해보이는 사람들과 함께하며 안정적인 레벨링을 이루고자 했다.

마침 선바위역에 거의 도착한 상태였기 때문에 태랑이 계획을 설명했다.

"저흰 역 안으로 들어갈 생각입니다."

"역 안으로요? 위험하지 않을까요?"

지하철 역사에 괴물들이 주로 서식한다는 것은 슬슬 알려진 사실.

"거긴 몬스터들이 하도 많아 던전이라고 부른다던데…."

"걱정 마세요. 던전 전체를 다 공략하진 않을 겁니다. 1층까지만 털어 보려 구요. 저희들은 벌써 다른 역을 공략한 경험도 있습니다."

"대단하시군요."

'당신도 나중엔 훨씬 대단해 질 텐데 뭘….'

수현이 빛의 완드를 들고 라이트 스킬을 발동하자 광원이 넓게 퍼져나갔다. 지속성이긴 해도 포스를 거의 잡아먹지 않는 효율적인 스킬이라 부담이 없었다.

"자, 이제 들어가 볼까요?"

태랑을 위시한 10인이 선바위역 안으로 발걸음을 옮겼다.

선바위역은 모두 2층으로 이루어져 있다.

통상 던전 보스는 마지막 층에 서식하므로 1층만 사냥한다면 크게 위험할 일은 없었다.

1층에 나타난 놈들은 그렘린이라 불리는 조그만 몬스터였다.

고블린의 먼 친척에 해당하는 몬스터로 A급내에서도 상당히 처지는 편이었다. 다만 그 수가 제법 많았다. 특히 부채처럼 조그만 날개를 퍼덕이며 날다람쥐같이 날아다니는 통에, 정신을 산만하게 만들었다.

"아따, 요 날파리 같은 새끼들. 존나게 뛰어 댕기네."

"물리지 않게 조심해요. 날아와서 박쥐처럼 깨물더라니까."

"수현, 어디 갈고닦은 실력 좀 보자."

현재 범위 공격이 가능한 유일한 공격수는 수현이다.

태랑의 지시에 수현이 고개를 끄덕이며 마법을 준비했다.

근거지를 꾸리며 시간이 날 적마다 옥상에서 투창연습을 하던 그였다.

잠시 후 그의 손에 1M 길이의 벼락 창이 만들어졌다. 대기 중으로 방전을 일으키는 새하얀 창은 강력한 뇌전의 기운을 담고 있었다.

"저쪽, 최대한 적이 뭉친 곳으로!"

"네!"

망설임 없이 내던진 수현의 벼락 창이 그렘린 한 마리에 적중했다. 동시에 수현의 특성인 전격의 연결고리가 발동했다.

벼락 창은 체인라이트닝 효과를 일으키며 무작위로 전기를 퍼뜨렸다. 최초의 타격점이 도화선이 되어 연쇄폭발이 일어났다.

파직- 파지직-

"꾸에에에엑!"

"흐끄!"

짜릿한 감전 충격을 당한 그렘린들이 우수수 추락했다. 뇌전의 힘은 전이가 거듭되면서 위력이 점감했으므로 최초 5마리는 곧바로 즉사했으나, 나머진 바닥에서 아직 꿈틀거리고 있었다.

"지금이다!"

이를 지켜 본 근접 전사들이 돌격을 시작했다.

민준은 화려한 검술을 뽐내며 일격에 그렘린을 두 동강 냈다. 그의 솜씨는 군더더기가 없었다. 검광이 번뜩일 때마다 토막난 덩어리들이 비산했다.

이에 자극받은 한모가 마침내 가슴에 매고 있던 사슬낫을 풀어 헤쳤다.

"가까이 오지마라잉!"

한모가 사슬낫을 머리 위로 들어 붕붕 돌렸다. 그 모습이 마치 헬리콥터의 프로펠러를 연상시켰다. 그렘린들이 우르르 달려들자 한모가 빗자루 쓸 듯이 사슬낫을 휘저었다.

퍼버버벅-

동시에 대여섯 마리의 그렘린이 반경에 휩쓸리며 쓸려나갔다. 속이 다 시원해지는 공격이었다.

"아저씨 왠지 좀 무리하는 거 같네?"

건틀릿을 착용한 채 그렘린을 때려잡던 유화가 한모를 보고 중얼 거렸다. 그때 유화 뒤에서 그렘린 한 마리가 덮쳐왔다. 잠깐이지만 비행이 가능한 그렘린의 공격은 허를 찌르는 구석이 있었다.

"매직 미사일!"

백업 중이던 은숙이 마법을 날렸다. 푸른색 육각기둥은 유화를 공격하던 그렘린에 적중하더니 그대로 다른 한 마리까지 엎어서 벽으로 밀어붙였다. 쾅- 하는 충격음과 함께 그렘린 두 마리가 벽과 충돌하며 터져 나갔다.

"아싸, 일타 쌍피!"

"고마워요 언니."

"고마우면 나중에 설거지, 콜?"

"아니 그게 무슨⋯."

태랑은 버터플라이 맨에게서 얻은 특성 [광각의 심안]을 발동했다. 수많은 정보가 한순간에 유입되면서 머리가 핑 도는 느낌이 들었다. 뇌의 인지한계를 능가하는 막대한 정보량에 부하가 걸리는 것이었다.

동시에 전장의 정보가 한눈에 들어왔다.

'시야 안에 들어온 그렘린 모두 45마리. 수현의 체인라이트닝이 17마리에 적중했군. 체인이 발동되는 확률은 랜덤인건가? 은숙은 매직미사일 3방을 갈겼으니 포스가 30% 쯤 깎였겠고⋯ 한모 형이 꽤나 분전 중이구나. 좀 흥분한 것 같은데? 유화나 민준은 걱정없겠고⋯ 저 사람들

이나 도와줘야겠다.'

순식간에 판단을 마친 태랑은 해골궁수를 지시해 민준 패거리 동생들을 도왔다. 일대다(一對多)전투에 적응하지 못한 이들은 그렘린 무리 속에서 고전하고 있었다.

슈슈슉—

갑작스럽게 날아든 뼈 화살이 각목 사내를 공격하던 그 렘린의 머리와 몸통을 꿰뚫었다. 화살 세발에 적중당한 그 렘린이 고슴도치가 되어 철퍼덕 고꾸라졌다.

소환의 가락지 효과로 한 마리가 더 추가된 해골궁수 셋 이, 일제사격으로 한 마리를 노린 것이다.

"고, 고맙습니다."

위기에 처해있던 각목 사내가 꾸벅 인사를 했다.

태랑은 곧바로 다른 곳으로 시선을 돌렸다.

태랑이 얻은 광각의 심안은 사용자의 인지력과 전투시야 를 극대화하는 특성. 때문에 평소보다 훨씬 넓게 전장을 들 여다 볼 수 있었고, 해골병사의 통제범위 또한 증가되었다.

태랑이 지휘하는 해골전사 다섯 마리가 대오를 갖춰 그 렘린을 몰아세웠다. 일렬로 줄을 선 태랑의 소환수들은 중 구난방으로 난립한 그렘린에 비해 훨씬 효율적인 전투를 했다.

동시에 해골궁수들은 마법화살이 충전되는 시점마다 일 제사격을 날려 그렘린을 제거했다. 지금 같은 난전 상황에 선 한 마리씩 확실하게 적을 줄여가는 게 효과적이었다.

후방에서 해골 병사를 조정하던 태랑은 RTS 게임을 하는 듯한 착각이 들었다.

'이러니까 무슨 지휘관이 된 것 같군. 군대있을 땐 분대징 견장도 못 달고 전역했는데 말이지.'

태랑의 완벽한 전장 컨트롤 능력, 근접 전사들의 눈부신 활약과 원거리 딜러 은숙와 수현의 지원으로 45마리에 달하는 그렘린들이 순식간에 소탕되었다.

전투 기여도에 따라 자동적으로 배분되는 차크라가 모두의 능력치를 끌어올렸다.

"이야! 오늘 폭랩하는데?"

"감사합니다! 버스 완전 잘 타고 있습니다!"

버스는 게임에서 파생된 레이드 용어로, 강한 사람 곁에서 쉽게 레벨링을 한다는 의미로 쓰였다.

"별 말씀을… 그래도 서로 힘을 모으니 사냥이 훨씬 수월하죠?"

"네, 확실히."

"잠시 정비 좀 할까요?"

태랑이 협업의 장점을 부각하며 밑밥을 깔았다.

'슬슬 제안해 봐야겠다.'

그때 민준 패거리 동생들이 욕심을 냈다.

"던전이란 것도 듣던 것 보단 할 만하군요. 물들어 올 때 노 젓는 다고, 쉬지 말고 계속 사냥 하죠. 아래층으로 가도 괜찮고요."

"밑으로 내려가면 위험합니다. 몬스터가 점점 더 강해져요."

"그럼 굳이 밑이 아니더라도… 이 역은 지하상가랑 연결되어 있으니 1층이 제법 넓기도 하고."

"흠…."

통제에 따르지 않는 청년들의 태도에 태랑이 난색을 표하자 눈치 빠른 그들이 한발 물러섰다.

"정 그러시면 저희끼리라도 가볼게요. 그러면 되겠네요."

"맞네. 저희 때문에 오히려 걸리적거리실 듯…."

말은 그리 했지만 실은 그렘린이 해볼 만한 상대라는 것을 깨닫고 점점 차크라에 욕심내는 것이었다. 10명이서 차크라를 나누다 보니 성에 안찼던 것이다.

갑작스런 동맹 중단에, 중간에 낀 민준이 난처해졌다. 자신이 볼 때 방금 전 사냥이 손쉽게 느껴졌던 것은 멀리서 해골을 부리는 태랑의 도움이 절대적이었다.

그는 중원의 사령관처럼 적재적소에 해골병사들을 투입하여 전투의 국면을 유리하게 이끌었다.

해골궁수로 착실하게 그렘린의 숫자를 줄여나가고, 대오를 갖춘 해골전사로 벽을 세워 전선의 확대를 미연에 차단했다.

그것도 모르는 동생들의 철부지 같은 욕심에 민준이 이러지도 저러지도 못하는데 여동생 보경이 민준에게 속삭였다.

"오빠. 사실 나두 같이 다니는 거 별로야. 특히 저 문신한 사람, 왠지 기분 나빠."

나이차가 제법 나는 탓에 어려서부터 업어 키우다시피 했던 여동생이었다. 민준은 여동생 말이라면 껌뻑 죽었다. 잠시 망설였지만 결국 그가 의견을 굽혔다.

"알았어, 보경아. 네 말대로 하자."

민준이 태랑에게 겸연쩍게 말했다.

"동생들 말대로 더 이상 폐를 끼칠 수 없겠습니다. 저희끼리 1층을 더 둘러볼까 합니다."

태랑보다 은숙이 먼저 대답했다.

"그러시든가, 그럼."

은숙의 쌀쌀맞은 태도에 민준이 머쓱해 하며 일행을 데리고 물러나자 태랑이 뒤늦게 소리쳤다.

"아, 아니 잠시만⋯."

"태랑!"

은숙이 태랑을 막아섰다.

"본인들이 먼저 싫다고 하는데 뭘 그렇게까지 해?"

"그래도 저렇게 보내면 너무 위험해서⋯."

"야! 니 눈에는 지금 쟤만 보이니? 우린 동료 아니야?"

할 말은 하는 성격인 은숙이 마침내 폭발했다. 한모와 마찬가지로 그녀 역시 부글거리는 속을 꾹꾹 누르고 있던 차였다.

오히려 배은망덕하고 주제도 모르는 저들의 태도에 차라리 먼저 쫓고 싶었다. 제 발로 떠난다는 소리에 얼씨구나 하는데 태랑이 자꾸 미련을 보이자 도저히 참을 수 없었다.

은숙의 짜증내는 모습에 태랑은 그제야 자신의 과오를 깨달았다. 민준을 무리하게 붙잡으려다 다른 동료들을 서운하게 했던 것이다.

'아! 이건 아니구나.'

태랑이 멀어져가는 민준을 보며 일행에게 사과했다.

"…미안. 그럴 의도는 아니었어."

"아니, 민준이란 애가 아무리 대단해도 그렇지 니가 굽히고 들어갈 필욘 없었잖아."

"맞아요 오빠. 솔직히 저도 불편했어요. 저 사람이 무슨 상전도 아니잖아요. 저희들로는 부족해요?"

"그럴 리가. 내가 잘못 생각 했어. 예정에 없던 사람을 우연히 만나는 바람에 판단이 흐려 졌나봐. 형님한테도 죄송해요. 많이 짜증났을 텐데….."

"됐다. 니가 그리고 영입하고 싶어 하는데 난들 어쩌겠냐."

"제가 좀 사람 욕심이 좀 과했습니다."

"태랑, 너 혹시 군주라도 되고 싶은 거니?"

"군주라니?"

"왜 유비나 조조처럼. 유능한 인재들을 수집하려고 안달난 사람 같이 굴잖아. 그렇게 조급해하면 오던 사람도 떠나겠다야."

"군주라…."

태랑이 은숙의 말을 듣고 속으로 생각했다.

'틀린 말은 아니군. 그럼 난 포식 능력을 갖췄으니 포식의 군주인 셈인가? 조폭 네크 보다 이쪽이 더 어울리는 것 같기도 하고….'

태랑은 민준을 떠나보낸 게 아쉬웠지만 기회가 다시 오리라 믿었다.

'어쨌든 여기 있다는 것은 알았으니까… 다음에 한 번 더 제안해 봐야겠다. 서두를 필욘 없겠지.'

선바위역 지하는 아직까지 전기가 들어오고 있었다. 주 전등은 꺼졌어도 곳곳에 설치된 비상등 광량이 적지 않았다. 라이트 스킬에 비할 바는 아니었지만 시야 확보에 어려움은 없었다.

태랑과 헤어진 민준 패거리는 지하철과 연결된 지하상가를 돌며 남은 그렘린들을 사냥했다. 대규모 출현 이후 등장하는 그렘린 개체는 고작 2~3마리 정도였기 때문에 그들로서도 수월하게 해치울 수 있었다.

그러나 한 번에 많은 차크라를 획득하고 나선지 좀처럼 만족할 수 없었다. 그렘린은 고작 A급 몬스터였고, 그마저도 넷이 나누는 바람에 오르는 수치가 미미했다.

"에이. 시시할 정도네. 몬스터들이 이렇게 약했던가?"

"우리가 그만큼 강해진 거지. 여기 내려와서 벌써 스텟을 2씩이나 올렸잖아."

"그건 아까 버스 타면서 올린거지. 한층 더 내려가 볼까?"

"밑으로? 위험해."

"뭐가 위험해. 민준이 형도 있는데. 아까 못 봤어? 솔직히 그놈들보다 민준이 형이 훨씬 더 많이 잡았다고. 형 생각은 어때요?"

동생들의 칭찬에 민준이 쑥스러워 했다.

그에게 검도를 가르친 아버지는 자만하는 태도를 항상 경계시켰다. 자연스럽게 민준도 겸손이 몸에 배었다.

"뭘 또… 다 상대가 약해서 그런 거야. 그리고 나도 내려가는 건 반대. 아까 그 사람들이 그랬잖아. 밑으로 내려갈수록 적이 더 강해진다고."

"전 솔직히 못 믿겠어요."

자전거 체인을 팔에 감은 청년이 삐딱하게 짝다리를 짚었다.

"그게 무슨 소리야?"

"아까 봤지? 그 조명 비추던 지팡이랑 여자가 손에 차고 있던 강철장갑. 소문으로만 듣던 아티펙트잖아. 놈들이 그런 물건을 어디서 구했겠어? 1층에서 이 박쥐같은 잔챙이 아무리 잡아봐야 안 떨어진대도?"

"그런가?"

"놈들이 우릴 말린 것도 솔직히 자기들끼리 보물을 독차지 하려고 부린 수작일 거야. 틀림없어."

"설마 그럴 리가."

민준이 부정했다.

"설마는요. 아니면 왜 우릴 순순히 보내줬겠어요? 그 사람들 벌써 2층에 내려가서는 아티펙트고 아이템이고 다 쓸어 담고 있을 걸요?"

"처음부터 동행을 제안한 건 그쪽이었어."

"그거야 놈들이 1층에 잡 몬스터 정리하려는데 귀찮아서 우릴 이용한 거죠."

"넌 무슨 말을 그렇게까지 해?"

민준이 정색하자 자전거 체인이 움찔 물러섰다.

"…아, 아무튼 위험해져도 우리한텐 필살기가 있잖아요."

자전거 체인이 보경을 쳐다보았다.

보경이 어깨를 으쓱했다.

"내 헤이스트?"

"그래. 봐서 위험하다 싶으면 헤이스트 걸고 내빼면 되잖아. 뭐가 걱정이야? 민준이 형, 형도 양평에 계신 부모님께 얼른 가봐야 하잖아요. 기회가 왔을 때 힘을 길러야죠."

"흠…"

이때 각목 사내가 전략을 바꾸었다.

민준은 평소 단호한 면을 보이다가도 하나뿐인 여동생에게 유독 쩔쩔매는 편이었다. 식사 메뉴를 고를 때나 영화를 선택 할 때도 여동생이 하자는 대로 끌려 다녔다. 두 사람의 관계를 잘 아는 각목 사내가 보경을 부추겼다.

"보경이 너 그 헤이스트 스킬 운 좋게 얻었잖아. 근데 1포인트 모자라서 2레벨까지 못 찍었지?"

"응. 8/9에서 멈췄어."

"2층에 가면 스킬차크라가 나올지도 몰라."

"정말?"

"내가 레이드 게시판에서 읽었는데 강한 몬스터를 잡을수록 녹색 차크라가 떨어질 확률이 올라간다더라고. 잔챙이들 아무리 잡아봐야 포스나 쉴드 차크라 밖에 더 줘?"

각목의 꼬드김에 보경이 입술을 매만졌다.

"오빠… 어떡하지?"

의견을 묻는 것 같지만 이미 결론은 내려진 상태. 그녀가 입술을 매만지는 건, 답은 이미 정해 놨으니 오빠 동의만 하라고 요구할 때 나오는 버릇이었다.

"흠…."

하지만 이번만큼은 민준도 섣불리 찬성할 수 없었다.

무엇보다 안전이 걸린 일이다. 강해지는 것과 목숨을 등가교환 할 순 없다.

"아무래도…."

"오빠앙~. 오빠도 이번에 스킬 얻으면 더 강해질 수 있 잖아. 지금보다 쎄져서 보경이 지켜줘야지. 오빠 지금 스킬 하나 없이 이렇게 쎈데, 스킬 얻으면 얼마나 더 쎄지겠어? 응?"

보경의 애교에 민준이 항복을 선언했다.

"알았어. 보경아. 대신 위험해지면…."

"헤이스트 쓰고 곧바로 도망치기! 응, 꼭 그럴게."

"너희들도 절대 무리 하지마."

"네 민준이형."

"저흰 형만 믿어요."

민준 패거리와 갈라진 태랑은 선바위역 1층을 계속 돌며 몬스터를 찾았다. 그들이 찾는 몬스터는 '푸른 소금'을 드 랍하는 '픽시'.

"픽시는 겉으로 보면 요정처럼 생겼어. 쉽게 말해 팅커 벨을 연상하면 이해하기 쉬울 거야."

"오, 귀엽겠는데?"

"글쎄… 마법으로 사람을 죽이는 걸 보고도 그런 소리가 나올지 모르겠다."

"마법?"

"놈은 아주 작아. 어른 손바닥 크기정도? 사람을 발견하면 마탄(魔彈)이라 불리는 에너지 집합체를 쏘아내는데, 한방만 맞아도 뼈가 부러질 만큼 강력하지."

"으… 위험한 아이구나."

"분명 선바위역에 어딘가에 있을 텐데 계속 그렘린만 보이네. 이것들이 스킬차크라라도 떨구지 않는 이상 아무짝에도 쓸모없는데…."

"생긴 것도 흉측해. 이상한 소리도 내고. 최악이야."

태랑 일행 역시 아까 전 그렘린의 대공습을 제외하면 그렇다할 몬스터를 발견하지 못한 상태였다. 간헐적으로 등장하는 놈들은 스켈레톤 병사들만으로 처리 가능했다.

해골궁수의 화살을 맞고 추락한 그렘린을 향해 해골전사의 칼이 떨어졌다. 7마리의 해골병사들은 손발을 척척 맞추며 그렘린을 해치웠다.

"뼈다귀들도 제법 강해진 것 같은데?"

"스킬레벨도 올랐고, 무엇보다 공격력이 포스랑 연동되거든. 지금 내 포스가 처음에 비해 2배 이상 올랐으니 애들도 덩달아 강해 진거지. 무기도 처음엔 정강이뼈 였는데 뼈칼로 바뀌었잖아."

"아하! 그렇구나."

"그나저나 픽시란 애들 너무 작아서 안 보이는 건 아닐까요?"

답답한 마음에 수현이 랜턴처럼 빛의 완드를 쳐들었다. 빛의 완드 끝에 달린 수정구에서 눈부시지 않는 빛이 퍼져

나가며 주변을 환하게 밝혔다.

마법의 광원은 빛이 직진성과 무관하게 동일한 광량을 특정 지역 전체에 쏘아주는 특징이 있었다. 마치 지하철역 안에 해가 뜬 것과 같았다.

태랑이 수현의 말을 곱씹다 손가락을 탁- 튀겼다.

"그렇지! 픽시는 어둠속에서 푸른빛을 발하는 특성이 있어. 차라리 빛을 없애는 편이 찾기 쉬울지 몰라. 어차피 비상등만으로 앞은 충분히 보이잖아. 수현아, 라이트 꺼봐."

지팡이를 든 수현이 라이트 마법을 해제했다.

곧 어둠이 깔리며 시야가 좁아들었다. 암순응에 적응하는 동안 유화가 말했다.

"근데 그 사람들 이렇게 어두운 데서 사냥하고 있는 걸까요? 안 무섭나?"

조금은 걱정스러운 말투.

은숙은 유화의 오지랖이 마음에 들지 않았다.

"신경 꺼. 그딴 놈들… 민준인가 뭔지 하는 애 빼고는 죄다 싹퉁머리 없더만."

"그래두요."

"엇, 저쪽에 푸른 빛이…."

"역시 어두우니 더 잘 보이는군."

태랑의 예상대로 주변을 어둡게 하자 멀리 푸른 빛무리가 떠다니는 게 보였다. 커다란 나비들이 모여 날갯짓을 하는 것 같았다.

"진짜로 허벌라게 작구마잉. 저것들이 푸른 머시기를 주는 놈들이여?"

"푸른 소금이요. 은숙, 포스는 얼마나 남았어?"

"매직미사일 5발까진 거뜬해."

"포스는 최대한 아껴. 픽시는 작고 재빨라 원거리 공격으로 맞추기 어려울 거야. 차라리 베리어 준비해."

"예썰."

"수현이는?"

"벼락 창요? 아까 무턱대고 갈기는 바람에 앞으로 2번 정도 가능할 것 같아요."

"좋아, 이렇게 하자. 놈들이 아직 우릴 눈치 못 챈 것 같으니 해골궁수로 유인해 볼게. 놈들이 이쪽으로 날아왔을 때, 맞출 수 있겠단 확신이 들면 수현이가 벼락 창을 던져."

"네. 한번 해볼게요."

"한모형님은 디펜스에 집중해 주세요. 어차피 날아다니는 놈들이라 대지격동도 먹히지 않을 거예요."

"알았다잉."

"오빠 나는?"

"벼락 창이 체인으로 퍼지면 그때 내 해골전사들하고 같이 공격하면 돼. 푸른 소금만 건지면 우린 목적 달성이야."

해골궁수 한 마리가 멀리서 뼈 화살을 날리자 예상대로 무리 지어 있던 픽시들이 우르르 달려들었다. 화살이 날아오는 방향으로 뭉쳐지는 놈들을 향해 수현이 벼락 창을 집어 던졌다.

그러나 표적이 너무 작았던 것일까? 새하얀 번개가 아슬아슬 빗나가며 허무하게 허공을 갈랐다.

"앗, 죄송해요!"

"젠장! 한모 형!"

"알았당께!"

한모가 뼈의 장벽을 장착하며 전면에 섰다. 동시에 흥분한 픽시들이 마탄을 마구 쏘아 댔다.

펑-! 펑-!

"워메!"

방패를 세워 든 한모는 팔목이 부러질 것 같은 충격에 자기도 모르게 신음성을 내뱉었다. 픽시의 마탄은 예상보다 훨씬 강력했다.

한모는 마탄이 적중될 때마다 몸을 들썩이며 뒷걸음 쳤다.

"베리어!"

은숙이 베리어를 한모에게 걸었다.

탱커를 전담하는 한모의 쉴드를 보존해야 했다.

베리어가 씌워지자 한모의 방어력이 올라갔다.

구체형으로 퍼진 베리어의 표면이 마탄이 적중하자 크게 출렁거렸다. 충격량을 베리어가 대신 흡수하는 것이었다.

"오빠 어떡할까요?"

"아직 기다려!"

태랑이 광각의 심안을 동원해 픽시의 수효를 헤아렸다. 모두 7마리. 지금껏 5발이 날아왔으니 아직 2발 남았다.

'조금만 더 버텨요.'

퍼벙-!

마지막 남은 픽시까지 마탄을 쏟아내자 태랑이 소리쳤다.

"지금이야! 픽시의 마탄은 재장전이 오래 걸려! 다 쓸어 버려!"

"네!"

기다리던 유화가 번개처럼 달려 나갔다. 방어를 끝낸 한모도 허리춤에서 사시미를 뽑았다. 상대가 너무 작아 크게 휘두르는 무기보다 정확도를 높이는 편이 낫겠다는 판단이었다.

"팔 뿌러지는 줄 알았네. 기다려라잉, 아조 회를 떠블랑께!"

태랑도 해골 병사들을 조정해 픽시를 공격했다. 공격 수단이 떨어진 픽시들은 속수무책으로 날개가 꺾였다. 7마리를 모두 해치우자 그 중 4마리에게서 푸른색 소금이 떨어졌다. 결정이 굵고 투명한 게 사파이어를 깎아 놓은 것 같았다.

"좋았어. 나왔다."

"이게 푸른 소금?"

[푸른 소금] 1등급 아이템

-푸른색의 빛을 띠는 소금.

+소모 시 마비 계통의 독을 중화시킴.

+몬스터의 피부에 닿을 시 끊임없는 출혈을 일으킴.

+골렘을 제작하는 재료.

+면역 포션의 주재료.

"면역 포션은 또 뭐야?"

"각종 상태이상을 풀어주는 물약을 말해. 본래 한가지의 재료는 다양한 아이템에 조합재료로 쓰여."

"아항. 그럼 이것도 많이 모을수록 좋은 거네?"

"응. 조금 더 뒤져보자."

태랑 일행이 꼼꼼히 수색하며 픽시를 사냥하는데 갑자기 지하 2층에서 비명 소리가 들려왔다.

"꺄악!~ 살려주세요!"

"이 목소린?"

"보경인가 뭔가 하는 여자애 아냐?"

"니미럴 새끼들, 끝내 내려가 브렀구만."

"도, 도와주러 가야 하지 않을까요?"

수현이 조심스럽게 말하자 은숙이 성질부터 냈다.

"넵 둬. 그딴 놈들! 말도 안 들어 처먹더니 쌤통이다! 흥!"

"은숙아!"

태랑이 소리쳤다. 그가 화를 내는 경우는 드물었기 때문에 일순 주변이 조용해 졌다.

"아무리 마음에 안 들어도 어쨌든 사람이야. 위기에 처한 사람을 외면해선 안 돼."

"지발로 불길에 뛰어든 거잖아. 우리가 구조해야 할 의무는 없다고 봐."

"그렇다고 방관하는 것은 도리는 아니지."

"도리? 참나, 성인군자 납셨네."

은숙의 노골적인 비아냥에 주변 공기가 싸늘해졌다.

그녀 같은 성격은 인정에 호소해봐야 소용없다. 그녀는 누구보다 빨리 환경에 적응한 사람이다. 살아남기 위해선 보다 이기적이어야 한다고 생각한다. 이유 없는 손해를 감수하기도 싫어하며 호구처럼 퍼주는 것도 사양이다.

은숙의 입장에서 그들은 짐덩이에 불과했다. 아무짝에 쓸모없는.

사람을 설득하려면 당사자의 입장에서 납득시켜야 했다.

태랑은 전략을 바꿨다.

"꼭 도의적인 이유만은 아냐."

"아니라고?"

"생각해봐. 민준은 놀라운 잠재력을 갖춘 각성자야. 그를 버리는 것보다 살려주는 게 이득이지 않겠어? 저기 밑에는 민준도 함께 있다고."

태랑은 '이득' 이라는 단어에 힘을 주었다.

은숙은 예상대로 예민하게 반응했다.

"이득이라…."

"그래. 그를 구하는 것은 분명한 이득이지."

"흥! 뭐 틀린 말은 아니네."

"갈라면 후딱 가자. 말다툼하는 사이에 곡소리 나겠다."

태랑 일행은 2층으로 서둘러 발걸음을 옮겼다. 단, 푸른
소금을 얻고 복귀할 타이밍이었으므로 포스나 쉴드가 넉넉
지 않은 게 문제였다.

'은숙이 말도 결코 틀린 건 아냐. 민준 패거리 때문에 우
리가 위험에 처할 상황이 되면 과감하게 포기하는 수밖
에… 희생을 자처할 필요 없으니까.'

지하 2층에 돌입하자 수현이 빛의 완드를 꺼내 라이트
마법을 시전 했다. 어두웠던 실내가 확 밝아지며 끔찍한 장
면이 눈에 들어왔다.

황소만큼 커다란 거미가 사람 하나를 통째로 집어 삼키
고 있던 것이다. 발목만 겨우 남은 사내 곁으로 피 묻은 각
목이 떨어져 있었다.

"자이언트 스파이더! B급 몬스터야!"

"하, 한두 마리가 아닌데요?"

주위를 둘러보니 천장에서 줄을 타고 내려온 검은 거미
들이 8개의 발을 빠르게 놀리며 일행들에게 접근하고 있었
다. 피부가 검은색이었기 때문에 어둠속에서 인식되지 않
았던 것이다.

"미친! 이것들은 다 뭔데!"

"조심해! 스파이더 웹을 맞으면 옴짝달싹 할 수 없게 돼!"

태랑이 말이 끝나기도 전에 사방에서 하얀 색의 실 뭉치가 쏟아져 나왔다. 아교처럼 끈적한 체액이 묻은 스파이더웹이었다.

'이대론 당하고 말아! 비상수단이다.'

태랑은 불가피하게 해골병사를 희생시키기로 했다. 네마리의 해골전사가 자진해서 스파이더 웹 앞을 가로 막았다. 곧 실뭉치가 그물망처럼 퍼지며 해골병사를 다리부터 목 위까지 순식간에 휘감았다. 고치로 변한 해골병사는 그대로 붙박이처럼 멈춰 섰다.

물리적인 타격을 주기보다 포박하여 전장에서 이탈시키는 수법이었다.

"매직 미사일!"

은숙이 곧바로 반격이 나섰다. 그러나 정확도를 자랑하는 그녀의 미사일은 표적을 놓치고 말았다. 자이언트 스파이더가 실을 잡아 당겨 재빨리 천장으로 솟아 오른 것이다. 거미는 바닥에 빨판이라도 달린 것처럼 거꾸로 매달린 채 근접해 왔다.

"으! 징그러운 놈들!"

머리위로 떨어져 내리는 거미를 향해 유화가 한손을 쳐들며 어퍼컷을 날렸다. 강력한 펀치에 한방에 거미의 머리통이 날아갔다.

이를 시작으로 사방에서 난전이 벌어졌다. 놈들의 공격 패턴은 스파이더 웹을 뿌려 대상을 꽁꽁 묶은 후 잡아먹는 방식. 결박을 해제할 스킬이 없는 상황에서 무척 어려운 상대였다.

"거미줄을 피해! 대신 몸통은 물렁하니까 못 해볼 상대는 아냐!"

태랑은 광각의 심안을 켜 빠르게 전장을 파악했다. 민준 패거리의 두 동생들은 이미 잡아먹혔는지 모습이 보이지 않았다. 민준과 보경 역시 무사하지 못 했는데 하얀 실로 전신이 칭칭 감긴 채 거꾸로 천장에 매달려 있었다. 정육점 냉동고에 매달린 고기 신세였다.

"사람부터 구해야 겠다. 수현이 너는 나 따라와."

"네!"

한모와 유화가 거미들과 싸우는 동안 태랑은 남은 해골 병사 를 이끌고 민준을 구하러 갔다.

"라이트닝 스피어!"

태랑에게 근접하는 거미를 향해 수현이 벼락 창을 날렸다. 거미는 그대로 번개에 직격 당해 배를 뒤집고 땅으로 추락했다. 그러나 외따로 떨어진 놈이라 전격의 연결고리 효과가 발동되지 않았다. 인접한 매개체를 타고 번지는 체인 라이트닝의 특성 때문이었다.

"저보다 동생부터 구해주세요! 부탁 드립니다"

공중에 거꾸로 매달린 민준이 소리쳤다. 태랑은 해골

궁수의 뼈 화살을 날려 천장에 줄을 끊었다. 떨어지는 보경을 태랑이 얼싸 앉고 바닥을 뒹굴었다.

"고, 고마워요."

"수현! 칼로 여기 줄부터 끊어! 이쪽은 너에게 맡긴다."

"네!"

태랑이 남은 화살을 한방 더 갈겨 민준을 구하려 할 때였다. 어디선가 날아온 스파이더 웹이 해골궁수를 고치에 가둬버렸다.

"젠장! 이새끼들이!"

광각의 심안은 보통이라면 보이지 않을 사각지대의 정보까지 태랑에게 전달했다.

유화와 한모는 밀려드는 거미들을 잡느라 정신없었고, 은숙은 가운데서 이들을 지원하고 있었다. 수현이 보경을 지키고 있었으므로 당장 거미를 상대할 사람은 자신뿐.

태랑은 한모가 만들어준 양날 창을 뽑아 들었다.

'해골전사들은 당장 결박되어 있고, 궁수들은 재장전이 필요해. 그 시간동안 내가 버텨야 한다.'

검은 거미가 날카로운 이빨을 딱– 부딪쳐 왔다. 사슴벌레의 주둥이처럼 좌우로 뻗은 부리가 칼날같이 번뜩였다. 태랑은 양날 창의 끝을 잡고 거미를 밀쳐 냈다.

"물러서!"

그러나 거미는 8개의 다리 중 앞의 두 다리를 들어 창을 치워냈다. B급 몬스터라 그런지 힘이 보통이 아니었다. 태랑의 포스가 20를 넘어서지 않았다면 그대로 힘에 밀려 쓰러질 정도였다.

'…해골궁수 재장전 까지 10초. 딱 10초만 더 버티면 돼.'

그때 천장 위에서 또 다른 거미가 줄을 타고 내려왔다. 놈들이 펼쳐놓은 거미줄은 천장 전체를 뒤덮고 있었는데, 그 덕에 중력을 전혀 받지 않은 것처럼 자유롭게 움직일 수 있었다.

앞뒤로 거미에게 둘러싸인 태랑이 위기에 봉착했다.

해골이 완전히 파괴되었다면 재소환하면 될 일이지만 지금은 거미줄에 묶인 상태라 기존 소환수부터 없애야 했다. 그럴 시간이 없었다.

비상시를 대비해 거석의 파편도 상비하고 있었지만, 스파이더 웹 앞에선 무용지물. 고치에 갇히고 나면 저항할 수단이 사라진다.

'모험을 걸어야겠다.'

태랑은 양날창의 중간을 잡고 과감하게 전방의 거미를 향해 내던졌다. 포스가 담긴 창날이 몸통에 박히자 충격을 받은 거미가 주춤 뒤로 물러섰다. 이제 태랑의 손에는 무기가 없었다.

"위, 위험해요!"

보경을 거미줄에서 풀어내던 수현이 놀라 소리쳤다.

그러나 그 역시 방금 전 마법을 사용한 후라 쿨타임이 도는 중이었다.

거미가 앞다리를 치켜들며 태랑을 덮쳤다. 태랑은 주머니에서 푸른 소금을 꺼내 거미에게 뿌렸다.

푸른 소금은 몬스터에게 출혈을 일으키는 맹독과 같다. 염산을 뿌린 것처럼 거미의 몸이 녹아내리며 녹색 피가 뿜어져 나왔다. 화들짝 놀란 거미가 뒷걸음질 쳤다,

"꺼져! 해충새끼야!"

마침 장전이 끝난 해골궁수 셋을 향해 태랑이 리치킹의 분노를 일으켰다. 관통력이 두 배로 상승한 뼈 화살이 뚱뚱한 거미의 몸통을 꿰뚫었다.

푸욱―

화살은 뿌리 끝까지 들어박히며 거미를 일격에 절멸 시켰다. 마침 반대편에서 거미를 해치운 한모와 유화가 달려왔다. 그들은 태랑의 창에 맞아 비틀대는 거미를 마무리 지었다. 거미들은 눈녹 듯 사라지더니 붉은 색의 차크라를 남겼다.

"휴― 위험했다."

"아따 요것들 별 희한한 기술을 다 써네."

태랑은 마지막으로 고치에 매달려 있던 민준을 끌어내려 결박을 풀어주었다. 민준이 자초지종을 설명했다.

"구해주셔서 감사합니다. 2층으로 내려왔다가 저부터 거미줄에 당하는 바람에…"

거미들은 민준 패거리를 결박한 후 차례로 잡아먹었다. 두 사람이 먼저 잡아먹히고 보경의 차례가 되었을 때 태랑 일행이 들이닥친 것이다.

"흑흑…."

놀란 보경은 끝내 울음을 터뜨렸다. 이제 갓 스무살 정도로 보이는 보경은, 같이 다니던 오빠들이 눈앞에서 산채로 잡아먹힌 것에 큰 충격을 받은 것 같았다.

은숙은 이미 댓가를 치른 그들에게 더 이상 비난을 삼갔다. 냉정한 성격의 그녀지만 경우가 없진 않았다.

"괜찮아요. 이제 거미들은 다 없어졌어요."

마음씨 약한 수현이 보경을 다독였다. 위급한 사태가 정리되었음에도 태랑은 불안한 기색을 감추지 못했다.

"태랑 왜 그래? 안색이 안 좋은데?"

"…당한 것 같아."

"뭐?"

"무슨 소리여?"

태랑은 손을 들어 계단 방향 출구를 가리켰다. 그들이 내려왔던 계단이 어느새 거미줄로 꽉 막혀있었다.

"뭐야. 언제 저렇게 됐어?"

"선바위역 보스는 거미여왕이야. 자이언트 스파이더는 놈이 부리는 수하에 불과해."

일행은 그 말을 듣고 화들짝 놀라 주변을 둘러보았다. 싸우는 통에 의식하지 못했는데 모든 출구에 거미줄이 겹겹이

둘러져 하얀 벽처럼 막혀 있었다.

"설마 우리 덫에 걸린 거야?"

"그런 것 같아. 여기가 바로 여왕의 거미집이었어."

태랑이 안색을 딱딱히 굳혔다.

동시에 거미여왕이 모습을 드러냈다.

거미여왕은 거미의 머리 부분에 여성의 상반신이 얹어진 켄타우로스 형상의 괴수였다. 이마에 달린 두 개의 뿔은 악마를 연상시켰다.

태랑 일행으로선 난생 처음 맞이하는 D급 몬스터.

거미여왕은 수하를 몰살시킨 태랑 일행을 향해 날카로운 독니를 드러냈다. 흡혈귀 같이 뻗어 나온 송곳니에서 녹색의 독액이 뚝뚝 떨어져 내렸다.

"니미럴, 저년은 무슨 독거미여?"

"무척 화난 거 같은데요…."

D급 몬스터는 C급과는 차원이 다르다.

스킬만 5가지가 넘고, 모두 다 특성을 보유하고 있다.

태랑은 재빨리 거미여왕의 특성을 떠올렸다.

'독발, 중독 계열 스킬에 당하면 사방으로 독무(毒霧)를 퍼뜨리는 특성. 한명이라도 중독되면 피해가 걷잡을 수없이 커질 거야.'

중독 계열 기술은 내구도를 지속적으로 깎는다. 독발의 특성은 중독의 전염을 극대화하여 전방위적인 피해를 유발할 수 있었다.

"거미여왕의 독니를 조심해! 물리면 끝장이야!"

한모가 디펜스 포지션을 취하는 동안 태랑이 해골병사들을 앞세워 공격했다. 리치킹의 분노가 얼마 남지 않아 속전속결을 벌여야 했다.

그러나 리치킹의 분노로 속도가 빨라진 해골병사들이 거미여왕 앞에 다다르자 급속히 느려졌다. 자세히 보니 바닥에 깔린 거미줄이 발바닥에 아교처럼 엉겨 붙으며 모짜렐라 치즈처럼 끈끈하게 묻어 나오고 있었다.

"진짜 가지가지 하는구나, 매직 미사일!"

은숙이 멀리서 마법을 날렸다. 그러자 거미여왕이 전방으로 벽을 치듯 거미줄을 생성했다. 은숙의 매직미사일은 거미줄을 밀고 들어가더니 탄성으로 도로 튕겨 나왔다. 트램폴린을 연상시키는 방어막이었다.

"으앗!"

되돌아오는 매직미사일을 피해 일행이 바짝 엎드렸다.

쾅-!

매직미사일이 머리 위를 빠르게 지나치며 뒤편의 벽을 부수었다. 원거리 공격이 전혀 먹히지 않았다. 아니 오히려 반격해서 되돌아오니 섣불리 공격할 수도 없었다.

그 모습을 본 태랑은 해골궁수의 공격을 보류했다.

'끈끈이 줄에, 투사체 반사… 그럼 스파이더 웹, 거미줄 타기를 제외하면 아직 한 가지 기술이 더 남았다는 말인데 그게 뭐였지?'

태랑은 연거푸 광각의 심안을 사용하느라 머리가 핑 도는 것 같았다. 두뇌의 사용량을 최대치로 끌어 쓰는 해당 특성은, 사용자의 피로감을 빠르게 증가시켰다.

'젠장 이 타이밍에 두통이… 생각해내야 해. 뭐였지? 남은 하나가.'

그때 거미여왕이 입을 크게 벌리며 새끼 거미를 쏟아내기 시작했다. 여왕의 마지막 스킬, 독거미분출이었다. 태랑은 퍼뜩 스킬의 내용을 상기했다.

"조심해! 새끼거미들도 독니를 지니고 있어!"

새끼거미 자체는 크게 어려운 상대가 아니다. 그러나 거미여왕의 독발 특성을 공유하는 이상 기하급수적인 피해를 유발할 것이다.

물리는 순간 중독된 사람은 끊임없이 독무를 뿜어대고 사방을 오염시킨다. 큐어 마법이나 해독아이템이 없으면 중독에 속수무책으로 노출될 수밖에 없었다.

순식간에 수백 마리의 거미들이 거미줄을 따라 몰아 닥쳤다. 타란툴라를 연상시키는 새끼거미들은 빽빽이 뭉쳐, 검은색의 물결처럼 보였다.

"히엑 저게 다 뭐야! 토하겠네 정말."

"밟아 죽여선 끝도 없겠어!"

"수현!"

태랑이 비명을 지르듯 수현을 찾았다.

마침 준비를 마친 수현이 마지막 벼락 창을 집어 던졌다.

"으아아압!"

콰지지지직!

대장관이 펼쳐졌다. 새끼거미 무리의 한가운데 내리꽂힌 벼락은, 길게 늘어진 거미의 몸을 타고 강력한 전뇌의 연결 고리를 형성했다. 방출된 정전기에 머리털이 바짝 곤두설 지경이었다.

새끼거미 자체는 내구력이 형편없었으므로 동시에 수백 마리가 감전으로 배를 까뒤집었다. 새끼들이 몰살당하는 것을 본 거미여왕이 분노로 길길이 날뛰었다.

거미줄을 타고 곧바로 천장으로 오른 거미여왕이 공중에서 스파이더 웹을 날렸다. 은숙이 웹 적중되어 온몸이 꽁꽁 묶였다.

"언니!"

"괜찮아! 거미줄은 나중에 끊어도 돼! 저놈부터 죽여!"

"감히 사악한 미물 따위가!"

검을 치켜든 민준이 줄을 타고 반대편으로 떨어지는 거미여왕을 노렸다.

맹렬한 배기 공격이 거미여왕의 다리를 갈랐다. 그러나 완벽하게 들어간 검격은 무쇠를 때린 것 마냥 도로 튕겨 나왔다. 손목의 시큰한 충격에 민준이 얼이 빠졌다.

"아, 아니 어떻게…."

"포스가 낮아서 공격이 통하지 않는 거예요! 물러서요!"

민준은 거미여왕의 앞발 공격을 피해 볼썽사납게 바닥을 뒹굴어야 했다. 그가 굴러 지나간 자리로 거미여왕의 날카로운 발톱이 발자국처럼 내리 찍혔다.

퍼버벅-!

무한의 검제 특성은 대상이 자신의 포스보다 낮을 경우에만 발동한다. 현재 민준의 낮은 포스로는 거미여왕에게 일절 타격을 가할 수 없었다.

그나마 지금 통할 수 있는 공격이라곤 스킬 계수가 높은 벼락 창과 매직 미사일 정도 뿐. 그러나 은숙은 고치에 갇혔고, 수현은 포스가 바닥난 상태였다.

머리로 피가 쏠려 금방 주저앉을 것 같은 상태에서도 태랑은 광각의 심안을 유지한체 공략방법을 구상했다.

'리치킹의 분노도 끝나버렸다. 이제 믿을 건 유화뿐이야.'

"형님! 대지격동 준비해요!"

말을 마친 태랑이 내던지듯 해골병사들을 돌진시켰다. 근접 공격 수단이 없는 해골궁수들까지 포함이었다. 거미여왕은 8개의 다리를 휘두르며 무모하게 달려드는 해골들을 차례로 박살냈다. 리치킹의 분노가 끝난 해골들은 내구도 급격히 떨어져 발길질 한방에 와르르 무너져 내렸다.

그러나 헛된 희생은 아니었다. 해골들이 모두 쓰러질 때쯤 가까이 근접하는데 성공한 한모가 대지격동을 시전 했다.

쿵-!

바닥에 균열이 가며 충격파가 퍼졌다. 미처 거미줄을 타지 못한 여왕이 스턴에 빠졌다. D급 몬스터라 저항이 강했으므로 평소보다 짧은 시간 동안 기회가 주어졌다.

"지금이야! 어서 헤이스트를!"

"헤이스트!"

보경의 헤이스트 마법에 유화의 움직임이 급속도로 빨라졌다. 신속의 바람에 비하면 태풍과도 같은 수준이었다.

"아저씨 등!"

"등?"

"엎드리라고요!"

한모가 급히 허리를 숙이자 달려오던 유화가 한모의 등을 밟고 공중으로 치솟았다.

"이거나 처먹어!"

스턴이 풀리기 직전 유화의 주먹연타가 시전 되었다. 공중에서 수십 방의 펀치가 날아와 거미여왕의 상반신을 두들겼다. 헤이스트 마법으로 증가된 공격속도는 주먹연타 스킬에도 영향을 미쳤다.

파바바박-!

그녀의 특성으로 인한 맨손 공격력 5배!

헤이스트로 인해 증가된 공속 2배!

일행 중 가장 높은 포스를 자랑하는 유화의 소나기 펀치에 거미여왕은 곤죽이 되도록 두들겨 맞았다.

"꾸오오오오!"

끝내 거미여왕이 괴성을 지르며 산화했다.

"잡았다!"

"나이스 유화! 역시 에이스 답다!"

멋지게 착지한 유화는 곧바로 고치에 갇힌 은숙부터 구했다.

"언니 괜찮아요?"

"난 괜찮아. 정말 잘했어 유화야."

"으따, 근디 나를 굳이 밟고 갔어야 했냐?"

"거미여왕이 키가 너무 커서 때리기 힘들었어요. 헤헤. 미안요."

"오! 스킬 차크라다!"

D급 몬스터 거미여왕은 스킬포인트를 듬뿍 주었다.

또한 거미여왕이 죽은 자리로 목걸이가 하나 떨어졌다.

"엇! 아티펙트도 나왔어요."

[해방의 목걸이] 4등급 아티펙트

-신비의 금속 이루릴로 벼룬 목걸이.

+힐링(1Lv) 스킬을 시전 할 수 있음.

+모든 속박마법으로부터 면역.

+목걸이를 착용한 상태로 회복 계열 마법사용 시 포스소
모량 18% 감소.

"힐링 스킬에 회복 계열 마법 시 포스 감소라니, 이건 딱
은숙이 꺼네. 이제 베리어 3번까지 칠 수 있겠다."

"정말? 나 가져도 돼?"

"그래. 너도 아티펙트 하나 챙겨야지."

"아싸, 4등급 짜리다!"

태랑은 속박마법 면역 옵션이 탐이 났지만, 힐러인 은숙
에게 어울릴 거라 생각하고 양보했다. 또 자신은 이미 거미
여왕의 특성을 흡수했기 때문에 그것만으로 충분한 이득이
었다.

'어디보자. 스킬 포인트를 한 번 더 찍으면….'

태랑은 주저 없이 레이즈 스켈레톤 스킬을 3레벨로 올렸
다.

[성명 : 김태랑, ♂(27)]

포스 : 21.45(31%) {소환의 가락지-소환수 개체 +1}

쉴드 : 23.12(56%)

스킬 : (12/81 Point)

'레이즈 스켈레톤' (3Lv)

+포스의 30%를 사용해 동시에 12마리의 해골을 소환해
둘 수 있음.

+전사, 궁수, 마법사의 비율은 3:2:1을 따름.

+메이지 스켈레톤은 랜덤으로 소환됨.

-다음 스킬레벨에 도달하면 동시에 21마리의 해골을 소환할 수 있음.

-다음 스킬레벨에 도달하면 광전사 스켈레톤이 등장함.

특성 : 특성 포식자

-죽인 몬스터의 특성을 강탈함.

-획득 특성(3)

+리치킹의 분노 : 일시적으로 소환수들의 공격속도와 체력을 두 배로 올려줌. 지속시간 10분, 재사용대기 10시간.

+광각의 심안 : 활성화시 시전자의 시야를 270도까지 확장함. 공간지각과 인식능력을 상승시킴.

+독발 : 중독 계열의 스킬 적중 시 중독된 개체가 지속적인 독무를 일으켜 독을 전이함.

속성마법이란 화염, 빙결, 뇌전, 중독 등 8가지의 원소계열 마법을 통칭한다. 태랑이 남은 포스를 이용해 해골들을 소환하자 7마리의 전사, 4마리의 궁수, 그리고 2마리의 메이지 스켈레톤이 등장했다. 소환 가락지로 인해 전사 한 마리가 더 늘어 모두 13마리였다.

소환된 메이지 스켈레톤은 동공 색깔이 제각기 달랐는데 한 놈은 붉은색, 한 놈은 푸른색을 불빛을 띠고 있었다.

'붉은 색이 화염계 마법사, 푸른색은 빙결계 쪽이구나.'

시간을 두고 다시 메이지 스켈레톤을 소환하자 이번에는 붉은 색이 한 놈, 그리고 녹색을 가진 놈이 등장했다.

"얘네 눈 색깔 특이한데요?"

"메이지 스켈레톤의 속성부여는 랜덤인거 같아. 이번에 독발 특성을 얻었으니 되도록 나는 녹색 눈이 뽑히는 게 좋겠어."

"녹색이 독성이에요?"

"응. 검은색이 전사, 흰색이 궁수인 것처럼 해골병사들은 눈색깔로 병과가 구분돼."

"그렇군요."

"속성마법은 모두 8개니 확률이 12.5%네."

"그나저나 스킬 포인트 어디에 투자하지?"

D급 몬스터 거미여왕이 준 포인트는 적지 않았다. 전투에 참여한 모두가 스킬 포인트를 채웠다. 다만 태랑을 제외한 나머지는 쉽사리 결정을 내리지 못했다. 애매한 특성을 받으니 기존 스킬을 강화하는 편이 안전했지만, 더 좋은 스킬을 배울 수 있다는 가능성도 항상 열려 있었다.

수현은 태랑의 조언을 받아 벼락 창을 2레벨로 올렸다.

이제 그의 번개는 공격력의 200% 효과를 발휘함과 동시에 감전충격에 적중당한 적을 1초간 기절시키는 효과가 추가되었다. 체인의 확장성을 고려한다면 당연한 선택.

"오늘 정말 잘했어. 이제 발동거리만 확실히 계산한다면 전보다 훨씬 위력을 발휘할 수 있을 거야."

"네. 태랑이형."

태랑의 칭찬에 수현이 부끄러워 얼굴이 빨개졌다.

그 모습이 마치 주인의 칭찬을 기다리는 강아지 같다는 생각이 들었다.

한모는 대지격동 스킬을 한 번 더 올릴까 하다 잠시 결정을 보류했다. 스킬은 불가역적이다. 한번 찍어보고 다시 되돌릴 순 없는 노릇.

"이 기술이 좋기는 헌디 공중으로 날아오르는 놈들한텐 무용지물잉께…."

버터플라이맨을 상대할 때도 느꼈지만 A급 몬스터인 그렘린나 픽시에게도 곤란한 상황이 자주 연출되자 한모도 슬슬 다른 스킬을 배울까 고민했다. 그러나 새로운 스킬을 고른다는 건 '라이트' 같은 쓸모없는 스킬이 나올지도 모르는 도박과 같았다.

"뭘 망설여. 운에 한번 맡겨봐. 한모씨 운 좋잖아."

"운? 배때기에 칼침 2방 맞고 아직 까정 살아있는 그런 거?"

"에이~ 무슨 말을 해도…."

"흐흐. 농담이여. 그려 한번 해보자. 남자는 배짱이제."

*새로운 스킬을 배우시겠습니까?

-새로운 스킬이 랜덤으로 결정됩니다.

한모가 동공에 투사된 홀로그램 창의 설명을 꾸욱 눌렀다.

그러자 스텟창에 새로운 스킬이 형성되었다.

"맹렬한 파동? 오, 이건 공격기술 같은디?"

스킬 : '맹렬한 파동' (1Lv) (14/81 Point)

+포스의 5%를 소모하여 무기에 에너지를 실어 직선으로 공격력의 120%의 파동을 쏟아냄.

+파동에 당한 적에게 넉백(Knock-Back)효과.

+다음 스킬레벨에 도달하면 파동의 범위가 방추형으로 넓어짐.

+다음 스킬레벨에 도달하면 공격력의 150% 효과.

"형님, 나름 잘 뽑으신 거 같은데요?"

"한모씨 도박 성공했네? 거봐 역시 운 좋다니까? 난 그냥 매직미사일 2레벨 찍었어. 다음 레벨에선 포스소모도 줄어드는데다 특히 유도탄 기능이 추가되는 것에 혹해서 말야."

"그럼 이제 백발백중이겠는데요, 언니?"

"호호. 그래도 백발은 무리지. 대충 12발 정도?"

"아니 제 말은…."

"유환 아직 못 골랐어?"

"고민 중이에요, 태랑 오빠. 신속의 바람 스킬은 도움이 되긴 하는데 헤이스트 같이 눈에 띄는 변화는 없으니까…."

"에이, 두 개는 전혀 다르지. 헤이스트는 소수의 사람을 일시적으로 빨라지게 하는 기술이고, 신속의 바람 오라는 파티 전체에 지속적인 영향을 끼치니까. 내 소환수도 적용받을 수 있고 말이야. 어느 쪽이 더 낫다고 할 순 없지 않을까?"

"아무튼 이걸 더 올리기는 애매해요."

"그럼 주먹연타 스킬은?"

"그 기술은 포스소모가 너무 커서 단점이에요. 자주 활용하기 힘드니까… 차라리 저도 새 스킬을 배워볼까요?"

"음… 해봐."

"네? 정말요?"

"응, 분명 좋은 스킬 나올 거야."

태랑이 꿈에서 봤던 강자들은 특성도 특성이지만, 스킬이 잘 따라 붙은 경우가 많았다. 그렇기 때문에 다른 사람보다 월등한 격차를 벌이며 앞서 나아갔다. 운도 실력인 것이다.

태랑은 자신의 감을 믿었다. 유화는 태랑의 말에 과감하게 새 스킬을 찍었다.

"나왔다!"

스킬 : '칠보장법' (1Lv) (34/81 Point)

+포스의 10%를 소모하여 강력한 장법을 날림.

+장법에 맞은 상대가 일곱 걸음 이상을 움직일 시 내부를 진탕시켜 공격력의 200% 데미지를 줌.

+다음 스킬레벨에 도달하면 생명력이 20%미만인 적에게 100%의 추가 데미지를 줌.

+다음 스킬레벨에 도달하면 장법에 맞아 죽게 될 경우 상대가 시체폭발(1Lv)을 일으킴. 시체폭발은 반경 3M 이내에 파편을 날려 데미지의 300% 데미지를 줌.

"오! 대박!"

"이햐, 칠보장법이라니 무슨 무공 이름 같은데?"

"유화 이제 더 쎄지겠다. 역시 에이스!"

모두가 만족할만한 스킬을 얻어 기뻐했다. 물론 태랑 일행만 스킬 포인트를 받은 건 아니었다. 전투에 조금이라도 참여했던 민준과 보경 역시 스킬포인트를 받았다.

보경은 한모와 유화가 모두 새로운 스킬뽑기에 성공하자 본인도 욕심을 냈다.

'새 걸 배우는 편이 훨 낫네. 좋은 것만 뜨잖아?'

보경은 태랑에게 조언을 구하지 않았다. 해서 제멋대로 스킬을 고르는 바람에 이상한 스킬을 받고 말았다.

"이, 이게 뭐지?"

스킬 : '물 생성' (1Lv) (10/27 Point)

+대기 중의 수분을 흡수해 물을 생성함.

+생성된 물은 식수로 사용가능.

+다음 스킬레벨에 도달하면 물의 생산량이 증가함.

+다음 스킬레벨에 도달하면 물을 보관기간이 증대됨.

"아씨! 이딴 건 뭐야!"

"어? 스킬 배웠어요? 태랑이 형한테 한번 물어보고 하지."

"흠. 물 생성이라. 사막 지형에선 유용하긴 한데… 그냥 헤이스트 강화하는 편이 좋았을 텐데…."

"어머, 너 생수회사 차리면 대박 나겠다, 얘."

은숙의 놀림에 보경이 찌릿 눈을 흘겼다.

'어린년 싸가지 없는 거 봐?'

보경의 되바라진 태도에 은숙이 한마디 쏘아붙이려는데 갑자기 어디선가 휘잉- 바람소리가 들렸다.

"질풍참!"

고개를 돌리자 민준이 새로운 얻은 스킬을 실험하고 있었다. 그는 최초로 스킬을 받았기 때문에 랜덤으로 스킬이 부여되었다.

그의 검에서 형성된 회오리가 전방으로 매섭게 날아갔다. 주변의 물건들을 휩쓸려 용솟음치는 모습은 보기만 해도 무시무시했다.

"이번에 받은 거예요?"

"네. 연습 삼아 한번 써봤는데… 이런 기술이군요."

민준 또한 앞으로 이름을 날리게 될 각성자.

'무한의 검제' 라는 특성도 사기적이지만 그가 얻을 스킬

역시 하나같이 검술과 관련된 것이다. 이번엔 받은 질풍참 스킬도 도검류 무기로 회오리바람을 만들어 적을 띄우는 기술이었다.

떠오른 적은 추락하는 중력만으로 타격을 입을 뿐 아니라, 공중기와 콤보를 이루었을 때 엄청난 시너지를 발휘한다.

"축하해요."

"아닙니다. 덕분에 좋은 스킬을 얻었군요. 정말 감사합니다."

민준이 정중하게 고개를 숙였다. 검도를 배워서 그런지 행동에 절도가 넘치고 예의가 바른 사람이라는 느낌이 들었다.

'확실히 훌륭한 인성과 실력을 갖춘 사람이야. 클랜마스터 대회의 때 두각을 드러낸게 우연이 아니었구나. 보경이 설사 혹덩이가 된다 해도, 그걸 상쇄하고도 남을 사람이야. 꼭 잡아야겠다.'

던전을 마무리하고 역 밖에 나온 태랑은 차분히 민준을 설득했다.

"같이 다니던 분들은 그렇게 돼서 유감입니다."

"아니요. 말리지 못한 제 잘못이 큽니다."

자이언트 스파이더에게 잡아먹힌 동생들을 생각하자 민준이 우울해 졌다. 본인 고치에 먼저 맞는 바람에 사달이 났다고 생각하고 있었다.

"너무 자책하진 마세요. 민준씨 잘못이 아닙니다. 그나저나 저희랑 같이 다닐 생각은 없으신가요? 저희와 함께라면 훨씬 안전할 겁니다."

태랑은 다짜고짜 꿈 얘기부터 꺼내지 않았다. 앞으로도 마찬가지지만, 상대를 100% 신뢰할 수 없는 이상 꿈에 대한 언급은 최대한 삼가기로 했다.

태랑의 제안에 민준은 한참 고민하더니 정중하게 거절했다.

"말씀은 감사합니다. 헌데 저희 남매는 지금 양평에 계신 부모님께 가봐야 합니다."

"여기서 양평을요? 많이 멀 텐데… 위험하진 않을지."

"위험해도 어쩔 수 없지요. 엊그제 이메일로 겨우 연락이 닿았는데 두 분 모두 무사하시다 하더군요. 하지만 괴물들이 이렇게 날뛰는데 언제까지 버티실 수 있을지 모르겠습니다. 제가 얼른 가서 지켜드려야지요."

이쯤 되자 태랑도 어쩔 수 없었다.

양평은 가까운 거리는 아니지만 부산만큼 먼 거리는 아니다. 가족을 구하러 간다는 그를 붙잡는 것은 못할 짓이었다.

태랑이 아쉬움을 감추지 못하자 민준이 말했다.

"양평에 도착하면 부모님을 안전한 남쪽지방으로 피신시키고 나서 제가 다시 찾아뵙겠습니다. 그게 언제가 될 진 모르지만요."

"네. 꼭 다시 뵐 수 있으면 좋겠네요. 참 저희는 지금…."

태랑이 아지트의 주소를 불러주자 민준이 팬을 꺼내 손에다 받아 적었다.

"가는 길 조심하세요. 절대 서두르면 안 됩니다."

"네. 명심하겠습니다. 그럼 저흰 이만…."

민준이 여동생 보경을 데리고 떠났다.

뒷모습을 지켜보는 태랑은 못내 섭섭한 표정이었다.

"얼씨구~. 너 무슨 여자 친구 떠나보내니? 왜 그리 청승이야?"

"너도 봤잖아. 민준은 정말 뛰어난 각성자야. 그를 합류시켰다면 63빌딩 공략에 큰 도움이 되었을 거야."

"그렇다고 강제로 눌러 앉힐 수도 없지. 그나저나 쟤들 가는 길에 갈증 날 일은 없겠네. 킥-. 뭐랬? 물 생성? 푸하하. 그런 스킬은 또 처음보네."

"언니~ 너무 그러지 마요."

"그러게 왜 물어보지도 않고 지 맘대로 스킬부터 찍으래? 멍청하긴. 욕심만 많아가지고."

"아무튼 담에 찾아온다 하잖여. 태랑이 니 말마따나 뛰어난 실력자라면 어떻게든 지발로 다시 올 것 인디 뭐시 걱정이냐. 언능 집에나 가자. 배고프다."

"네."

골렘의 제작 재료를 얻기 위해 출정했던 레이드였지만 예상외의 소득을 얻었다. 정체되어있던 스킬 레벨을 올린 것과 거미여왕의 독발 특성을 포식한 것은 기대하지도 않던 성과였다.

위험한 순간도 제법 있었지만 위기를 극복하자 기회로 돌아왔다. 태랑은 충분히 만족스러운 레이드라고 자평했다.

하루 정도 푹 쉬자 포스와 쉴드가 모두 회복되었다.

한모는 쉬는 사이 날이 빠진 무기들을 재정비했고, 수현은 레이드 게시판을 수시로 체크했다. 은숙과 유화가 식사와 빨래를 번갈아 맡으며 살림을 꾸리는 동안 태랑은 다음 레이드 계획을 세웠다.

거석의 파편과 푸른 소금을 확보하였으니 이제 남은 목표는 '에테르'라 불리는 아이템.

"에테르는 마력원의 한 종류야."

"마력원이 뭔데요?"

"쉽게 말해 포스와 쉴드에 관여하는 아이템이지."

마력원은 마력이 담겨있다는 조그만 구슬이다.

색에 따라 다른 이름으로 불리는데 그중 소모된 포스를 회복시키는 종류를 '에테르'라 불렀다.

"이밖에도 쉴드를 회복시키는 '실타르'나, 아니면 드물긴 한데 포스나 쉴드를 증폭시키는 마력원도 있어."

"증폭을 시킨다고?"

"응, 일시적이긴 하지만… 또 어떤 것은 회복률 자체를 상향한다던가, 아니면 진짜 뛰어난 마력원은 일정 시간동안 무제한의 포스나 쉴드를 제공하기도 해."

"우아! 무제한이면 마음대로 스킬을 난사할 수 있는 거네요? 벼락 창이 무한대라니…."

눈을 동그랗게 뜨는 수현의 반응에 태랑이 피식 웃었다.

"물론 그런 마력원은 최상급이라서 하급 몬스터에게선 드랍 되지 않아. 타워 상층부에서나 나오려나?"

"그렇구나. 그럼 에테르의 기능은 정확히 뭐야?"

"에테르는 포스의 20%를 한방에 충전해 주는 마력원이야. B급 몬스터인 도그 파이터에게서 얻을 수 있어. 드랍시키는 몬스터 종류가 더 있긴 한데 근처에 있는 몬스터는 도그 파이터가 유일해."

"도그? 개에요 이번엔?"

"개라기 보단 캥거루에 가까운 것 같기도… 참, 신기한게 맨주먹으로 공격해."

"맨 주먹이요?"

"아따, 고놈들 쌈 좀 하는가 보구만. 남자는 역시 주먹이제."

"참나~ 이제는 하다못해 개랑 주먹싸움이야? 말세구나 말세."

"말세는 맞잖아요."

"암튼 우습게봐선 안 돼. 몸놀림이 복서수준이거든."

개머리 복서.

우스꽝스런 외양이지만 결코 호락호락한 상대는 아니다.

"게다가 B급이라 스킬도 하나 가지고 있어."

"무슨 스킬인데?"

"파운딩."

"파운딩?"

"그 눕혀놓고 패는거?"

"응. 놈은 주먹으로 싸우다가도 갑자기 클린치를 해서 달라붙거든. 근데 그 거기서 그치는 게 아니라 상대를 들어서 매다 꽂아 버려."

"그랑께 입식타격이 아니고 종합격투기구만?"

"특히 힘이 장사에요. 땅바닥에 패대기친 상태로 파운딩에 들어가는데, 걸리면 거의 못 빠져 나온다고 봐야죠."

"복서수준의 타격에 그라운드 기술까지 겸비라…."

유화는 태랑의 설명을 듣더니 왠지 피가 끓는 얼굴이었다.

그녀는 잔뜩 상기된 표정으로 도그 파이터와 싸우는 장면을 상상했다.

"오빠, 우리 언제 출발해요?"

"야가 몸이 달았네, 달았어. 흐흐."

"슬슬 출발해야지. 다 준비했지? 다음 장소는 경마공원역이야."

일행은 아지트에서 나와 경마공원방향으로 걸었다. 도보로 2시간쯤 소요되는 장소였다.

한참을 지루하게 걷는 중에 수현이 의견을 냈다.

"형, 우리 오토바이라도 구해보는 건 어때요? 차도가 주차장이 되긴 해도 오토바이 정도면 빠져나갈 수도 있을 것 같은데…."

"그거 좋은 생각이다. 가는 길에 보니 주유소도 텅 비어서 기름 걱정은 없겠고. 태랑아, 어때?"

"오토바이는 안 돼. 너무 시끄러워."

"왜? 사람도 없는데 좀 시끄러우면 어때서?"

"몬스터에 따라서 소리에 민감하게 반응하는 종류가 있어. 그 중엔 D급 이상도 많지. 괜히 놈들을 자극할 필욘 없어. 오토바이 소음은 놈들을 불러들이는 신호가 될 수도 있거든."

"아항."

하지만 태랑도 점차 이동문제에 대한 고민을 하던 차였다.

현재는 최대한 근거리 위주로 사냥터를 잡고 있지만, 필요에 따라 멀리 원정을 가야 할 수도 있다. 서울 전역을 도보로 이동하는 것은 확실히 무리였다.

"자전거는 어때?"

"자전거 좋네요. 적당히 빠르고 소리도 안 나고."

"흑. 난 자전거 못타는데?"

"아니! 지구를 지키는 용사가 무면허 라이더라니!"

한참을 웃고 떠드는 중에 태랑이 말했다.

2. 맨이터

포식의 군주

2. 맨이터

"시간이 지나면 이동문제는 차차 해결 될 거야."

"어떻게요?"

"꿈에선 다양한 방식이 존재했지. 가령 '테이머' 라는 특성을 가진 능력자는 몬스터를 길들여서 '탈 것' 으로 사용하더라고."

"그런 특성이 있어요?"

"뭐 특성이야 수천가지가 넘으니까. 코뿔소 같은 멧돼지를 타고 다니는 사람도 있었고, 정말 뛰어난 사람은 비행체를 길들이기도 했지. 별명이 아마 그리폰 라이더였을 거야."

"우아! 대박!"

85

"물론 그것은 상당히 시간이 지난 후의 일이야. 특성이 있더라도 몬스터를 길들이려면 해당 몬스터보다 강해져야 했거든."

"아항. 그래도 대단하네요."

"소환수를 이용하는 경우도 있었는데, 페가서스나 팬텀이라 불리는 말을 타고 다니는 각성자도 있었지."

"와! 끝내 준다."

"우린 왜 그런 능력이 없는거지?"

"가장 보편적인 경우는 역시 신속의 장화라던가, 무한궤도, 혹은 천상의 날개 등등의 아티펙트를 갖추면 돼."

"뭔가 듣기만 해도 엄청난데?"

"뭐시여 날개면 날아다닐 수도 있다는 거여, 시방?"

"네. 물론 방금 말한 아티펙트를 구하려면 엄청난 레벨링을 거쳐야겠죠."

"스킬로는 없어요?"

"몇 가지 있어. 순간이동이나 플라이 같은 마법도 있었는데, 상당히 배우기 어렵지. 방금 말한 마법은 스킬북(Skill Book)을 통해서만 나오니까."

"스킬북은 또 뭔데?"

"음… 아직은 요원한 일이지만 타워를 클리어 할 때쯤 등장할 거야. 필드라면 E급 이상 정도? 스킬에도 사실 등급이 존재하거든."

"등급?"

"생각해봐. 누구는 파이어 볼 배우고, 누구는 메테오나 블리자드 같은 게 나온다면 너무 차이가 크잖아."

"원래 스킬이란게 랜덤이라며?"

"그래. 랜덤이긴 하지. 하지만 그 랜덤의 범위 안에 에픽 레벨의 마법은 존재하지 않거든. 그걸 배울 수 있게 해주는 게 바로 스킬북이야. 물론 모든 스킬북에 에픽 레벨 스킬이 있는건 아니지만 에픽 레벨의 경우는 무조건 스킬북을 통해서만 배울 수 있어."

"와… 저 방금 팔에 소름 돋았어요."

"뭐가 또?"

"이 세상을 설계한 신이 존재하면 분명히 게임 폐인이었을 거예요. 장담할 수 있어요."

"푸하하."

태랑이 언급한 내용들은 상당한 시간이 지난 후에야 가능한 것들이었다. 그렇지만 일행의 가슴은 더욱 벅차올랐다. 새로운 세상에서 강해지는 방법은 정말로 무궁무진했다.

그리고 그 세상에 치트키가 존재한다면, 그것은 바로 태랑의 존재일 것이다. 그가 일행의 리더를 맡고 있다는 게 이토록 다행일 수 없었다.

"참 수현, 게시판 모니터링 계속 하고 있지?"

"말씀하신대로 30분 단위로 체크하고 있어요."

"혹시 〈폭룡 클랜〉이라고 올라온 글 없었어?"

"네, 저번 쿤켄클랜 모집 글 이후 몇 군데 더 올라오긴 했는데 아직 그런 이름은 없었어요."

"왜요 태랑 오빠?"

"그 클랜에 우리 다음 동료가 될 사람이 있거든."

"동료?"

"에이, 찾아갔는데 또 민준이처럼 엄마 찾아 삼만리하면 어쩌려고?"

"…그렇진 않을 거야. 그 사람은 고아거든."

"아… 그래? 짠하네."

"도착했다. 경마공원역."

한참을 걷다보니 경마 공원 역이 눈에 들어왔다.

뒤로 과천경마장의 모습도 보였다.

"여기 몇 년 전 말밥 주로 자주 왔었는디…."

"쯧쯧. 아저씨, 도박도 했어요?"

"도박이라니? 엄연히 국가에서 인정한 합법이여."

"어쨌든 합법적인 도박이죠. 그런 거 좋아하면 패가망신해요."

"그라고 보믄 정부 놈들 참 웃기지 않냐? 남이 하면 불법인디 지들이 하믄 합법이여. 우끼고들 있어. 그게 말이여 방구여?"

"원래 내가 하면 로맨스고 남이 하면 불륜이래잖아."

"사실 우덜 조직에서 사설 토토 쪽으로 진출해 볼라고 견적 내본 적 있거든. 골치 아파서 바로 접어 블긴 했지만."

한모의 말을 듣던 유화가 게슴츠레 눈을 흘겼다.

"정말 신기하다. 아저씬 왜 안 잡혀 갔을까요?"

"안 잡혀 갔응께 여기서 사냥하고 있는 거 아니냐."

"어? 근데 저거 혹시 말인가?"

갈색의 말.

체구가 우람한 종마(種馬) 한 마리가 가로수에 메여 있었다. 영국처럼 기마경찰이 다니는 곳도 아닌데 도심 한가운데 말이 서 있는 모습은 무척 이질적이었다.

"웬 말이지? 혹시 경마장에서 탈출했나?"

"잠깐. 저거 누군가 줄로 묶어 놨는데?"

"용케 안 잡아 먹혔네?"

"동물이니까 그렇지."

몬스터는 동물에게 흥미를 보이지 않는다. 유전적으로 유사한 영장류를 잡아먹는 경우는 간혹 있지만, 보통의 동물들은 몬스터에게 있어 파리와 다름없는 존재였다.

귀찮아 죽일 때도 있지만 대체로 신경 쓰지 않는.

"그래. 우리 자전거 말고 말을 타는 것은 어떠니? 오토바이보단 조용할거 아냐. 왠지 분위기도 있고."

"누나 자전거는 못 타는데 말은 탈 줄 아세요? 혹시 어렸을 때 승마를 배웠다던지…."

"음. 아니야. 대신 다른 말 타기는 잘해."

"네? 다른 말 타기요?"

"아냐, 농담한 거야… 까짓거 배우면 되겠지."

순진한 유화와 수현은 은숙의 19금 농담을 이해하지 못했지만 한모는 뭐가 그렇게 재밌는지 배를 잡고 껄껄댔다. 태랑은 은숙의 농담에도 별 반응 없이 진지한 표정을 짓고 있었다.

'…뭔가 이상한데? 누가 말을 메어 놨을까?'

"가까이 가보자."

"주인 있는 말이면 어쩌려고 그래요?"

"그냥 구경만 하는 건데 뭘."

은숙이 별 생각 없이 말에게 다가가는데 갑자기 탕-! 하는 소리가 정적을 깨뜨렸다.

놀란 일행은 머리를 감싸며 바짝 엎드렸다.

"뭐야! 방금 총소리야 혹시?"

동시에 험상궂은 사내들이 모습을 드러냈다. 모두 7명으로 그중 가운데 선 한명은 군용 K-2소총을 들고 있었다.

"딱 걸렸다. 말 도둑 새끼들!"

"저기 무슨 오해가 있으신 거 같은데…."

태랑이 손을 들면서 일어서자 총을 든 사내가 총구를 찌를 듯이 지향하며 소리쳤다.

"동작 그만! 움직이면 벌집을 만들어 준다! 허튼 수작 부리지 마!"

총을 마주하는 건 처음이었으므로 모두 바짝 얼어붙었다.

열 받은 한모가 태랑에게 눈짓을 보내자 태랑은 슬쩍 고개를 가로 저었다. 잠시 기다려보란 소리였다.

'각성자는 쉴드로 보호받으니 총알 한방으론 죽지 않아. 하지만 놈이 만에 하나 총알에 포스를 입혀서 사격하는 능력자라면 치명상을 입을 수도 있어.'

총알 등의 투사체에 포스를 입히는 것은 무척 어려운 일이다.

화살처럼 직접 손에 잡히는 물건이라면 모를까, 장전된 총알에 포스를 입혀 그것을 날려 보내는 기술은 타고난 재능을 필요로 했다.

태랑이 알기로 그것이 가능한 사람은 각성자 만명 당 한명 정도. 그러나 낮은 확률이라도 목숨을 건 도박을 할 순 없었다. 특히 다른 사람에 비해 쉴드가 낮은 수현 같은 경우 한방에 쉴드가 깨어질 수도 있었다.

일단은 대화로 풀어야 한다.

"저희는 그냥 말이 묶여 있는 것을 보고 호기심에…."

"그딴 변명은 나도 하겠다. 호기심은 무슨 얼어 죽을. 좀 더 참신한 핑계는 없냐?"

소총을 겨냥한 사내가 태랑의 말을 일축했다.

"그나저나 이놈들 어쩌지?"

"뭘 어째. 사내놈들은 죽이고, 여자들은 기지로 데려가자. 가뜩이나 식량도 부족한데 입이라도 줄여야지."

"나도 찬성. 그러고 보니 지난번에 세 놈 죽이고 나니까

91

포스 올랐잖아. 위험하게 몬스터 사냥하는 것보다 이편이 훨씬 좋은 것 같아."

"그럼 얼른 쏴 죽여 버려."

"안 돼. 총알 아껴야 돼. 오중위님이 탄약 새로 구할 때까지 최대한 아끼라고 했다고."

"그러게 김하사 너는 탈영할 때 탄알집 좀 넉넉히 챙겨 오지 그랬어?"

"니미, 그때 겨우 도망친 거야. 서울 수복 작전 하다가 사단 전체가 궤멸하는 와중에 내빼기 쉬웠는 줄 알아?"

놈들은 총을 들고 있다는 자신감에 태랑 일행은 안중에도 없다는 듯 서로 떠들어 댔다.

대화로 타협 볼 수 있지 않을까 생각하던 태랑은 대화 내용을 듣고 이미 안색을 굳힌 채였다.

'…이놈들 맨이터군. 생존을 위해 남의 목숨을 함부로 취하는 자들. 결코 용서할 수 없다.'

총을 든 사람만 제압하면 다른 놈들은 별 볼일 없었다. 태랑이 입술을 거의 움직이지 않은 채 바로 옆의 은숙에게 속삭였다.

–나한테 쉴드 씌워.

–어쩌려고?

–총알에 포스를 입히더라도 쉴드가 있으면 몇 방은 버틸 수 있어. 내가 달려들게.

–너무 위험해.

"야! 이 새끼들 뭐라 쑥떡거리잖아! 얼른 조져… 어?"

쇠몽둥이와 칼을 쥔 사내들이 태랑 일행을 향해 달려들던 순간이었다. 갑자기 경마공원역 입구에서 몬스터들이 쏟아져 나왔다. 던전 안에 있던 도그 파이터 무리였다.

"우아아! 괴물이다!"

"뭐, 뭐야 왜 저렇게 많아!"

투다다다당-!

태랑 일행을 노리던 총구가 다려드는 견인(犬人)에게 돌아갔다. 그러나 총알은 허무하게 괴물을 통과해 지나칠 뿐이었다. 그는 총알에 포스를 입히지 못하는 각성자였던 것이다.

"젠장, 도그 파이터부터 먼저!"

태랑은 우선순위를 따졌다.

맨이터 무리를 곧바로 처단하고 싶었지만 당장 공격해오는 도그 파이터 숫자가 너무 많았다. 자칫 힘을 분산했다가 위기에 처할 수 있었다.

'B급 몬스터 10마리를 동시에 상대하는 건 벅차. 차라리 맨이터 놈들을 몬스터의 먹잇감으로 던져주는 편이 낫겠어.'

도그 파이터는 개처럼 사족보행으로 뛰었다. 한순간에 거리가 좁혀졌다. 허기진 몬스터들이 먹이를 발견하고 침을 질질 흘렸다.

"레이즈 스켈레톤!"

태랑이 13마리의 해골병사를 동시에 소환했다. 소환의
가락지가 랜덤으로 해골궁수 한 마리를 추가 소환했다.

이제 3레벨로 강력해진 해골전사들은 방패병으로 업그
레이드가 되어 한손엔 방패를, 다른 손엔 창을 들고 있었
다. 스파르타의 중장보병을 연상케 하는 차림새였다.

태랑은 도그 파이터 한 마리당 해골전사 3마리씩 나눠붙
였다. 동시에 해골 궁수들을 조정해 지원사격을 했다. 개개
의 해골병사들은 약했지만, 진형을 짜고 스크럼을 이루자
B급 몬스터를 저지하기에 충분했다.

마법사용에 쿨타임이 긴 메이지 스켈레톤은 잠시 대기시
켰다 동공의 색을 보니 한 마리는 화염계 나머지 하나는 빙
결계가 뽑혀 있었다.

'아쉽게 녹색이 안 나왔군. 일단 확실한 순간을 노리자.'

네 발로 뛰어 온 도그 파이터들은 근접 후 두발로 몸을
일으켰다.

맨이터들은 도그 파이터의 주먹질에 형편없이 나가떨어
졌다. 바닥에 눕혀진 사내는 순식간에 피떡으로 변했다. 파
운딩 한방에 움푹 함몰된 얼굴이 놈들의 괴력을 짐작케 했
다.

갑작스런 몬스터의 공격에 정신없기도 했지만, 어차피
흉악한 놈들이었으므로 죽든 말든 누구나 신경 쓰는 사
람 없었다. 태랑의 생각대로 놈들은 철저하게 고기방패 신
세였다.

유화는 건틀릿을 장착하고 도그 파이터 한 마리와 정면으로 마주했다.

"야, 너 주먹질 좀 한다며?"

"……."

대화가 통할 리 없지만 유화가 말을 걸었다.

타고난 싸움꾼인 그녀의 피가 끓어올랐다.

"어디 솜씨 한번 볼까?"

유화가 빠르게 주먹을 내지르자 도그 파이터가 다운 더킹 동작으로 바짝 무릎을 굽혔다. 헛방을 친 유화가 신속하게 후속타를 날리자 이번엔 스웨잉으로 하체를 고정시키고 전후좌우 상체를 흔들어 댔다.

"이 자식 봐라?"

태랑이 얘기했던 것처럼 완전한 복서의 동작이었다.

놈들은 본능적으로 주먹을 회피하는 법을 알고 있었다. 뛰어난 동체시력과 반사 신경이 이를 가능케 했다.

유화의 공격을 무위로 돌린 도그 파이터가 몸을 일으키며 바디 블로우로 반격해 왔다. 유화는 신속히 블로킹 자세를 취하며 주먹을 막았다. 강철 건틀릿 위로 욱씬거리는 통증이 밀려왔다.

"이 개새…."

그녀답지 않게 욕지기가 터져 나왔다.

"도와줘?"

"아뇨! 언니! 건드리지 마욧!"

매직미사일로 호응하려던 은숙은 성난 유화의 표정을 보고 어깨를 으쓱했다.

"하여간 쟤도 은근 파이터 기질이 있다니까?"

은숙은 싸움에 몰두한 유화를 두고 이번엔 한모 쪽으로 시선을 돌렸다.

뼈의 장벽과 쇠파이프를 들고 싸우는 한모는 비교적 여유가 있었다. 도그 파이터의 주먹이 방패에 부딪히는 순간 가시데미지가 되돌아갔다. 개머리 복서는 때리면 때릴수록 손해를 보고 있었다.

주먹이 통하지 않자 놈이 갑자기 클린치 동작으로 달라붙었다. 붙잡아 매다 꽂으려는 시도였다.

"어쭈? 나랑 한번 해보자고?"

완력이라면 한모도 뒤지지 않는다.

겨드랑이로 파고드는 도그 파이터를 해드락으로 저지한 한모는, 빠르게 몸을 반전시켜 등 뒤로 돌아갔다.

"저먼 스플렉스다, 씹새야!"

도그 파이터를 뒤에서 부둥켜안은 한모가 그대로 허리를 아치형으로 젖히며 상체를 뒤로 넘겼다. 콘크리트 바닥에 머리부터 떨어진 몬스터는 큰 충격을 입고 기절했다. 한모는 매고 있던 사슬낫을 풀어 목을 찔렀다.

푹—

은숙이 인상을 찌푸리며 시선을 돌렸다.

"…이쪽도 뭐. 알아서 잘하는 거 같고…."

그 사이 맨이터 일당은 철저하게 도그 파이터에게 유린 당하는 중이었다. 스텟을 얼마 올리지 못한 놈들은 B급 몬스터의 공격을 감당해 내지 못했다. 어느덧 일곱 놈 중에서 남은 사람은 겨우 둘.

뒤에서 기회를 노리던 수현이 시체를 뜯어먹으려 모인 놈들을 향해 벼락 창을 내던졌다.

콰지직—!

체인라이트닝이 터지며 4마리가 동시에 벼락을 적중당했다. 스킬 레벨이 상향되면서 추가된 기절 충격으로 놈들이 정신을 못 차리고 부들거렸다. 다만 맷집이 좋은지 한방에 죽는 놈은 없었다.

"매직 미사일!"

은숙이 곧바로 후속타로 호응했다.

퍽—!

몸통에 적중당한 놈은 차에 치인 것처럼 멀리 날아가더니 그대로 즉사했다. 쿨타임이 비교적 짧은 은숙의 마법이 연이어 쏟아졌다.

"매직 미사일!"

그러나 기절에서 깨어난 놈들은 코앞까지 날아온 그녀의 미사일을 고개만 흔들어 피해냈다. 과연 놀라운 반사 신경이었다. 그러나 은숙은 여전히 여유가 넘쳤다.

"뒤를 봐, 멍멍이들아."

퍽—!

유도기능이 추가된 매직 미사일은 그대로 유턴하더니 도그 파이터의 뒤통수를 후려갈겼다. 머리가 터진 개머리 인간이 철퍼덕 주저앉았다.

10마리에 달하던 도그 파이터 무리가 순식간에 절반 가까이 줄었다. 그간 레벨링으로 상향된 태랑 일행의 능력은 이제 B급 몬스터들까지 무난히 상대할 정도로 올라선 것이었다.

다른 각성자들이 봤다면 놀라 까무러칠 일이었지만, 이제 이곳에 남은 각성자는 김하사라 불리던 탈영간부 밖에 없었다.

태랑의 광각의 심안에 김하사의 움직임이 포착되었다.

놈은 동료들이 죽어가는 틈을 타 비겁하게 말을 타고 달아나는 중이었다.

'곱게 보내줄 것 같으냐!'

태랑은 놈을 결코 용서할 생각이 없었다.

각성 전 탈옥수 3인방을 보내줄 때만 해도 마음이 모질지 못한 구석이 있었다. 허나 몬스터 인베이젼이란 지옥에서 한 달을 버티는 동안, 어느새 그의 마음도 돌처럼 단단해졌다.

특히 다른 각성자를 해치는 맨이터는 무조건 박멸해야하는 존재. 놈들은 인류의 생존에 해가 되는 기생충이나 다름없었다. 그들을 풀어준다면 다른 선량한 사람을 죽이는 것과 똑같은 결과를 초래할 것이다.

태랑은 해골 궁수를 움직여 놈을 조준했다.

그러나 재장전 타이밍이었기 때문에 다섯 마리 중 한 마리만 사격이 가능했다.

'칫. 하필….'

푸슉─

공기를 가르는 소리에 놀란 김하사가 마상에서 몸을 비틀었다. 화살이 살짝 빗나가며 그의 팔을 꿰뚫었다.

"크흑!"

화살이 팔에 박히는 충격에도 김하사는 가까스로 추락을 면했다. 어디서 승마를 배웠는지 한 팔만 가지고 고삐를 잡고 도주를 멈추지 않았다. 거리가 점점 벌어졌다.

"절대 놔주지 않는다!"

태랑이 한참 대기시켜놓았던 화염계 해골마법사를 드디어 움직였다. 메이지 스켈레톤은 손에서 화염구를 일어나 대포처럼 포물선을 그리며 쏘아졌다. 소환수를 매개하여 위력이 점감되었으므로 정식 파이어볼 스킬의 절반정도 크기였다.

큰 곡선을 그리며 날아간 불덩이는 달려가는 말 바로 앞에서 폭발했다. 놀란 말이 앞다리를 번쩍 들었다. 한 팔로 지탱하던 김하사는 더 이상 버티지 못하고 바닥으로 굴러 떨어졌다.

배를 깔고 쓰러진 그는 낙마의 충격으로 일어서지 못했다. 마침 화살의 재장전 끝났지만 태랑은 추가공격을 멈추었다.

'놈을 아직 죽여선 안 된다. 대화로 미루어 보건대 놈들에겐 일당이 더 남아 있어. 이번 기회에 맨이터 무리를 뿌리 뽑아 버려야 겠다.'

태랑은 해골전사 세 마리를 그쪽으로 보내 낙마한 김하사를 포위하고는 다시 도그 파이터 쪽으로 시선을 돌렸다.

이제 남은 몬스터는 3마리.

유화의 새 기술 칠보장법에 얻어맞은 도그 파이터가 무릎을 꿇었다. 내부가 진탕되어 속이 뭉그러진 듯 입에선 연신 피를 토했다. 유화는 새로운 기술의 위력을 실감하며 자기 손을 쳐다보았다.

한모 또한 새로운 스킬 맹렬한 파동을 사용했다. 넉백 효과로 도그 파이터는 끊임없이 뒤로 밀려났다. 거리를 벌린 한모가 부메랑처럼 사슬낫을 집어 던졌다. 'ㄱ'로 꺾인 날이 그대로 도그 파이터의 쇄골에 박혔다.

"깽!"

이어 한모가 낫에 연결 된 쇠사슬을 잡아당기자 도그 파이터가 질질 끌려왔다. 한모는 도약하듯 뛰쳐나가며 무릎을 접어 앞으로 내밀었다.

퍽―!

니킥 작렬!

가슴뼈가 함몰된 도그 파이터가 혀를 쭉 빼고 나동그라졌다.

이제 남은 것은 해골전사와 어우러진 한 마리.

태랑은 빙결계 메이지 스켈레톤을 조작해 놈을 노렸다.

빙결계 기본 마법 서리광선이 소방호수에서 물줄기 뻗어나가듯 직선으로 끊임없이 쏘아졌다. 파이어 볼과 마찬가지로 본래 스킬에 절반 정도 위력이었지만 그 정도면 충분했다.

서리광선에 적중당한 도그 파이터의 몸이 서서히 느려지더니 잠시 후 하얗게 서리가 끼며 동태처럼 굳어버렸다. 꽁꽁 얼어붙은 도그 파이터를 태랑의 해골전사가 칼로 내리쳤다.

깡-!

곧 도그 파이터가 수백의 파편으로 산산조각 났다. 몬스터 무리가 죽은 자리에 에테르 4개와 가죽 갑옷 두벌이 떨어졌다.

"에테르랑 아티펙트가 같이 떨어졌어!"

[가죽 갑옷] 1등급 아티펙트

-평범한 가죽갑옷

+쉴드 수치 '+3'

+근접 공격에 대한 피해 5%감소

"으잉? 꼴랑 1등급?"

"그래도 B급 몬스터라고 뭐라도 주는 게 어디에요."

"이건 유화랑 한모오빠가 쓰면 되겠다."

다른 일행들이 전리품을 챙기느라 정신없는 사이 태랑은 낙마한 김하사에게 다가갔다. 허리가 완전히 돌아간 것으로 보아 척추가 부러진 게 틀림없었다.

태랑은 해골전사를 물리고 그 앞에 섰다.

"다른 일당은 어디 숨어있지? 말해!"

"사, 살려주십시오."

"어서!"

"겨, 경마장 뒤편 선수 숙소에… 제발 목숨만…."

태랑은 잠깐 동정심이 일었지만 이내 마음을 다잡았다. 어차피 이자는 살기 힘들다. 그게 아니라도 맨이터를 살려둘 순 없다. 태랑은 해골병사를 시켜 헐떡거리던 놈의 숨통을 완전히 끊었다.

"놈들의 일당이 숨은 곳을 알아냈습니다."

"잘했다잉."

"이제 어쩔 거야?"

"맨이터는 몬스터랑 같아. 아니 그보다 더 악질적이지. 능력을 올리기 위해 같은 동족을 죽이니까. 우리가 해치우자."

"놈들은 총을 들고 있잖아요. 괜찮을까요?"

"아무래도 탈영한 군인무리가 섞여있는 것 같아. 하지만 우리 쉴드 정도면 총에 맞는다고 죽진 않을 거야. 최대한 조심하는 수밖에."

한모가 광대를 씰룩였다. 그가 흥분했을 때 나오는 버릇이다.

"좆만한 새끼들 같으니. 아주 아작을 내버리겠어. 감히 나를 담구려 했겠다? 뺀찌만 있으면 이빨을 싹다 뽑아 블고 싶네."

그때 수현이 태랑에게 다가왔다. 그는 태랑의 표정이 불편해 보이는 것을 예민하게 감지했다.

"형 괜찮아요?"

"…응."

태랑은 밀려드는 낯선 감정에 마음이 복잡했다.

괴물은 수도 없이 해치웠지만 살인은 처음이었다.

차크라로 사라지는 괴물과 달리 인간은 흉측한 시체를 남겼다. 그것이 태랑의 마음을 무겁게 했다.

"놈들은 살인자였어요. 우리도 죽이려고 했구요. 이건 정당방위에요."

태랑이 고개를 끄덕였다.

'그래. 같은 상황이 다시 오더라도 나는 똑같이 행동하겠어. 주저해선 안 돼. 내가 주저하면 더 많은 피해자가 생길거야.'

태랑은 스스로를 다독였다.

지금은 제도가 기능하는 시대가 아니다.

인간을 옥죄던 법은 사라지고, 도덕은 치열한 생존경쟁 뒤로 밀려났다. 당위를 부여하는 것은 스스로의 굳은 신념이면 충분하다.

　'인류를 구원하기 위한 올바른 선택이었다. 맨이터는 결코 용서할 수 없어.'

　목표로 했던 에테르는 이미 얻었지만 태랑 일행은 남은 맨이터의 소탕을 위해 경마장 방향으로 발길을 옮겼다.

　오천식 중위.

　보병부대 소대장이던 그는 몬스터 인베이젼 이틀째 서울 수복작전에 투입되었다.

　당시만 해도 몬스터의 출현을 외계인의 침입쯤으로 여기던 시기였다. 전 세계적으로 반격이 펼쳐졌다. 그러나 인간이 가진 최대의 화력을 퍼부어도 몬스터를 해치울 수 없었다.

　애초 각성 시작 전까지 몬스터를 죽일 수단이란 존재하지 않았다.

　거침없이 반격해 오는 몬스터 무리에 부대 전체가 전멸했다. 군대의 항거는 민간인의 피해만 가중시켰고, 군인들은 철저하게 먹잇감으로 전락했다.

　탱크는 부서지고, 장갑차는 찌그러졌다. 함선은 침몰하고, 전투기는 격추되었다. 보병부대는 자진해서 달려오는 식량이나 마찬가지였다. 불과 이틀사이 전방을 지키던 군

병력의 90%가 궤멸에 가까운 타격을 입고서야 작전이 중지되었다.

몬스터가 피의 향연을 벌이는 전장에서, 오중위는 도망쳤다.

장교로서의 품위와 명예는 저열한 생존 본능 앞에선 거추장스러운 것이었다. 애초에 그가 직업군인이 된 것도 소명의식의 발로라기 보단 먹고 살기 위해서였으니까.

그는 자신의 소대에게 돌격 명령을 내리고 작전지대를 이탈했다. 도망치던 그는 같은 중대 소속 김상식 하사와 합류했다.

두 사람은 치열한 도주 끝에 겨우 목숨을 부지할 수 있었다.

생존자들의 각성이 시작되고 사태가 소강상태에 이르자 그들은 앞으로의 행보를 고민했다.

"복귀하면 탈영한 죄목으로 영창 가겠죠?"

"영창 같은 소리하네. 군법도 몰라? 전시 이탈은 즉결 처분이야. 아마 사형 당할걸?"

"헉, 그럼 저흰 어떡합니까?"

"뭘 어떡해? 어차피 돌아갈 생각 없어. 군대 같은 건 몬스터 앞에서 아무 쓸데없는 조직이야."

"하기야 인간의 무기가 전혀 통하지 않았지 말입니다."

"…괴물한테는 확실히 그랬지."

오중위가 음험한 눈빛으로 말했다.

"네? 잘 못 들었습니다?"

"야, 김하사. 아니 김상식이. 까놓고 말해보자. 우리에겐 소총 2자루가 있잖아. 괴물한텐 쓸모없지만, 같은 인간들에겐 쓸데가 있지 않겠냐?"

"설마 그 말씀은…."

"어차피 망해버린 세상이야. 지금 젤 중요한 게 뭐야? 살아남는 거잖아. 상식아, 우리 끝까지 살아남자. 강한 놈이 살아남는 게 아냐. 살아남는 놈이 강한거지."

두 탈영 간부의 생존법은 매우 비열했다.

몬스터를 상대하긴 무서우니 같은 인간을 약탈하기로 한 것이다.

처음엔 총으로 위협해 식량을 빼앗는 수준이었다.

각성에 대해 잘 모르던 생존자들은 총 앞에서 무조건 항복을 선언했다.

점점 패거리를 불려가면서 조직이 갖춰지자 그들의 범죄 행위는 더욱 대범해졌다. 사람을 죽여도 차크라를 흡수할 수 있다는 것을 깨닫고 난 뒤로는 고의적으로 사람을 살해하기에 이르렀다.

그야말로 완벽한 맨이터가 되어 버린 것이다.

최근엔 승마를 배운 적 있다는 김하사의 의견에 따라 과천경마장으로 조직을 옮겼다. 몬스터에 발각되지 않으며 기동성을 확보할 수 있는 말을 이용해 활동범위를 넓히려는 수작이었다.

오중위, 그는 21세기 마적단을 꿈꾸고 있었다.

❖ ❖ ❖

과천 경마장 선수 숙소 건물 2층에선 야릇한 신음성이
흘러 나오고 있었다.

"흡 흡… 읍웃… 하앗… 웃…."

"야! 제대로 못 해? 너도 골로 가고 싶어?"

"사, 살려 주…."

"아악! 이 년이! 내가 분명 이빨 조심하랬잖아!"

군복바지를 발목아래 걸치고 서있는 오중위가 여자의 머
리채 확 낚아챘다. 밑에 매달려 있던 여자는 목이 뒤로 꺾
이며 공포에 질린 표정이 되었다.

"죄, 죄송해요."

"말만 죄송하면 다냐? 죄송하면 책임을 져!"

오중위가 여자를 거칠게 내동댕이 쳤다.

바닥에 머리를 찧은 여자가 고통에 서럽게 울기 시작했
다.

"아흑… 흑흑…."

"재수없으니까 울지 마 시팔!"

"제발 목숨만은…."

오중위는 뱀처럼 냉정한 눈빛으로 홀스터에 차고 있던
K-5 권총을 뽑아 들었다.

"흑흑…시키는 대로 다 했잖아요!"

"병신같은 년. 징징대긴… 솔직히 너도 이제 물린다. 세상에 널린 게 여잔데 내가 널 왜 살려줘? 그냥 죽어."

탕-!

총알이 여자의 미간에 박혔다.

죽기 전까지도 실감이 나지 않는 듯, 여자의 얼굴을 경악으로 가득 차 있었다.

풀썩-

여자가 쓰러지자 붉은색의 차크라가 흘러 나와 오중위의 몸으로 흡수되었다. 총성에 놀란 수하가 벌컥 문을 열고 들어 닥쳤다.

"괘, 괜찮으십니까?"

오중위는 여전히 바지를 내린 채였다. 침이 묻어 번들거리는 심볼을 드러내고 있음에도 부끄러운 기색이라곤 찾아볼 수 없었다. 민망한 부하가 오히려 고개를 돌려 외면했다.

"야, 이 년 얼른 치워."

"아? 네, 넵."

"참. 김하사 안 돌아 왔냐?"

"식량을 구하러 나간다더니 아직 소식 없습니다."

"이것들 또 어디서 때씹이라도 하는 거 아냐? 쌍놈 새끼들, 일할 땐 한 가지만 하래니까."

부하는 속으로 욕을 퍼부었다.

'좆같은 새끼. 지 혼자서 여자를 독차지하고 걸핏하면 죽여대니까 그렇지.'

"뭐야? 너 표정 왜 그래? 불만 있냐?"

"아닙니다! 바로 치우겠습니다."

부하가 시체를 끌고 나가자 그제야 오중위가 바지를 끌어 올렸다. 그는 늘어난 능력치를 확인하기 위해 스탯창을 켰다.

[성명 : 오천식, ♂(27)]

포스 : 21.2(98%)

쉴드 : 16.1(100%)

스킬 : (4/9Point)

'마이트'(1Lv)

+일시적으로 믿을 수 없는 괴력을 발휘함.

특성 : 마탄의 사수

-모든 투사체 공격에 크리티컬(x2~10) 데미지가 들어감.

"씨팔, 포스도 쥐 좆만큼 올랐네. 왜 저번처럼 스킬 차크라가 안 나오지?"

그는 이제껏 순전히 인간을 죽여 능력치를 올렸다.

그가 노리개로 삼던 여자를 계속 죽이는 것은 다른 이유가 아니었다. 예전에 한번 죽인 여자에게서 스킬차크라가 나왔기 때문이었다.

사실 각성자를 죽일 때 스킬차크라가 나올 확률은 해당 각성자가 지닌 능력에 비례했다. 몬스터가 등급에 따라서 드랍 확률이 올라가는 것처럼 강한 능력자를 죽일수록 스킬 차크라의 드랍 확률 또한 증가하는 것이다.

그러나 과거의 우연한 경험 때문에, 그는 여자를 죽였을 때만 스킬 차크라가 나온다고 굳게 믿고 있었다.

오중위는 권총을 홀스터에 집어넣으며 생각했다.

'그나저나 마탄의 사수라니… 큭. 나 같은 특성을 받은 사람은 세상에 없을 거야. 총알에 포스를 씌울뿐더러, 치명상까지 입히는 놀라운 특성. 난 새로운 세계에 왕이 될 운명을 받은 거나 다름없다고. 어차피 군생활도 좆같았는데 이 편이 훨씬 낫지. 여자도 맘껏 따먹을 수 있고 말야.'

오천식 중위가 한참 만족스러운 웃음을 짓던 차였다.

미간에 총알이 박혀 죽은 여자를 생각하자 다시 아랫도리가 부풀어 올랐다. 그는 살인을 하고 나서 쾌락을 느끼는 싸이코였다.

그때 바깥에서 뭔가 폭발하는 소리가 났다.

퍼어어엉-!

"뭐, 뭐야? 몬스턴가?"

그가 황급히 K-2 소총과 수류탄을 챙겨 뛰쳐나갔다.

❖ ❖ ❖

최대한 기척을 줄여 적진에 가까이 접근한 태랑 일행은
건물 앞에 서성거리는 마적단 무리를 발견했다. 그들은 태
평하게 삼삼오오 모여 담배를 피우거나 잡담을 나누고 있
었다.

"다행히 총 든 놈들은 안 보이는 군. 총이 몇 자루 없는
모양이야."

"아직 눈치 못 채고 있는 것 같은데 확 그냥 덮쳐 블자.
나가 그냥 싹다 조사 블랑께."

"잠깐만요. 그래도 혹시 모르니 저부터 선공을 날릴게
요."

태랑은 메이지 스켈레톤을 이용해 파이어 볼을 날렸다.
화염의 구체가 대포알처럼 포물선을 그리며 날아가더니 마
적단 한가운데서 폭발했다.

퍼어어엉-!

"흐아아아악-!"

온 몸이 불길에 휩싸인 맨이터 하나가 파이어 골렘처럼
허우적댔다. 주변으로 스플레쉬 데미지를 입히는 파이어볼
은 특히 뭉쳐진 적에게 효과가 좋았다. 연이어 해골궁수가
뼈화살의 시위를 놓았다. 스킬레벨이 오르면서 사정거리가
늘어 보다 먼 거리에서 공격이 가능했다.

푸부부북-!

다섯 발의 화살이 허둥대는 맨이터 무리를 꿰뚫었다.

서른명에 달하는 마적단 무리에 큰 혼란이 벌어졌다. 그들은 갑작스러운 기습에 갈피를 못 잡고 사방으로 흩어졌다.

"지금이야!"

태랑이 방패를 앞세운 해골전사 6마리를 출격시켰다. 좌우 양끝에서 한모와 유화가 날개를 맡았다. 수현과 은숙은 후방에서 마법으로 지원했다.

벼락 창과 매직 미사일이 날아들 때마다 곡소리가 쏟아졌다.

콰앙-!

콰지지지직-!

"흐아아악! 마른하늘에 날벼락이라니!"

"조심해! 푸른 막대기가 날아온다!"

"해골들이다! 언데드의 습격이라고!"

"아냐, 잘 봐! 인간들이다! 놈들이 해골을 조정하는 거야!"

겨우 정신을 차린 놈들은 무기를 들고 반격을 시작했다.

개중 몇 놈은 스킬을 가지고 있는지 해골을 향해 기술을 날리기도 했다.

"죽어랏 몬스터 놈들!"

"감히 인간을 노리다니!"

그러나 태랑의 해골병사는 어느덧 3레벨로 A급 몬스터를 상회하는 위력을 지니고 있었다. 중무장한 해골전사는 방패로 막고 창을 내지르며 맨이터와 대등하게 맞서 나갔다. 더 이상 예전의 약골 뼈다귀가 아니었다.

 접전이 벌어지는 가운데 한모가 유난히 눈에 띄었다.

 분노한 그는 몬스터를 때려잡을 때보다 훨씬 사나운 모습으로 맨이터를 몰아붙이는 중이었다.

 "어디 허접스러운 새끼들이 연장 들고 설쳐 쌌냐? 나가 연장 질 좀 알려 줄 텐게 잘 보고 배워라 잉!"

 한모는 대지 격동 스킬로 몰려드는 맨이터들에게 스턴을 먹였다. 이어 양손에 쥐어진 그의 사시미 칼이 춤을 추었다.

 푹- 푸욱-

 강력한 포스를 실은 그의 공격에 맨이터의 쉴드가 종잇장처럼 찢겨 나갔다. 경동맥이 잘려나간 한 놈은 피분수를 쏟아내며 비명을 질러댔다.

 "끄아아아아아!"

 "크헥!"

 유화도 이번만큼은 손속에 자비를 두지 않았다. 정의감이 넘치는 그녀는 동족 살해자인 맨이터의 존재를 결코 용서할 수 없었다.

 "나쁜 놈들! 죽어!"

 그녀의 칠보장에 얻어맞은 맨이터 하나가 뒷걸음질 치며 물러서더니 입에 피를 쏟았다. 딱 일곱걸음이었다.

마적단 무리가 속수무책으로 당하고 있을 무렵, 때마침 오중위가 소총을 들고 건물 밖으로 튀어 나왔다. 그는 부하들이 나자빠지는 것을 보고는 흥분해 소리쳤다.

"뭐야 이 자식들은!"

투다다다당-!

총구가 불을 뿜더니 해골전사 한 마리가 곧바로 허물어졌다. 태랑의 광각의 심안에 그 모습이 포착되었다.

'뭐지? 내 해골병사를 총알로 죽였다고? 설마 총알에 포스를 입힐 줄 아는 놈인가?

"다들 대피해! 놈이 총탄에 포스를 입혀서 쏜다!"

일행이 숨을 시간을 벌기 위해 태랑이 해골 전사들을 총알받이로 내세웠다. 오중위는 전진해오는 뼈다귀를 향해 총알세례를 퍼부었다.

투다다다당-! 타다다당-!

해골전사가 방패를 들어 막았지만 어찌된 일인지 총탄에 맞는 순간 방패마저 박살나며 해골들이 허물어졌다.

그 사이 태랑이 해골궁수의 화살 끝을 오중위를 향해 정조준했다.

"이거나 먹어랏!"

다섯 발의 뼈화살이 바람을 가르며 쏘아졌다. 오중위는 날아오는 화살을 보더니 벽 뒤로 황급히 몸을 숨겼다. 시가전에서나 볼 법한 신속한 동작이었다. 그는 훈련받은 군인이었고 총격전에 대해 누구보다 빠삭했다.

화살이 벽을 맞추고 튕겨 나오자 태랑이 은숙에게 소리
쳤다.

"은숙아! 저놈부터!"

"알아! 매직 미사일!"

은숙의 매직미사일이 벽을 등지고 선 오중위를 향해 날
아갔다. 유도 기능으로 휘어지는 그녀의 공격은 단순한 은
폐로 막을 수 없었다. 심상치 않은 느낌에 매직미사일이 부
딪히기 직전 오중위가 전방을 향해 냅다 몸을 굴렀다. 갑자
기 타겟을 놓친 미사일이 방향을 틀려했지만 뒤에는 선회
할 공간없는 막다른 벽이었다.

콰강-!

그가 숨어있던 콘크리트 벽이 포탄이라도 맞은 것처럼
허물어졌다. 오중위는 성난 얼굴로 떨어져 나간 콘크리트
잔해를 집어 들었다. 양팔을 최대한 벌려야 잡을 수 있는
크기였지만 그의 스킬인 마이트가 발현되자 초인적인 힘이
솟아났다.

"이 씨팔 새끼들! 대체 뭐하는 놈들이야!"

엄청난 크기의 콘트리트 덩어리가 태랑의 해골 궁수들을
짓 뭉겠다. 예상을 뛰어넘는 공격에 내구력이 떨어지는 해
골궁수들이 그대로 허물어졌다.

"아니 무슨 힘이 저렇게 쌔?"

"스킬을 쓴 것 같아! 일단 피하자!"

오중위는 낮은 포복 자세로 탄창을 갈아 끼우며 응사를

해왔다.

투다다당-! 타다당-!

태랑 일행은 오중위의 무차별적인 사격에 숨을 곳을 찾아 흩어졌다. 까딱 쉴드가 깨어지는 날엔 치명적인 부상을 당할 수도 있었다. 강화된 해골전사를 한방에 쓰러뜨리는 것으로 볼 때 총탄의 위력은 상상이상으로 강한 게 틀림없었다.

'대체 뭐지? 아무리 포스를 입혔더라도 저렇게 위력적일 수 있는 건가? 혹시 투사체 관련 특성을 받은 놈일까?'

"이것들이 감히 나를 공격해? 너희들 오늘 다 죽었어!"

오중위는 맬빵 끈으로 소총을 목에 건채 왼손에 권총을 꺼내 하늘을 향해 갈겼다.

탕-탕-탕!

분을 풀지 못하고 길길이 날뛰는 모습.

"저 새끼 저거 완전 또라이잖아?"

"젠장 이제 어쩌지?"

태랑의 광각의 심안은 은폐 상태에서도 전장의 시야를 속속들이 제공했다. 현재 적들의 수는 오중위를 합쳐 모두 4명, 이쪽은 다들 무사했지만 해골전사와 궁수가 전멸한 상태였다.

'화염계 메이지 스켈레톤은 아직도 쿨타임인가? 빙결 메이지는 사거리가 너무 짧은데…'

"숨지 말고 나와, 버러지 같은 놈들! 안 나오면 수류탄 까버린다!"

단순한 엄포가 아니었다.

태랑의 심안에 놈의 허리춤에 걸린 수류탄이 들어왔다.

'수류탄이 터지면 방법이 없다. 빨리 대책을 마련해야
돼.'

유화와 한모는 각각 나무를 등지고 숨었고, 태랑 은숙 수
현은 마굿간으로 보이는 축사를 바리케이트로 삼고 있었다.

"히이이잉—"

그때 마굿간 안에서 총소리에 놀란 말의 투레질 소리가
들려왔다.

'좋아, 말들을 이용해야겠다.'

태랑은 남은 포스를 이용해 해골전사 6마리를 다시 일으
켜 세웠다. 해골전사들은 말들을 묶어놓은 끈을 풀고 위에
올라타더니 거침없이 적진을 향해 달려갔다.

축사 입구를 부수고 나온 해골전사들은 마상에서 창을
비껴 차고 있었다. 그 모습이 마치 죽음의 기사를 연상시켰
다.

"으아아아! 데, 데스나이트다! 저놈이 이번엔 데스나이
트를 불러냈어!"

"쫄지 마 병신새끼야! 아까 그 뼈다귀잖아!"

투다다다다당—!

오중위는 말을 타고 돌격해오는 6마리의 해골전사를 향
해 총탄을 퍼부었다. 그러나 빠르게 움직이는 표적을 맞추
기란 여간 어려운 일이 아니었다.

게다가 리치킹의 분노 특성이 발현되자 아까처럼 총탄 한방에 허물어지는 일은 없었다. 한방이면 쓰러지던 해골 전사가 두 방, 세 방을 버텨냈다.

"이, 이것들이!"

기마돌격을 감행한 해골전사가 적진 깊숙이 파고들자 혼란이 벌어졌다. 그사이 수현이 몸을 일으켜 벼락 창을 날렸다.

하얀 번개의 덩어리가 맨이터에게 적중했다. 동시에 체인 라이트닝 효과가 퍼지며 주변에 있던 모든 적에게 전기 충격 효과가 일어났다.

파지지지직!

"으으으으악!"

"끄아!"

오중위를 제외한 3명은 쉴드가 약했는지 그 자리에서 사망했다. 오중위 또한 감전의 충격으로 잠시 기절했는데 이를 놓치지 않고 은숙이 매직 미사일을 날렸다.

이번만큼은 그도 은숙의 공격을 피할 길이 없었다. 유도된 매직 미사일은 표적을 정확하게 강타했다.

퍽-!

푸른색의 막대에 얻어맞은 오중위의 몸이 붕 떠오르더니 실이 끊어진 연처럼 바닥으로 처박혔다. 그 충격에 들고 있던 총기마저 모두 놓치고 말았다. 일행은 신속하게 오중위에게 달려들었다.

"으흐흑…크흑."

오중위는 쉴드가 완전히 제거된 듯 전신에서 피를 흘렸다. 다리관절은 가동범위를 넘어 꺾여 있었다.

바로 죽지 않은 게 기적이었다.

"나쁜 새끼! 꼴좋다!"

"내가 호, 혼자 죽을 것 같…."

오중위는 발악하며 이빨로 수류탄의 안전핀을 뽑았다. 마지막까지 지독한 놈이었다.

"너 혼자 죽어 병신아!"

태랑이 벼락같이 달려들어 오중위의 손에 들린 수류탄을 뻥 걷어찼다. 수류탄은 멀리 날아가더니 건물 안에서 폭발했다.

콰광-!

엄청난 굉음과 함께 파편이 비산했다. 자욱한 먼지가 걷히고 나자 목에 칼이 박힌 오중위의 모습이 눈에 들어왔다.

한모가 찔렀던 사시미를 도로 뽑으며 혀를 낼름거렸다.

"씹쌔끼가. 감히 누굴 담글라고."

잔인한 모습에 은숙이 유화의 눈을 가렸다.

사태는 일단락되었다.

오중위의 마적단은 전원이 사망했다.

혹시나 인질이 있을까 싶어 건물 전체를 뒤졌으나 죽은 시체들만 잔뜩 발견되었다.

"잔인한 놈들… 죽어 마땅했다."

"그러게요."

"자기 스텟을 채우려고 죄 없는 사람들을 죽이다니…."

일행은 시체를 한 데 모으고 건물을 불태웠다. 화장이라도 해주자는 심산이었다. 활활 타오르는 건물을 뒤로하고 지친 걸음으로 숙소로 복귀했다.

참으로 힘든 하루였다.

경마공원역 레이드의 후유증은 상당히 오래갔다.

B급 몬스터 10마리를 상대한 것도 모자라, 최초로 다른 각성자들과 사투를 벌여야 했다.

육체적으로나 정신적으로 지칠 수밖에 없었다.

일행은 거의 하루를 통째로 쉬었다.

다음날 저녁까지 늘어지게 휴식을 취한 태랑은 기운을 회복한 후 옥상에 올라와 아이템을 점검했다.

거석의 파편 5개. 푸른 소금 6개.

마지막으로 구한 에테르가 모두 4개였다.

"근데 이걸로 골렘을 어찌 만들어?"

"꿈에서 봤을 땐 아이템을 한데 모아 소모시키면 됐어."

태랑이 기억하는 스톤 골렘의 조합비는 3:2:2.

거석의 파편이 한 개만 더 있었더라면 스톤 골렘 한 마리를 더 제작할 수 있었다.

'아쉽긴 해도 필요할 땐 써야지.'

거석의 파편은 호랑이의 공격을 막는데 썼고, 푸른 소금도 자이언트 스파이더를 물리치는데 사용했다. 그것은 불가피한 선택이었다. 아끼다가 똥 되는 경우보단 나으니까.

"어디 그럼 해볼까?"

태랑은 두근거리는 눈으로 조합에 맞게 아이템을 한데 뭉쳤다. 거석의 파편에 푸른 소금이 뿌려질 때만 해도 별다른 변화가 없던 아이템들은, 마지막에 에테르가 추가되자 눈부신 빛을 뿜었다.

"우아!"

빛이 사라지고 난 자리로 주사위 크기의 직육면체가 생겨났다. 장인이 만든 것처럼 정교한 솜씨로 다듬어진 돌 공예품이었다.

[스톤 골렘의 소환석] 3등급 토템
−스톤 골렘을 소환할 수 있는 신비의 돌조각.
+포스의 20%를 사용해 스톤 골렘(1Lv)을 소환할 수 있음.
+활성화 되어 있는 동안 포스가 소모됨.
+스톤 골렘은 최초의 소환자에게 귀속.
+ '귀환/소환' 명령으로 불러들이거나 돌려보낼 수 있음.

"토템이 뭐야?"

"아티펙트나 아이템과는 좀 다른데, 쉽게 말해 장식물 같은 거야. 부적이라든가 인형처럼 다양한 형태가 존재해.

토템은 소유자에게 특정한 효과를 부여해주지."

"진짜 별게 다 있구나. 한번 불러봐. 기대된다."

태랑은 토템을 꼭 쥐고 스톤 골렘을 소환했다.

갑자기 건물 옥상위로 먼지가 일더니 점차 크기를 불려 갔다. 자갈만한 돌조각은 금세 커다란 바윗덩어리로 자라 났고 그것들은 서로 합체를 시작했다.

잠시 후 거대한 암석의 거인이 눈앞에 나타났다.

"우아. 이게 스톤 골렘? 엄청 큰데요? 2M는 훌쩍 넘겠어 요."

"쟤 어깨 좀 봐, 완전 태평양이야."

소환된 스톤골렘은 우람하다는 말로 부족할 지경이었다.

두텁고 강인한 몸체는 탱크를 연상시켰다. 다들 스톤 골 렘의 위용에 감탄하는데 태랑의 손가락에 끼어진 소환의 가락지가 빛을 뿜었다.

"어어? 설마 또?"

바로 옆으로 또 한 마리의 스톤골렘이 소환되었다. 쌍둥이 처럼 똑같이 생긴 그들은 연녹색의 눈빛을 번뜩이며 태랑에 게 시선을 고정했다. 최초 소환자와의 귀속이 이루어졌다. 이제 그들은 태랑의 주문에 따라 자유롭게 나타날 것이다.

"근데 어떻게 두 마리나 소환 한 거야? 재료가 한 마리치 뿐이라며?"

"하나는 내 아티펙트에 걸린 특수효과야. 소환수를 한 마리 더 해주는 그거."

"대박! 원 플러스 원 같은 거네?"

태랑은 스켈레톤 병사를 움직일 때처럼 골렘 두 마리를 조정했다. 커다란 덩치의 골렘이 보행을 시작하자 옥상이 쿵쿵- 울려왔다.

"바닥에 구멍 나는 거 아니니? 이 정도 층간 소음이면 살해당해도 할 말 없겠어."

포식의 군주

3. 폭룡 클랜

"최대한 세심하게 조절 중이야. 괜찮을 거야."

"근데 확실히 느리긴 하다. 저래가지곤 방어밖엔 할 수 없겠는 걸?"

"아 그게 있지 유화, 신속의 바람 버프 좀 줘볼래?"

"네!"

유화가 스킬을 발하자 주변으로 은은한 오라가 피어올랐다. 버프를 받은 골렘의 움직임이 미세하게 빨라졌다. 그러나 원체 느렸기 때문에 눈에 띌 정도의 변화는 아니었다.

"버프 받아봤자 굼벵이네."

"어쩔 수 없지. 골렘류는…그래도 맷집하나는 끝내줘. 실험해 볼래?"

"매직 미사일 한번 갈겨볼까?"

"얼마든지."

옥상 한가운데 선 스톤 골렘을 향해 은숙이 매직미사일을 날렸다. 푸른색의 육각기둥이 골렘의 심장부근을 강타하며 쾅- 하는 충격음을 냈다. 육각형으로 패인 주변으로 부스러기가 떨어져 내렸다.

그러나 스톤 골렘은 살짝 주춤했을 뿐 거의 흔들림이 없었다. 매직 미사일의 데미지를 생각한다면 엄청난 수준의 방어력이었다.

"와! 진짜 짱짱맨인데? 내 미사일은 콘크리트 벽도 부술 정돈데…."

"원래 골렘 계열은 특정 속성마법에 이뮨을 갖고 있어. 특성아닌 특성이지."

"이뮨? 그러니까 면역 말하는 거지?"

"응, 스톤 골렘은 3레벨 이하의 화염과 전격 마법, 그리고 물리계열의 공격에 대한 저항이 몹시 뛰어나. 아마 매직미사일이 물리속성 마법이기 때문에 더 타격을 못주는 걸 거야."

"그럼 제 벼락창도 안 통하겠네요?"

"너도 한번 해 볼래?"

모두 물러서자 이번엔 수현이 벼락창을 날렸다. 표적이 워낙 거대했으므로 신중하게 조준할 필요도 없었다.

콰지지직-!

라이트닝 스피어에 직격당한 돌덩이 골렘 주변으로 방전된 전하가 일렁였다. 그러나 골렘은 아무렇지 않은 듯 태연한 자세였다. 마치 전기력을 몸 안으로 흡수한 느낌이었다.

"와! 정말이네? 완전 무적인데요?"

"무적까진 아냐. 일단 느리기도 하고… 아마 4레벨 이상의 전격마법이었다면 못 견뎠을 거야. 게다가 관절부를 공격당하면 쉽게 해체되어 버리지."

"그래도 인자 혼자 앞에 안서도 되겠구만."

스톤 골렘의 등장에 가장 만족한 사람은 팀의 탱킹을 홀로 전담하던 한모였다. 고독하게 방패를 들고 앞장서던 그에게 든든한 동료가 생긴 셈이다.

일행은 한동안 새로 얻은 태랑의 소환수를 감상하다 저녁을 먹기 위해 들어갔다.

태랑은 골렘을 귀환시킨 뒤 홀로 남아 어두워지는 도시를 바라보았다.

도시는 은은히 비추는 달빛을 제외하면 완벽한 어둠에 잠겨 있었다. 고시원 옥상에서 내려다보던 도시의 야경은 더 이상 찾아 볼 수 없었다.

'…다시 예전으로 돌아갈 수 있을까?'

세상은 정말 극적으로 변했다.

핵전쟁이 벌어졌더라도 이보다 덜했을 것이다.

한 달 사이 인류의 절반 가까이가 죽었고, 지금 이 순간에도 어디선가 죽어가고 있었다.

자신 역시 많이 변했다.

평범하던 공무원 준비생, 아니 비인기 작품이나 쓰던 판타지 소설가는 더 이상 존재하지 않았다.

해골병사를 부리고, 마법을 펼치는 각성자만 남았다.

'…심지어 어젠 사람도 많이 죽였지.'

태랑이 말없이 담배를 꺼내 물었다.

편의점 창고를 뒤져 박스째 가져온 덕에 혼자 십년을 피어도 될 만큼 담배가 넉넉했다. 담배를 입에 무는데 갑자기 눈앞에 라이타가 불쑥 튀어나왔다.

"여기 불."

"응?"

고개를 돌려보니 유화였다. 들어간 줄 알았더니 큼지막한 후드티를 걸치고 다시 나왔다.

"오늘 식사 당번이 은숙이 언니라서요. 바람 좀 쐬려고."

"아… 고마워."

태랑이 담배에 불을 붙였다. 유화가 그의 곁에 앉았다.

"우리 이러고 있으니까 옛날 생각난다."

"고시원 시절요?"

"응. 너도 한 대 필래?"

"아뇨. 근데 오빠 나쁜 사람 같아요."

태랑은 괜스레 뜨끔했다. 이것은 비난일까?

"무슨 뜻이야?"

"몸에도 안 좋은 걸 나같이 귀여운 아가씨한테 권하다니. 그니까 나쁜 사람이지."

"뭐라고?"

유화의 재치에 긴장이 탁 풀렸다.

그녀는 태랑이 무엇 때문에 혼자 쓸쓸히 담배를 태우는지 알고 있었다.

"그래! 뭐, 한 대 펴준다 뭐. 혼자는 청승맞아 보이니까."

"뭐래냐, 참나. 너도 가끔 올라와서 피잖아."

"어머 나 미행했어요?"

"미행은 무슨 담배피고 와서는 맨날 페브리즈 뿌리니까 안 거지."

"아….."

두 사람은 나란히 앉아 담배를 태웠다.

흩어지는 연기 속에 많은 생각들이 오고갔다.

"오빠, 제가 무슨 일 하고 싶어 했는지 알죠?"

"경찰?"

"맞아요."

"그건 왜 물어?"

"제가 정말로 경찰관이 되었는데 만일 나쁜 사람이 선량한 시민을 해치려 했다면 망설이지 않고 총을 쐈을 거예요."

"……."

"그게 정의니까요."

"정의라…."

"그러니까 괜한 자책 같은 거 말아요. 잘한 행동이었어요."

"나도 알아. 아는데…."

태랑은 잠시 말을 멈추고 담배 연기를 내뱉었다.

"사람을 죽였다는 게 잘 실감이 안 나서 그래. 누굴 죽인 건 처음이니까."

"저도 마찬가지에요. 다들 그렇죠."

"앞으론 더 많은 악당들을 죽여야 할지도 몰라."

"필요하다면 해야죠. 손에 피 묻히는 거, 하나도 두렵지 않아요."

"위험해 질 수도 있을 거야."

"충분히 각오하고 있어요."

"유화 넌 참 용감한 사람이구나."

"…저는 제가 좀 더 용기가 있었음 좋겠는 걸요."

유화는 얼굴이 빨개져 고개를 떨궜다.

태랑은 짐짓 그녀의 마음을 읽었으나 내색하지 않았다.

"오빠 분명 미래를 봤다고 했잖아요."

"응. 그랬지."

"우린 혹시…."

그때 옥상으로 연결된 발코니 문이 벌컥 열리더니 수현이 뛰어왔다.

"태랑이 형!"

"어, 왜?"

"떴어요!"

"뭐가? 침착하게 말해봐."

"전에 말했던 폭룡 클랜요! 지금 모집공고 떴다구요!"

"정말? 유화야 나 가봐야겠다. 나중에 다시 얘기해."

태랑은 급히 수현을 따라 안으로 들어갔다.

홀로 남겨진 유화는 못 다한 말을 나직하게 내뱉었다.

"…우리 두 사람은 미래에 어떻게 되던가요?"

흩어진 담배 연기만 아득하게 피어올랐다.

유화는 쓸쓸한 표정으로 어둠에 잠긴 도시를 바라보았다.

"진짜네? 폭룡 클랜 모집 공고야. 위치가 어디로 되어 있어?"

"음… 성남시요."

"성남이라. 아주 못갈 거리는 아니네. 청계산을 가로 지르면 되려나?"

"태랑, 근데 저기 새로운 동료가 있다는 거야?"

"응. 기억에 따르면 폭룡 클랜의 에이스야."

"에이스면 강하겠네? 그러니까 유화나 민준처럼?"

"독보적이지. 어쩌면 1:1 대결에선 이길 사람이 없을 지도 몰라."

"우아 그 정도야? 대체 무슨 특성을 가지고 있는데?"

"침묵의 암살자."

"응?"

침묵의 암살자.

암살에 특화된 이 특성은 상대방의 쉴드를 무시하는 '트루데미지'를 준다. 쉴드의 방호효과를 무용지물로 만들어버리는 것이다.

"세상에, 방어력을 무시하는 공격이라니…."

"완전 사기잖아? 말이 돼?"

"사기지. 대신 유지시간이 짧고 쿨타임이 긴 게 단점이야. 음… 그런 면에선 내가 포식한 리치킹의 분노랑 비슷하겠네. 전투에서 딱 한번만 쓸 수 있으니까."

"그래도 엄청난데요? 이제껏 들어본 특성 중엔 가장 무시무시한 것 같아요. 공격 스킬 데미지를 100% 준다는 거잖아요."

태랑은 동요하는 일행들을 진정시켰다.

"근데 잘 생각해보면 꼭 좋은 것만은 아니야."

"왜? 쉴드를 쌩 깐다며? 쉴드가 없으면 몬스터고 각성자고 버틸 수 없잖아."

"그렇지만 무한정 쓸 수 있는 특성은 아니잖아. 1:1 대결이라 든지 보스 전에선 큰 위력을 발휘하겠지만 다수의 몬스터를 상대로 할 땐 오히려 불리한 면도 있지. 그야말로 일격 필살기니까."

"아… 그래서 암살특성이라고 하는구나."

"맞아. 그런 제약마저 없다면 암살자가 아니라 최강의 전사가 되었겠지. 그래도 지정된 타겟에 치명타를 입힐 수 있다는 건 엄청난 장점이야. 활용도도 무궁무진하고."

"그럼 그 폭룡 클랜이란 곳에 침묵의 암살자란 사람이 있다는 거야?"

"캐릭터 시트엔 이렇게 기록되어 있었어. 어려서 교통사고로 부모님을 잃고 고아가 됨. 심한 우울증으로 한동안 실어증을 겪음."

"저런… 불쌍하게."

"근데 또 말을 못하는 건 아니야. 좀 많이 과묵할 뿐이지. 암튼 재능이 굉장히 뛰어나서 나중에 특기생으로 체육고에 진학했는데 아마 기계체조를 전공했을 거야."

"기계체조요? 날렵하겠는데? 운동하는 사람들 중에선 그쪽이 가장 밸런스가 좋잖아요."

"그러게? 몸매 좋겠다."

은숙이 헤벌쭉 입을 벌리자 한모가 눈치를 줬다.

"아따 니 그쪽 취향이었냐잉."

"에이, 무슨 소리 난 오빠처럼 곰 같은 사람 더 좋아하지~"

"이것이 칭친이여 욕이여?"

"침묵의 암살자는 몬스터 인베이젼에서 살아남은 뒤 폭룡 클랜에 가입하게 돼. 이후 빠른 시간에 클랜의 에이스에 오르지."

태랑은 소설 속에서 조연을 맡았던 뛰어난 능력자들을 한명 한명 기록해 놓았다. 사방에 흩어져 있는 그들을 영입해 같은 편으로 끌어들이는 것이 그의 계획 중 하나였다.

은숙이 질문을 던졌다.

"근데 그 암살자가 우리 쪽으로 붙을까?"

"그렇게 만들어야지. 확실한 건 그가 이번 공고를 보고 움직일 거란 사실이야. 우리가 중간에 가로채는 거지."

"한마디로 헤드 헌팅 같은 거네?"

"머시여? 헤드를 헌팅해브러? 대가리를 쪼개븐단 말이여?"

"아이 참 한모씨, 그 말 아니야."

"설정에 따르면 폭룡 클랜 마스터는 그를 수하로 두면서부터 독보적인 세력을 구축할 수 있었어. 그만큼 엄청난 포텐을 갖고 있는 각성자야."

"세력? 그건 또 뭔데?"

태랑은 클랜에 대해 좀 더 설명할 필요를 느꼈다.

몬스터 인베이젼이 시작되고 변화된 세상에 어느 정도 적응된 사람들은 서서히 클랜을 창설하기 시작한다.

혼자서 사냥하는데 한계에 부딪힌 것이다.

특히 몬스터 등급이 올라갈수록 아티펙트나 아이템의 드랍 확률 또한 높아지는데 경험치를 다소 나누더라도 집단을 구성해 상급 몬스터를 공략하는 것이 훨씬 효과적이란 걸 깨달았다.

또 맨이터가 전면에 등장하면서 새로운 위협에 대응하기 위한 방편이기도 했다. 오중위 같은 맨이터 무리가 노리기 쉬운 대상은 혼자서 다니는 각성자들이기 때문이었다.

그렇다고 너무 인원이 많아도 비효율적이므로 20~30명 단위의 규모가 꾸려졌는데, 이를 클랜이라고 불렀다.

처음엔 수천 개의 클랜이 난립하지만 1년 쯤 지나자 어느 정도 서열이 정해진다.

"전국에서 내로라하는 클랜은 다 서울에서 등장해. 여기만큼 레벨링이 빠른 곳은 없으니까. 가장 위험한 동시에 기회도 많은 곳이지."

"확실히 사람은 나믄 서울로 보내야 된 당께."

"그중 대표적인 여덟 개 클랜을 8대 클랜이라고 부르게 되는데, 저번에 만났던 소드마스터 민준도 8대 클랜 중 하나인 '진격의 군단'의 마스터에 올랐던 사람이야."

"진격의 군단? 무슨 클랜 이름이 그래?"

"뭐… 이름이야 붙이는 사람 맘이니까. 취향은 존중해 줘야지."

"형, 그럼 이번 기회에 우리도 클랜 하나 만드는 건 어때요?"

유화가 손뼉을 치며 좋아했다.

"괜찮은데? 수현이 좋은 아이디어 있니?"

"음… 무면허 라이더라든지?"

"야! 됐어. 그건 좀 아니지."

"그라믄 조폭 군단은 어찌냐."

"아저씨, 여기 조폭은 아저씨 하나거든?

"왜 태랑이도 접때 조폭 네크라고 했자네."

"아무튼 난 싫어요. 조폭이 뭐야 조폭이. 범죄자집단도 아니고. 으 싫어."

"태랑이 네 생각은 어때?"

"그건 동료가 더 모이면 생각해 볼게. 아직은 클랜이라고 하기엔 너무 소규모니까. 적어도 20명 이상은 되야지."

태랑의 소설 속에서 주인공은 따로 클랜을 만들지 않았다.

그는 주로 홀로 활동했다.

'특성 포식'이라는 사기적인 특성을 활용해 빠른 시간에 먼치킨에 가까운 각성자가 되었고, 후에 타워를 공략하면서부터 혼자선 벅차다는 것을 깨닫고 유화 등의 동료를 구해 강력한 파티를 꾸렸다.

'가만?! 뭔가 얘기가 다른데?'

태랑은 갑자기 심각한 괴리감을 느꼈다.

그가 소설 속 주인공과 일치하는 부분은 '특성 포식'이라는 권능. 그러나 이후의 행보는 판이하게 다르다.

일단 소설 속 주인공은 네크로맨서 계열이 아니었다.

그는 강력한 전사이자 마법사였다.

후에 소환 스킬을 사용하기도 했지만, 그것은 어디까지나 보조적인 수단이었지 지금처럼 주력 기술이 아니었다.

게다가 소설 속에선 노트북의 존재라든가, 미래를 보았다는 내용 같은 건 없었다. 주인공은 레벨링을 거듭하면서 경험을 축적했고, 몬스터와 싸워가며 하나둘씩 이 세계의 비밀을 알아냈다.

그러나 자신은 시작부터 모든 정보를 가지고 있었다.

'이럴 수가! 이걸 이제야 깨닫다니!'

그는 자신을 소설속의 주인공과 동일시했지만 따지고 보면 특성만 같을 뿐 이후 전개는 다른 방향으로 나아가고 있었다.

'소설 속 플롯에서 민준을 만나게 되는 것은 1년 뒤의 일이야. 하지만 나는 그가 스킬을 얻기도 전부터 알았지. 유화도 마찬가지. 그녀는 인베이젼 시작부터 쭉 나와 함께였잖아. 주인공은 분명 혼자서 레벨링을 해왔어. 게다가 은숙이나 한모형, 그리고 수현이까지… 다들 소설에선 등장조차 안했던 인물들이야. 그 말은….'

태랑의 표정이 시시각각으로 심각해졌다.

놀란 유화가 태랑에게 물었다.

"왜 그래요 오빠? 갑자기 안색이 안 좋아 보여요."

"어쩌면…."

"네?"

"…지금 내가 알던 미래와 전혀 다른 스토리가 펼쳐지고 있는지도 모르겠어."

"으잉? 그게 무슨 소리야? 넌 분명 미래를 봤다고 했잖아.

이러면 곤란하지!"

"맞아. 분명 봤어. 하지만 내가 본 미래는 이렇게 흘러가지 않았어. 내가 아는 미래에선 주인공이 침묵의 암살자를 적으로 만나. 하지만 우리는 지금 그가 폭룡 클랜에 들어가기도 전에 가로채려는 거잖아."

"어라? 듣고 보니 뭔가 이상한데?"

"만약 내 행동이 지금 미래를 바꾸는 중이라면…."

태랑은 다급한 목소리로 자신이 깨닫게 된 사실을 설명했다.

당장은 침묵의 암살자를 동료로 데려올 수 있을 것이다.

그러나 그 다음 동료는? 또 그 다음은?

순서를 제멋대로 바꾸고 스토리를 흐트러뜨린다 해도 과연 자신이 아는 대로 미래가 흘러갈까?

어쩌면 나중엔 모든 게 엉켜 버리는 것은 아닐까?

"나비효과네."

"그게 뭐에요?"

은숙이 설명했다.

"브라질에 있는 나비의 날갯짓이 미국 텍사스에 토네이도를 발생시킬 수도 있다는 이론이야. 작은 변화가 결과적으로 엄청난 변화를 초래할 수 있다는 소리지."

"아따 우리 은숙이 참말로 똑똑하구만."

"지금 나 칭찬할 때가 아닌 거 같아 오빠."

은숙의 표정 역시 태랑과 비슷하게 변해갔다.

그녀가 긴장으로 손톱을 물어뜯었다.

"왜 미처 그 생각 못했지? 민준이를 만나는 시점부터 미래가 이미 틀어져 버린 거잖아?"

"민준씨는 왜요?"

"태랑, 원래 민준이를 1년 뒤에 만나게 된 댔지?"

"맞아. 클랜 서열이 대충 정해지고 몬스터에 본격적으로 맞서기 위해 8대 클랜의 마스터들이 종묘에서 한데 모이게 돼. 그 회의장에서 의장으로 추대되는 게 민준이었어."

"하지만 민준은 지금 우리를 먼저 만났고, 나중엔 우리 쪽으로 합류하겠지. 그럼 민준이 만들어야 할 '진격의 군단' 이란 클랜은 세상에 존재하지 않게 될 거고 그 8대 클랜이란 것도 완전히 뒤바뀌겠지."

"아!"

마침내 일행은 모두 깨달았다.

미래가 변하고 있었다. 바로 자신들의 행동 때문에.

"다시 정리해 보자. 지금 사태는 분명 미래가 바뀌고 있다는 소리잖아."

"그래. 그렇게 되면 내가 알고 있던 미래는 더 이상 쓸모가 없어 질거야. 심지어 노트북을 구하는 것도 무의미 해질지도 몰라."

태랑의 목소리가 착 가라앉았다.

보다 일찍 깨달았어야 했다.

예지몽이 현실로 실현되는 것을 보고 착각하고 말았다.

끝까지 미래가 자신의 생각대로 흘러갈 것이라 굳게 믿어 버렸다. 그러나 변화는 처음부터 시작되었고, 이제는 걷잡을 수 없이 뒤섞이고 있었다.

자못 심각해지는 분위기에 대화가 뚝 끊겼다. 음소거 된 TV 화면처럼 모두가 입을 다물었다.

이들이 희망을 가질 수 있었던 근거는 바로 태랑의 예지몽. 계획대로만 흘러간다면 언젠가 끝을 볼 수 있다는 것.

그러나 바뀌기 시작한 미래는 무엇도 담보할 수 없다.

정답이 정해진 길을, 그저 따라만 가면 되는 줄 알았는데, 이제 정답을 믿을 수 없게 되었다. 아니 문제자체가 바뀌고 있었다.

은숙이 한없이 다운되는 분위기를 다잡았다.

"자자! 어차피 돌이킬 수 없는 일은 치워버리고, 해결책을 찾아보자. 이대로 주저앉을 순 없잖아. 그건 쿨하지 못해. 난 그런 거 질색이라구."

그녀는 역경에 처할수록 더욱 힘을 내는 성격이다.

무슨 일이든 쉽게 포기하는 법을 몰랐다.

일부러 톤을 높여 기운을 북돋는 그녀의 모습에서 태랑도 안정을 되찾았다.

"미래가 바뀌게 된다면 가장 문제되는 게 어떤 점일까, 태랑?"

"당장은 동료를 모으는 거겠지. 내가 알고 있던 미래의 장소와 시간에 있어야할 사람이 등장하지 않을 수도 있어. 그 중 대표적인 사람은 아마 민준일 테고."

"민준은 나중에 우리 쪽으로 합류키로 약속했잖아. 그나마 다행인 건가?"

"하지만 민준을 제외한 다른 사람들은 앞으로 어찌될지 모르지. 더 이상 장담 할 수 없으니까."

"음… 그리고 또?"

"아티펙트. 만약 다른 클랜에서 내가 구하려고 했던 아티펙트를 선점해 버릴지도 몰라. 미래가 계속 변하고 있으니까. 누가 어떻게 움직이는지 예측하는 것은 점점 힘들 질 거야."

"흠….."

은숙은 잠시 고민하다가 대답했다.

"하지만 변하지 않는 부분도 있어."

"뭐?"

"네가 알고 있는 지식. 어떤 몬스터가 어떤 특징을 지녔고, 어디서 어떤 아티펙트와 아이템을 구할 수 있는지… 그건 절대 변하지 않는 사실이야. 그리고 노트북에 적힌 미래가 설사 바뀐다 하더라도 소멸자 세트에 대한 정보는 분명 필요한 부분이고."

"그건 그렇지."

"정리해 보면 지금 우리에겐 상수와 변수가 있어. 상수는 방금 말했던 것처럼 미래가 바뀐다 해도 변치 않을 지식들이고, 변수는 앞으로 전개될 상황이야."

"와, 그런 용어는 어디서 배운 거예요? 은숙 언니 되게 똑똑하다."

유화의 칭찬에 은숙이 어깨를 으쓱했다.

마치 '나 이과 나온 여자야' 하는 표정이었다.

조용히 듣고 있던 수현이 물었다.

"그럼 고정된 상수를 이용해 달라지는 변수를 통제하자는 말씀인가요?"

"지금으로선 그게 최선이지. 설사 나비효과로 인해 태랑이 알고 있던 미래와 현실사이에 간극이 벌어진다 해도, 우린 어떤 누구보다 정보라는 측면에서 앞서 있어. 그게 중요한 거야."

태랑은 은숙의 말을 듣고 깊은 생각에 빠졌다.

이렇게 된 이상 전략의 수정은 불가피 하다.

시간이 지날수록 자신이 알고 있던 미래는 사라져갈 것이다.

종국에 이르러선 전혀 다른 결말로 끝날지도 모른다. 해피엔딩인줄 알았더니 비극이라던가, 코미딘 줄 알았는데 호러가 되는 식이다.

하지만 그나마 다행인 것은 지금에라도 그 사실을 깨달

았다는 것이다. 이제는 문제를 알았고 적절하게 대처할 수 있다.

태랑이 결심한 듯 입을 열었다.

"앞으로 내가 점찍어 두었던 모든 능력자를 포섭할 순 없을 거야. 원래 내가 생각하던 사람은 10명도 넘었거든."

"그렇게 많이요?"

"특성은 놀라울 정도로 다양해. 비슷비슷한 특성으로 묶더라도 수천가지는 넘지. 내가 기억하는 한 각성자는 빙결계 마법에 노코스트(No Cost)였어. 빙결 마법에 포스 제한이 없다는 거지. 또 어떤 사람은 스킬 쿨타임이 절반으로 줄어드는 사람도 있었어. 그 뿐인 줄 알아? 순간이동 특성에, 텔레파시 능력에… 정말 기상천외하고 대단한 각성자들이 존재하지."

"진짜 아쉽네요. 그런 능력자들을 다 붙잡을 수 없다는 게…."

"포기할 건 포기해야지. 그렇다 해도 당장 잡을 수 있는 사람을 놓치진 않을 거야. 지금 우리가 할 수 있는 것은 그것 밖에 없으니까."

모두 잡는 건 불가능하다. 그러니 움켜쥘 수 있는 건 무조건 붙잡아야 한다.

태랑이 수현에게 물었다.

"폭룡 클랜 모집 장소가 정확히 어디랬지?"

"성남종합운동장요. 클랜 마스터 말로는 인근 던전을 모두 클리어 해놔서 '안전지대'라고 하더라구요. 시간은 내일 모래 정오 쯤."

안전지대란 몬스터가 출몰하지 않는 지역을 의미한다. 물론 굶주린 몬스터가 먼 거리에서 이동해 온다면 그것도 의미 없다.

현재 태랑이 거주하고 있는 아지트 역시 안전지대에 가까웠다.

"공고문에 입단 자격은 스탯합 30이상, 특이한 게 스킬을 한 개 이상 보유할 것을 명시해 놨어요."

"스킬까지?"

"어중이떠중이는 안 받겠다는 거지."

"웃기고들 있네. 암만 마스터라고 해봐야 우리보단 약하겠구만."

"수현아."

"네?"

"우리도 테스트 보러 간다고 알려."

"저희도요?"

"침묵의 암살자가 어디서 오는지 모르잖아. 입단테스트에 응시해서 찾아보는 편이 빠르겠어. 그렇다고 모두가 우르르 지원하면 괜한 의심을 살지도 모르니 나랑… 음, 은숙이 까지만."

태랑의 선언에 유화가 입을 삐죽 내밀었다.

"오빠, 저는요?"

"유화 너는 너무 강해. 사람들의 이목을 끌 거야."

"그러믄 난?"

"형님은, 음 문신이 좀…."

"뭐시여 시방 인상 더럽다고 돌려 말하는 거여?"

"일단은 다 같이 움직일 거예요. 다른 사람들은 가까운 곳에서 대기하는 걸로 하죠. 하지만 주목받지 않는 편이 침묵의 암살자를 데려오기가 수월해요."

수현이 키보드를 빠르게 두들겨 두 사람의 지원신청서를 보냈다.

"지금 메일 남길게요. 근데 리플로 봐서는 지원자가 상당할 것 같아요."

"얼마나 되는데?"

"실제로 다 올는지 모르지만 성남시에 있는 각성자 상당수가 지원한 것 같아요. 클랜마스터가 이번에 뽑힌 사람들한테 아티펙트를 준다고 했거든요."

"아티펙트를 준다고?"

"네, 설명에 보니 단검이네요. 1등급짜리."

"에게, 고작 1등급?"

은숙은 뭘 그럴 걸로 생색을 내냐며 혀를 찼다. 태랑이 부언했다.

"그래도 보통 각성자에겐 굉장한 물건 일 테지. 당장 아티펙트가 뭔지 구경도 못해본 사람들이 태반일 거야. 그리고 그 클랜 마스터, 내가 알기론 상당히 뛰어난 인물이야. 성격이 지랄 맞아 그렇지."

"누군지 알아?"

은숙의 물음에 태랑이 시니컬하게 대답했다.

"애초에 침묵의 암살자가 주인공을 노리게 된 것도 그마스터 때문이었거든. 뭐 아직 벌어지지도 않은 일이지만… 근데 어차피 그 성격 어디 가겠어?"

태랑은 꿈에서 봤던 폭룡 클랜의 마스터를 떠올렸다.

침묵의 암살자에 명성이 가려지긴 했지만, 폭룡 클랜을 8대 클랜에 들게 할 정도로 뛰어난 인물.

하지만 자존심이 너무 강해 주변과 마찰이 끊이지 않았다. 특히 능력이 떨어지는 사람을 대놓고 무시하는 성격 탓에 덕망이 부족하다는 평이었다.

소설 속에선 주인공과 사소한 이유로 시비가 붙어, 끝내 침묵의 암살자를 자객으로 보내기에 이른다.

'…이름이 강찬혁이었던가. 능력은 출중하지만 불화를 일으키는 성격 탓에 영입을 포기했지. 결국은 이렇게 부딪히는 되겠군. 미안하지만 침묵의 암살자는 우리가 데려가 겠어. 이쪽도 발등에 불이야.'

미래가 어떻게 바뀌더라도 목표는 변하지 않는다.

다만 최선을 다해 운명에 맞설 뿐이다.

태랑은 다시 심기일전 했다.

❖ ❖ ❖

과천에서 성남으로 가는 여정은 쉽지 않았다.

몬스터와의 접점을 피하기 위해 청계산 고개를 넘어야
했는데 유화 정도를 제외하면 대부분 등산이 생소했다. 각
성된 신체라도 체력적인 부분까진 어쩔 수 없었다.

"워매 씨벌, 테스트 가기도 전에 디져 블겄네. 뭔 놈의
산이 이렇게 높다냐?"

"아저씨, 은근 체력 약한데요?"

"니 지금 쌩쌩하제? 니도 한번 나이 들어 봐, 비만오믄
무릎이 쿡쿡 쑤실 것이여."

"그니까 살 좀 빼요. 몸무게가 무릎에 미치는 영향이 얼
마나 큰데요."

"나가 뱃대지에 기름이 좀 끼긴 했어도, 안에는 죄다 근
육이랑께? 그라고 이것이 어떻게 키운 몸 인디?"

"어떻게 키우다니요? 그냥 벌크업 하신 거 아니에요?"

"벌큰지 헐큰진 나는 모르겄고, 요것이 젊었을 적에 개
사료 묵어감서 찌운 거랑께? 아까워서 못 빼제."

"흐익. 개사료라니…."

"에구 죽겄다. 태랑, 좀만 쉬었다 가면 안 돼?"

"그래. 여기서 잠시 쉬자."

태랑의 휴식 명령이 떨어지기도 전에 은숙이 널직한 바
위 위에 벌러덩 널 부러졌다.

"아으! 이게 뭔 고생이람! 그 침묵의 암살자인지 뭔지 거절만 해봐. 아주 반 죽여 놓을 거야. 이렇게 힘들게 찾아갔는데…."

"헉헉. 근데 진짜 힘드네요."

마지막으로 올라온 수현 뒤로 해골 두 마리가 묵묵히 뒤따르고 있었다.

"근디 저 뼈다귀들은 지치지도 않냐? 아주 그냥 산악인이여. 엘레베스트 보내야겠어."

"아저씨. 에베레스트요."

"개떡같이 말해도 찰떡같이 알아 들어 좀."

"개떡같이 말하는데 개떡같이 알아듣지 무슨 소리에요?"

"워메 가스나, 말 한마디를 안지네."

"흥. 말로 이기려고 하지 마요, 그러니까."

태랑은 무기와 비상식량을 운반할 해골을 데리고 다녔다. 소환수는 포스로만 기동하기 때문에 포스만 유지된다면 사용자의 체력과 상관없이 무한정 움직였다.

'고작 2마리 뿐인데도 계속 유지하려니 포스가 제법 닳는구나. 골렘까지 소환했다간 포스관리가 쉽지 않겠어. 이건 생각해 봐야할 문제다.'

"그나저나 태랑, 폭룡 클랜 마스터는 어떻게 1등급 단검을 구한 거야? 입단자들 모두에게 뿌릴 정도면 꽤나 많이 확보했다는 소리잖아? 레벨링도 상당하겠는 걸?"

"내 기억에 강찬혁의 특성이 꽤 괜찮은 편이었어. 초반에 쉽게 치고나갈 수 있는 종류였을 거야."

"특성? 어떤 건데? 기억나?"

"그게 아마 변신 관련 특성인데…."

"우아! 사람이 변신을 한다고? 말이 돼?"

"전기를 뿜어대는 쟤는 말이 되냐? 해골을 만들어내는 나는 어떻고? 상식적으로 말이 되는 능력이란 없어."

"아니 그래도 변신은 좀… 암튼 그럼 뭘로 변신하는데?"

"구체적인 건 까먹었는데 특성이 형상 변환 시 공격력에 버프를 받는 종류였을 거야. 근데 처음 얻은 스킬이 딱 적절하게도 곰 변신 스킬이었지."

"으잉?"

"곰?"

"진짜 살아있는 곰이요?"

"응. 그리즐리 베어 종륜데, 변신했을 때 포스와 쉴드의 상승치가 상당하지. 밥상뒤집기나 물어뜯기 같은 본연의 기술도 사용가능해. 강찬혁은 그 변신기술로 인근 던전을 턴 것 같아. 단검을 다량으로 얻었다면 분명 페티쉬를 사냥한 걸 거야."

"페티쉬?"

"그게 뭐에요?"

수현이 고개를 갸웃거렸다.

"혹시 피그미족이라고 들어봤어?"

"아프리카에 있다는 키 작은 원주민들요?"

"응, 그 부족을 연상하면 이해가 쉬운데 고블린이나 그램린처럼 난쟁이 일족중 하나야. 성격이 포악하고 때로 몰려다니지. 바람총(Blow Gun)이나 단검을 들고 싸우는데 둘 다 독이 발라져 있어서 공격에 당하면 지속 피해를 주거든.

"가만, A급 몬스터인데 아티펙트가 나온다고?"

"확률의 무척 낮긴 해도 이론상 1등급도 가능해. 페티쉬는 때로 몰려다니는 특성이 있으니 아마도 엄청나게 사냥했겠지. 그리고 독침을 저항했다는 건 클랜 안에 힐러가 확보되었다는 소릴 테고."

"오, 추리 좋은데? 벌써 거기까지 파악한 거야?"

"일단은 추측이야. 뭐 해독 아이템 같은 것을 구했을 수도 있는 거니까. 충분히 쉴 것 같은데 바로 출발하자. 이러다 시간 못 맞추겠어."

"으으으! 진짜 싫다! 등산 싫어!"

"이제 하산이야. 기운 내라고."

"하산도 싫어!"

일행은 힘겹게 산을 넘어 겨우 성남시에 도착했다.

도시에 당도해서는 몬스터가 주로 출몰하는 역세권을 우회해 갔다. 목적지인 성남종합운동장 근처에 다다르자 태랑은 소환수를 돌려보내고 해골이 운반하던 짐은 수현과 한모가 나눠 들게 했다.

"일단 세 사람은 관람석 쪽에 기다리고 있어. 그럴 리 없 겠지만 우리가 위험해지면 바로 뛰어 와야 해."

"네."

"형, 침묵의 암살자 꼭 데려오세요."

"이제 들어가 찾아 봐야지. 근데 예상대로 각성자 들이 좀 많아 보이긴 하네."

입단 테스트 시간이 임박하자 성남체육관 앞 광장으로 각성자들이 북적이기 시작했다. 어느 정도 능력을 개화한 상태라 그런지 다들 자신감 넘치는 표정이었다. 낮은 등급 이지만 벌써 아티펙트를 구한 사람도 보였다.

한모를 필두로 한 셋은 대기 장소인 관람석 방면으로 이 동하고 태랑과 은숙은 경기장 입구로 들어갔다. 보통 선수 들만 통과할 수 있는 그라운드 게이트가 모처럼 개방되어 있었다.

게이트 입구에서 폭룡 클랜의 관계자로 보이는 사람이 신원을 확인했다.

"두 분 다 지원자신가요? 입단 신청서를 작성하지 않은 사람은 대기석 쪽으로 올라가셔야 됩니다."

"둘 다 지원자 맞습니다."

"성함이?"

"김태랑, 박은숙요."

관계자는 서류를 뒤적여 신청자 명단을 확인했다.

"두 분 모두 7조네요. 경기장 안쪽에 들어가시면 조장

분들이 기다리고 있을 겁니다."

"7조요? 혹시 한조에 몇 명씩이나 있는지 알 수 있나요?"

"한조에 10명씩, 모두 13개 줍니다."

서류를 뒤적이던 관계자는 바쁜지 눈도 마주치지 않고 건성으로 대답했다.

"자, 다음 분."

'130명이라니. 생각보다 지원자가 많구나. 찾기 쉽지 않겠는 걸…'

스타디움 안으로 들어가자 잔디가 깔린 축구장엔 벌써 100여명이 넘는 각성자들이 줄을 서 있었다. 각 줄의 맨 앞으로 숫자가 적힌 팻말을 든 사람이 조원을 불러 모으는 중이었다.

"12조! 12조 이쪽으로 오세요!"

"5조 박현명씨! 박현명씨 아직입니까?"

"2조 이동합니다. 저 따라서 오세요."

은숙이 놀란 표정으로 말했다.

"와, 각성자가 이렇게 많았나? 그러니까 스킬까지 있는?"

"아무래도 성남은 인구가 많은 도시니까… 살아남은 사람들은 모두 각성했는데, 이 정도면 오히려 적다고 봐야지. 그리고 스킬 한두 개 쯤은 요구치가 낮아 습득하기도 수월한 편이고."

"아항! 굳이 조를 나눠 테스트 한 이유가 있었네. 근데 능력치를 직접 확인하는 편이 낫지 않을까? 빠르게 걸러낼 수 있잖아."

"그건 지원자 쪽에서 꺼릴 거야."

"왜?"

"생각해봐. 능력치를 타인에게 완전히 공개한다는 것은 상당히 위험한 일이야. 자기 약점을 알려주는 것이나 마찬가지잖아. 클랜에 선발 될지 안 될지도 모르는데 스텟이나 특성, 스킬까지 모두 다 알려주면 찝찝할 수밖에… 맨이터의 존재를 고려하면 더욱 그렇고."

"정보가 샐 수 있어서?"

"응. 그런 조건이었다면 이렇게 모이지도 않았을 걸. 여기뿐만 아냐. 자신의 스텟창을 남에게 공개하는 것은 위험한 행동으로 인식 돼. 맨이터들이 날뛸수록 더더욱 그렇지."

"듣고 보니 그것도 그렇겠다. 그럼 대체 뭘로 능력을 파악한다는 거야?"

"나름 방법이 있으니 불러 모았겠지? 저쪽이 7존가 봐."

태랑이 7이라는 숫자를 높이 쳐든 사람을 가리켰다.

두 사람이 가까이 다가가 말했다.

"7조에 김태랑, 박은숙입니다."

팻말을 들고 있던 남자가 반가운 표정으로 대답했다.

"마침 딱 맞춰 오셨군요. 7조는 두 분까지 해서 신청자를 모두 채웠습니다. 바로 이동하겠습니다."

"이동이라뇨? 어디로요?"

"거 늦게 왔음 군소리 말고 퍼뜩 갑시다. 누군 시간 남아 도는 줄 아나."

수염이 잔뜩 난 산적 같은 사내가 버럭 짜증을 냈다. 얼굴이 새까맣고 피부결도 거친 게 막노동에 딱 어울리는 중년 남성이었다. 사내의 재촉에 7조의 담당자도 머쓱해하며 태랑에게 양해를 구했다.

"일단 가시죠."

태랑은 남성을 한번 쓱 쳐다보고는 속으로 생각했다.

'뭐야? 안하무인이로군. 하찮은 능력 좀 얻고 보니 뵈는 게 없는 모양이지? 얼마나 잘났는지 지켜보겠어.'

태랑이 속으로만 생각하는 것에 반해 은숙은 곧바로 궁시렁댔다.

"아으, 짜증나. 우리가 이런 대우 받을 군번은 아니지 않니? 척 봐도 허접스럽게 생긴 놈이…."

"참아. 침묵의 암살자부터 찾는 게 우선이야. 괜한 소란 일으킬 생각 말라구. 그럴까봐 한모형도 안 데려 온 거잖아."

"나도 알아. 근데 하도 지원자가 많으니 누가 누군지도 모르겠는걸? 경기장도 너무 넓구. 혹시 인상착의는 알아?"

"꿈속에선 딱 한번 마주쳤는데 복면을 쓰고 있었어. 게다가 말수도 거의 없다보니 남잔지 여잔지도 솔직히 헷갈려."

"나 참, 이거야 말로 서울에서 김서방 찾기 구만. 테슬라…."

"야! 내가 그거 하지 말랬지."

"메롱."

태랑을 놀리려던 은숙이 눈 밑을 잡아당기며 혀를 쏙 내밀었다.

이럴 때보면 은숙은 장난꾸러기 같은 구석이 있었다. 처음에 도회적인 외모덕에 전형적인 차도녀 인줄 알았는데, 친해지고 나니 의외로 털털한 성격이었다. 역시 사람은 오래봐야 본모습이 나오는 법이다.

7조가 이동한 곳은 축구장 바깥을 두르고 있는 육상 트랙 위였다. 안내했던 담당자는 주변에 조용해지자 자신을 소개했다.

"경기장 쪽은 너무 번잡해서 이쪽으로 모셨습니다. 제소개부터 드리죠. 현재 폭룡 클랜의 부단장을 맡고 있는 이이동이라고 합니다."

이이동의 소개에 지원자들이 수근 댔다.

"방금 부단장이라고 했어?"

"부단장이면 단장 바로 밑이잖아?"

"엄청 거물인데? 잘 보여야겠다."

이이동이 계속 말을 이었다.

"지원자가 많아 부득이 2단계에 걸쳐 테스트를 하기로 결정 했습니다. 괜찮으시죠?"

"설명은 그쯤하고 테스튼지 나발인지부터 합시다. 벌써 30분 넘게 기다렸소. 사람들 죄다 불러다 놓고 뭐하는 거요?"

아까 그 산적수염이었다.

지나친 무례에 주변 다른 각성자들도 슬슬 눈살을 찌푸렸다. 저런 성격이라면 제아무리 강한 사람이라도 같이 다니기 싫을 것이다.

그러나 산적수염의 예의를 벗어난 언사에도 이이동은 여전히 사람 좋은 미소로 화답했다. 얼굴에 웃는 가면이라도 쓰고 있는 것 같았다. 성격이 몹시 좋거나, 아니면 전형적인 구밀복검 스타일일 것이다.

"성함이 정민욱씨죠? 먼저 나오시죠."

"나부터?"

"테스트 빨리 받기 원하는 거 같은데 그렇게 해 드려야죠."

정민욱이 건들거리는 자세로 걸어 나왔다. 나오는 중에 그는 은숙 쪽을 노골적으로 쳐다보며 위아래로 몸매를 훑기까지 했다.

은숙은 사내라면 누구나 눈이 돌아갈 정도로 몸매가 뛰어났기 때문에, 스타디움에 들어온 순간부터 굉장한 주목을 받고 있었다.

"아니 저 새끼 진짜."

"한모 형 안 데려오길 천만다행이네."

폭식의 군주 2

"오빠 아니라도 내가 가만 안 둬. 벌레가 훑고 지나간 느낌이라고. 아 짜증나. 확 대갈통 날려버릴라."

"워워. 자제 좀…."

이이동은 정민욱을 앞에 두고 설명했다.

"아시다시피 능력을 직접 확인하는 것은 여러 가지로 문제의 소지가 될 수 있어 배제했습니다. 번잡스럽긴 하지만 본 클랜이 정한 테스트 절차에 응해 주시기 바랍니다. 1단계 테스트는 스킬 테스틉니다. 본인이 가용한 스킬을 제 앞에서 직접 보여주시면 됩니다."

"흐흐. 난 또 뭐 대단한 거 하나 했네."

정민욱은 오른팔을 들더니 '아이언 피스트!' 하고 소리쳤다.

그러자 그의 오른 팔꿈치 아래로 철갑이 뒤덮기 시작했다. 쇳물이 입혀진 것처럼 그의 몸의 일부가 무쇠로 돌변했다.

"주먹을 강철처럼 단단하게 만드는 아이언 피스트 스킬이요. 공격을 물론 방어에도 일품이지."

'음. 기초적인 신체 강화기술이군. 썩 좋지도, 나쁘지도 않은 스킬이야.'

아이언 피스트는 일시적으로 주먹을 강력하게 만들어준다. 단단하기로는 석갑마법을 능가하며, 오우거 건틀릿을 착용한 것처럼 괴력을 발휘할 수 있다. 정민욱이 어깨에 힘주고 거들먹거리는 이유가 바로 저 스킬덕분이었던 것이다.

그러나 태랑이 눈에는 가소롭기 짝이 없었다.

2레벨은 되어야 양손에 마법이 씌워지는 것으로 미루어 볼 때 고작 1레벨짜리 스킬이란 소리. 게다가 방어되는 부분도 무쇠가 씌워지는 팔 부위 뿐 나머지는 무방비였다.

이미 3레벨을 찍은 자신의 레이즈 스켈레톤에 비하면 한참 모자란 기술을 가지고 으스대는 꼴이라니….

아이언 피스트를 본 이이동은 살짝 고개를 끄덕이더니 정민욱을 자기 뒤로 보냈다. 통과라는 의미였다. 그 뒤로 다른 7명의 지원자가 스킬을 선보였으나 폭룡 클랜의 부단장에 마음을 움직이진 못했다.

그도 그럴 것이 선보이는 스킬들 대부분이 허접스럽기 짝이 없었다. 어떤 스킬은 마법으로 소리를 만들어 내는 것이었는데 정말 실감나게 부엉이 소리와 사자의 울음 등을 흉내 내었다. 또 어떤 이는 식물을 빠르게 자라게 할 수 있는 스킬을 선보였는데, 그가 마법을 쓰자 잔디의 키가 두 배로 쑤욱 자라났다.

이런 식으로 대게의 스킬들이 실전에는 쓸모없는 것들이 많았다. 은숙은 그것을 보면서 이제껏 자신들이 얼마나 운이 좋았는지 실감했다.

특성도 마찬가지지만 랜덤으로 부여되는 스킬 역시 도박이나 다름없다. 운 좋게 스킬을 얻었다한들, 그것이 몬스터와의 전투에 도움이 될 것인지는 누구도 장담 못했다.

"다음 박은숙씨."

은숙은 2Lv에 오른 매직 미사일을 숨기기 위해 배리어 마법을 선보였다. 배리어를 본 이이동의 눈에 살짝 이채가 돌았다.

"오, 이건 혹시 방어막 계열의 주문인가요?"

"네. 쉴드보다 먼저 깎이며 사용자를 보호하죠."

"굉장히 좋은 스킬을 받으셨군요. 합격입니다. 마지막 김태랑씨죠? 오래 기다리셨습니다."

이제 태랑 차례였다.

"저는 여기서 보여주기 힘든데 어쩌죠?"

"혹시 버프계열인가요?"

"아뇨. 힐링 마법입니다. 부상자가 있어야 보여 드릴텐 데…."

이이동은 잠시 고민하더니 허리에 찬 단검을 꺼내 자신의 손가락을 살짝 베었다. 태랑이 감지를 통해 그 단검이 입단자에게 제공한다는 아티펙트임을 파악했다.

[단검] 1등급 아티펙트
-평범한 단검
+포스 수치 '+2'
+공격속도 2% 증가

"굳이 그렇게까지 안하셔도 되는데…."

"그래도 확인은 해봐야죠. 제 상처를 한번 치료해 보시겠습니까?"

이이동이 핏방울이 뚝뚝 떨어지는 손가락을 내밀자 태랑이 힐링 주문을 펼쳤다. 은은한 기운이 태랑의 손끝에서 뿜어져 나와 이이동의 벌어진 상처를 아물게 했다.

1Lv의 힐링 마법은 찰과상이나 가벼운 열상, 자상 등을 원상복구 할 수 있다. 레벨이 오르면 골절이나 관통상 등의 심한 부상도 치료할 수 있는 대표적인 치료마법이었다.

"1레벨의 힐링스킬이군요."

"어떻게 아셨죠?"

"저희 클랜에 2Lv 힐링 마법을 쓰는 단원이 한명 있습니다. 뭐랄까 마법의 농도가 그보단 살짝 옅은 것 같아서요. 어쨌든 태랑씨도 합격입니다. 힐러는 언제든 환영이지요."

태랑은 만약을 대비해 은숙에게 힐링 스킬을 쓸 수 있는 해방의 목걸이를 빌린 상태였다. 3Lv에 달하는 해골소환 마법을 펼쳤다가 대번에 이목을 끌 수 있었다.

물론 1lv로 속이기 위해 딱 3마리만 소환하는 방법도 있었지만, 해골의 무기와 갑주도 업그레이드 되어 있기 때문에 혹시 눈치를 채는 사람이 있어선 곤란했다.

"저희 조는 세 분이나 1차 테스트를 통과했군요. 다른 조에선 한, 두명이 고작이라던데…."

태랑은 살짝 의문이 들었다.

"스킬이 별 볼일 없더라도 특성이 좋을 수도 있지 않습니까?"

좋은 특성은 스킬 여러 개를 합친 것보다 위력적이다.

물론 특성마저 하잘 것 없는 사람이 더 많겠지만, 단순히 스킬만으로 1차 선발을 하는 것은 불합리하다고 여겼다.

만약 침묵의 암살자가 첫 번째 스킬을 쓸데없는 것을 받았다면 1차에서 탈락할 수도 있다는 소리였다. 태랑은 그 부분을 확인해야 했다.

"좋은 지적입니다. 우선적으로 1차 선발은 유용한 스킬의 여부를 먼저 봅니다. 하지만 탈락자 중 쓸 만한 특성이 있는 사람들은 따로 모아 추리는 과정을 거칩니다. 아마 몇 명은 구제 되서 오겠지요."

"그렇군요."

"하지만 스킬도 안 좋은데 특성이 좋은 경우는 많이 없더라구요. 특성이 구려서 스킬을 못 얻는 경우가 태반이니… 탈락자 분들은 저쪽 멀리뛰기 교장 쪽으로 이동하시구요, 세 분은 절 따라 오십시요. 축구장 가운데서 합격자들을 위한 2차 심사가 준비되어 있습니다."

탈락자들은 아쉬운 표정으로 특성 심사장 쪽으로 발길을 옮겼다. 태랑이 볼 적에 7조에는 침묵의 암살자로 보이는 사람이 없었다. 아무래도 2차 테스트를 눈여겨 봐야 할것 같았다.

세 사람은 폭룡 클랜 부단장 이이동 뒤를 따랐다. 이동 중에 정민욱이 말을 걸어왔다.

"흐흐. 떨거지 놈들 다신 안 봐도 되니 속이 다 시원하구만. 그딴 허접때기 스킬 가지고 어딜 들어오려고… 반갑수다. 나는 정민욱이요."

'지도 떨거지 주제에 무슨….'

태랑은 심드렁한 표정으로 고개만 까딱했다. 대화하기 싫다는 명백한 거절 표시였다. 그러나 정민욱은 태랑보다 은숙에게 관심이 많은지 끈덕지게 달라붙었다.

"헌데 두 사람은 무슨 관계인지…."

"보면 몰라요? 남자친구지."

은숙이 불쑥 태랑에게 팔짱을 끼어왔다. 갑작스러운 은숙의 행동에 태랑이 놀라는데 은숙이 몰래 윙크했다. 남자친구란 말에 민욱이 아쉽게 입맛을 다셨다.

"아… 그러시구만. 어쩐지… 친해 보이더라니."

정민욱이 흥미를 잃고 떨어져 나가자 은숙이 말했다.

"이렇게 안 하면 자꾸 들러붙을까봐 그랬어. 미안."

"아. 아니… 음. 너무 붙은 거 같은데…."

은숙의 가슴이 원체 컸기 때문에 태랑의 팔에 말랑말랑한 촉감이 그대로 전해졌다. 태랑은 왠지 민망하여 얼굴을 붉혔다. 은숙이 태랑을 보더니 피식 웃었다.

"뭐야. 너 의외로 쑥맥이네? 다 큰 남자가 이런 걸로 그러니?"

"뭐가 또."

은숙은 살짝 떨어지더니 계속 짓궂은 질문을 던졌다.

"에효. 하기야 너도 공부만 했다고 했었지? 여자 친구는 사겨보긴 한 거니? 설마 모쏠은 아니지?"

"그 질문이 여기서 왜 나와?"

"흐음. 역시 그게 문제였구만! 둘 다 연애 쪽으론 잼병이니 될 턱이 있나. 님을 봐야 뽕도 따는 거지."

"자꾸 뭐라는 거야? 임무에나 집중해."

태랑은 은숙을 외면하며 축구장으로 모여드는 사람들의 면면을 살폈다. 1차 선발된 인원들 대충 스무 명 정도. 13개 조라 했으니 한 조당 채 2명이 안 뽑힌 것으로 여겨졌다.

"저 사람은 어때?"

태랑이 한 남자를 가리켰다.

호리호리하고 다부진 몸매가 제법 운동을 한 사람 같았다.

"저 방망이?"

그는 왼손에 야구배트를 들고 있었기에 은숙은 방망이라고 불렀다.

"무기는 뭐 아티펙트를 구하지 않는 이상 아무거나 집어다 쓰는 거니까… 호리호리한 체형이 좀 유력해 보이는데? 운동한 몸이 확실하잖아."

"그 침묵의 암살자라는 사람, 진짜 이름조차 모르는 거야?"

"난 그저 꿈에서 본 것을 기록 한 것 뿐이야. 이름이 나오지 않는 이상 알 턱이 없지."

"참나 이름도 모른다, 얼굴도 모른다… 특성 하나만 가지고 어떻게 찾으라고. 그냥 직접 가서 물어보고 올까?"

"물어 본다고 쉽게 가르쳐 주겠어?"

"혹시 아니? 미인계가 통할지?"

"얼씨구. 미인 같은 소리하네."

말이 끝나기 무섭게 은숙이 갑자기 얼굴을 바짝 들이댔다. 태랑은 숨이 턱- 막히는 심정이었다. 다분히 고의적인 도발.

"아닌 거 같아?"

"…놀랬잖아!"

"흥, 반박도 못하는 주제에."

은숙은 태랑에게 한껏 핀잔을 주고는 야구배트를 든 사내에게 다가갔다. 아직 도착하지 않는 다른 합격자를 기다리는 중이라 사람들은 삼삼오오 모여 시간을 죽이는 중이었다.

"안녕하세요. 저기…."

"싸인 받으려고 왔어?"

"네?"

야구 베트를 땅에 짚은 사내가 한껏 거들먹거리는 태도로 말했다.

"내 이럴 줄 알았지. 세상이 망해도 인기는 어쩔 수 없다니까? 예쁜 아가씨, 싸인 볼도 안 들고 온 것 같은데 어디에 해줄까?"

은숙은 순간 말문이 막혔다.

'싸인볼이라고? 혹시 야구선수? 태랑이 말에 따르면 분명 기계체조 선수랬는데… 완전 번지수 잘못 짚었네.'

"뭘 그렇게 뚫어지게 쳐다봐. 본인 맞아. 삼현 드래곤즈 리드오프 이강호, 나라구."

"아… 야구 선수셨구나."

"참나, 뭘 또 새삼스럽게 '아~' 야? 다 알고 온 거 아니야? 여자들이란 참…그렇게 순진한척 모르는 척 내숭떠는 건 종특인가?"

'뭐? 이 빠따 새끼가 어디서 확.'

"제가 사람 잘못봤나 봐요. 죄송해요. 그럼 이만."

은숙은 절래절래 고개를 저으며 돌아섰다. 이강호는 은숙의 늘씬한 뒤태를 보면서 방심이 동하는지 연거푸 추파를 던졌다.

"아가씨, 혹시 나중에라도 생각 있음 말해. 은밀한 곳에 해줄 수도 있으니까. 하하하!"

은숙이 모욕을 참지 못하고 홱 뒤돌아섰다.

"야! 너 뚫린 입이라고…."

은숙이 화를 내려는데 태랑이 나섰다.

"너 뭔데 내 여자 친구한테 말 함부로 해? 죽고 싶어?"

은숙은 태랑의 과격한 모습에 놀라 잠자코 있었다. 그가 이토록 박력 있는 모습을 보이기는 처음이었다.

이강호는 어이가 없다는 듯 콧방귀를 끼며 배트를 목에 얹었다. 여차하면 금방이라도 휘두를 것처럼 위협적인 자세.

"뭐? 이런 황당한 시츄를 봤나. 저 여자가 먼저 찝쩍댄 거거든? 여자 친구면 간수나 잘하시든가! 어이 틸리네 씨발."

"뭐라고? 이 자식이 진짜."

소동이 벌어지자 폭룡 클랜의 부단장 이이동이 급히 달려와 두 사람을 저지했다.

"뭣 들하는 겁니까? 소란 피우면 둘 다 탈락시키겠습니다."

태랑이 고분고분 물러서는데 반해 이강호는 시건방지게 껌을 씹으며 대꾸했다.

"탈락? 탈락이라고? 하, 씨발. 별 거지같은 꼴 다보겠네. 지금 나 협박하는 거야? 내가 누군지 몰라서 그래?"

"이강호씨. 당신이 과거에 어떤 사람이었건 그건 중요한 게 아니오. 지금 그 발언은 우리 클랜에 대한 명백한 모욕이나 다름없소. 당장 취소하시오."

"모욕 같은 소리하고 자빠졌네. 아침부터 하루 종일 줄만 세우더만 또 무슨 2차 테스트를 받으라면서 또 기다리게 하고… 별 씨발 내가 이따위 취급 받으라고 여기 온 줄…."

펵-!

눈에 보이지도 않았다. 이이동은 한순간 사라지더니 이 강호 눈앞에 나타나 수도(手刀)로 목덜미를 강타했다. 그는 한방에 거품을 물고 쓰러졌다.

'블링크?'

부단장이 보여주는 위용에 지켜보던 구경하던 사람들이 깜짝 놀라 웅성거렸다. 이이동은 쓰러진 이강호를 냉정하 게 쳐다보며 소리쳤다. 아까의 웃는 표정은 싹 가신 체였 다.

아마도 지금의 모습이 진짜이리라.

"저 새끼 당장 끌어내. 본 클랜을 우습게 보는 자는 입단 할 자격이 없다."

다른 클랜원들이 달려와 이강호의 발을 붙잡고 질질 끌 고 갔다. 1차 테스트를 통과한 사람임에도 아쉬운 기색을 찾아볼 수 없었다.

"와… 대박. 부단장 다시 보이는데. 방금 저게 무슨 기술 이야?"

"블링크라는 스킬. 짧은 거리에 한해 순간이동 할 수 있 지. 폭룡 클랜에 생각보다 인재가 많았군."

"우리 저 사람도 영입할까? 굉장히 강해 보이는데?"

"단순히 블링크 기술만 가지곤 의미없어. 5레벨이 되어 도 이 축구장도 못 벗어날 걸?"

"그렇게 거리가 짧아?"

"1레벨 블링크 이동거리는 고작 5m까지야. 가속 특성이나 헤이스트로도 커버할 수 있는 수준이지. 방금은 거리도 짧았고 이강호라는 사람의 쉴드가 낮았기 때문에 한방에 기절한 거야. 우리 정도만 되도 어림없지. 치명타를 못 날릴 경우엔 반격만 당할 뿐이야."

"아항. 그렇구나? 참, 너 근데 왜 그랬어?"

"내가 뭘?"

"조용히 정체를 숨기고 있자는 건 너였잖아? 왜 나선 건데? 덕분에 사람들 다 쳐다보잖아. 부단장까지 오고. 혹시 나 때문이야?"

은숙이 커다란 눈을 생글거렸다. 입꼬리가 올라간 모습이 왠지 즐기는 표정 같았다. 태랑은 머뭇거리다 대답했다.

"…열 받은 니가 매직미사일이라도 날릴까봐서."

"흐응. 정말 그렇단 말이지?"

"너 무슨 생각하는데? 오해 하지마. 나 임자 있는 사람한테 관심 없어."

"누가 뭐랬니? 혼자 발끈하긴."

"어, 이제 시작하나보다."

스타디움 위에 마련된 단상으로 말끔한 정장을 갖춰 입은 남자가 등장했다. 포마드 기름으로 빗어 넘긴 헤어스타일이 런웨이위의 모델 같은 느낌을 줬다.

"반갑습니다. 폭룡 클랜의 마스터 강찬혁입니다."

지루하게 기다리고 있던 1차 합격자들에게서 탄성이 쏟아져 나왔다.

"와! 잘생겼다."

"완전 연예인같아."

"대박. 듣던 것보다 훨 미남인데?"

"오래 기다리게 해서 죄송합니다. 1차 테스트 인원이 많아 시간이 제법 걸렸습니다. 특성 심사장에서 구제되신 다섯 분까지 모두 스물 여섯분… 응? 뭐라고? 죄송합니다. 착오가 있었군요. 방금 막 한분이 탈락하셔서 모두 스물 다섯분 합격하셨습니다. 축하드립니다."

은숙이 태랑에게 귓속말을 했다.

"아까 그 방망이 말하는 건 거봐."

"가까이 대지 마. 귀 간지러워."

"어머, 너 느끼니? 혹시 여기 성감대?"

"진짜 너!"

두 남녀가 티격태격 하는 사이 무대에 선 강찬혁이 폭룡 클랜을 소개했다.

"저희 폭룡 클랜은 성남시를 기반으로 하고 있으며 현재 클랜원은 18명입니다. 게시판에서 소식을 접한 분도 계시겠지만 최근엔 C급 몬스터로 분류되는 타우렌 사냥에도 성공했죠."

"오오오! 역시 폭룡 클랜!"

"C급을 잡았다고?"

"대단한데!"

짝짝짝-

대기자들 사이에서 박수가 쏟아져 나왔다. 태랑은 이들이 C급 몬스터 사냥에 성공했다는 소식에 조금 놀랐다.

'한 달 만에 C급인 건가… 확실히 빠르군.'

은숙이 말했다.

"낙성대에서 잡은 리치킹이 C급아녔어? 우린 일주일도 안 되서 잡은 것을 거 무슨 자랑이라고…."

"쉿. 다 들리겠다. 그리고 보통 각성자가 한 달 만에 C급을 사냥했으면 굉장히 빠른 편이야. 본인 능력도 그렇지만 파티 구성도 잘 꾸린 것 같아."

강찬혁은 박수를 즐기는 것처럼 한참 뜸을 들이며 기다렸다. 무대 아래를 굽어보는 눈빛에는 강한 자신감이 실려 있었다. 그 눈빛이 다소 과해 오만하다는 느낌을 주었다.

좋게 말하면 카리스마 있는 타입.

나쁘게 말하면 자기보다 뛰어난 사람을 견제할 수밖에 없는 성격이다. 그는 타고나기를 누구 밑에 있을 수 없었다. 항상 남보다 위에 서고 싶어 했고, 각성 이전에도 그런 삶을 살아왔다.

"2차는 실전 테스트입니다. 1차 테스트 결과에 따라 여러분을 5개조로 나눈 다음 소환수를 상대로 실력을 검증하도록 하겠습니다."

"조 구성은 어떻게 됩니까? 완전히 무작위인가요?"

누군가 손을 들어 질문했다.

"좋은 질문이군요. 랜덤은 아닙니다. 각각의 조는 레이드 포지션에 의거해 편성했습니다. 탱커, 딜러, 서포터가 고루 배분되도록 말이죠."

레이드 포지션이란 1:1이 제압이 불가능한 상급 몬스터를 상대하는 다인수 헌터의 기본 전투대형을 말한다. 공격과 방어를 전담하는 딜러와 탱커 다수에 버프를 걸거나, 힐을 걸어주는 서포터가 소수로 끼는 형태다.

"소환수는 여기 김도진군이 수고해주시겠습니다. 그가 소환하는 대지의 정령은 비록 세 마리 뿐이지만 A급 몬스터를 상회하는 능력을 지니고 있습니다."

"태랑, 정령술이 뭐야?"

"나와 비슷한 소환 계열 스킬 중 하나야. 대지의 정령이면 노옴을 말하는 거겠네."

"노옴?"

"음… 흙으로 빚어진 골렘을 연상하면 돼. 지난번에 상대했던 클레이 골렘보다는 훨씬 하급이지. 엄밀히 말해 골렘과는 좀 차이가 있지."

"아항. 그나저나 A급 3마리면 너무 약한 거 아니니? 그걸 누구 코에 붙여?"

"어차피 실력만 보는 거니까 그렇겠지. 그런데 정령술사 혼자서 그 많은 노옴을 다 부를 순 없을 텐데…."

25명을 5개조로 나눈다쳐도 최소 5번의 소환이 필요하다. 한번에 30%가까이 포스가 소모되는 소환주문의 특성상 계산이 맞질 않았다.

태랑의 의문은 곧 풀렸다. 김도전이라 불려진 정령술사의 손에 에테르 구슬이 들려있던 것이다. 포스가 떨어지면 에테르를 이용해 채우려는 것 같았다.

"에테르까지 구했군. 준비 많이 했는데?"

"이제 조 발표 하나봐."

태랑과 은숙은 둘 다 서포터 계열로 분류되어 각기 다른 조에 속하게 되었다. 태랑은 B조, 은숙은 F조였다. 아무래도 탱커나 딜러에 비하면 서포터는 드문 특성이었기 때문에 한조에 둘 이상 포함되기 힘들었다. 두 사람이 갈라지기 전 태랑이 말했다.

"지금이 침묵의 암살자를 찾아 볼 수 있는 절호의 기회야. 혹시나 네 쪽에 있을 수 있으니 유심히 살펴. 나도 계속 찾아볼 테니까."

"알았어. 순진한 총각."

"어휴. 너 나중에 보자."

2차 테스트가 시작되기 전 조별로 시간이 주어졌다. 5개의 조는 각기 축구장 구석으로 흩어져 짧은 작전회의 시간을 가졌다. 태랑이 속한 조는 B조에는 처음 1차 테스트를 같이 했던 아이언 피스트 정민욱이 포함 되어 있었다.

'하필 저놈이랑…'

정민욱은 태랑을 보고 반갑게 아는 체를 했다.

"여어. 여전히 같은 조로구만. 우린 인연인가?"

"…글쎄요."

'인연은 무슨 악연이지.'

"크크. 어쨌든 다들 운 좋은 줄 알라고. 내 아이언 피스트 한방이면 그딴 흙더미 인형 따윈 식은 죽 먹기니까."

정민욱의 말에 다른 각성자가 반론했다.

"혼자 돋보이려는 건 이기적인 행동입니다."

"뭐?"

"생각해 보세요. 헌터 다섯 당 꼴랑 A급 세 마립니다. 여기 있는 누구도 A급 정도는 무난히 잡아요."

"그래서?"

"TV에서 서바이벌 프로그램 본적 있으시죠? 이건 쉽게 말해서 단체 미션 같은 겁니다. 모두 활약할 수 있는 전략을 짜야 되요. 그래야 최대한 많이 합격하죠."

그 말에 정민욱이 콧방귀를 꼈다.

"그걸 지금 자네만 이해한 것 같아? 그래서 하는 말이야?"

"네?"

"자네 말마따나 이게 단체 미션이라고 쳐보자고. 어차피 모두 같이 합격하는 건 불가능해. 결국 몇 명만 살아남는 서바이벌이지. 요컨대 자기 조에서 가장 튀어야 합격 확률이 높다는 거야."

"그래서 지금 멋대로 행동하겠다는 겁니까?"

"왜? 니가 뭐라도 돼? 니가 대장이야? 와, 어느새 대장이 되셨을까? 누가 시켰어 이사람? 난 투표 안했는데?"

정민욱이 노골적으로 비꼬자 분위기가 과열되었다.

"니? 지금 니라고 했어요? 어따 대고 막말입니까? 초면이면 말 높여요."

"다들 진정 하세요. 심사위원들 보겠어요. 아까 야구선수 탈락시킨 거 못 봤어요? 적당히 좀 합시다. 저희야 두 사람 탈락하면 합격 확률 높아지니 좋겠지만…."

캡 모자를 쓴 사람의 발언에 두 사람이 씩씩거리며 물러섰다. 분위기가 조금 차분해 지자 그가 좌중을 둘러보며 말했다.

"거봐요. 안 싸우니 얼마나 좋아요. 일단 다들 포지션 좀 알려줘 보세요."

"그건 왜?"

산적 수염은 여전히 틱틱거렸다.

캡모자의 사내가 여유 있게 받아쳤다.

"아~. 아까 설명 제대로 못 들었나 보네. 좋아요. 제가 심사기준을 다시 알려드리죠. 2차 테스트에서 보려는 것은 실전감각이에요. 그 중엔 레이드 포지션에 대한 전략적인 이해가 들어가 있죠. 어떻게 작전을 구상해 어떤 식으로 적을 공략하느냐도 중요 하다구요. 혼자 때려 부수는 전략은 절대 좋은 평가를 받을 수 없다는 거죠. 실전에선 훨씬 강한 몬스터들을 상대해야 하니까."

캡모자의 반박에 정민욱도 어느 정도 납득을 했는지 입을 다물었다. 태랑은 속으로 피식 웃었다.

'저 사람은 아주 바보는 아니군. 근데 어차피 난 당락과는 무관하니 잠자코 있어야겠다.'

"일단 저부터 소개하죠. 저는 탱커포지션입니다. 정확히 말하면 마법방어에 뛰어나요. 특성이 그쪽이거든요."

"특성이 뭔데?"

"자세히 얘기하긴 곤란하고… 암튼 마법 데미지를 경감해서 받을 수 있어요. 문제는 노옴이 마법을 쓸 것 같진 않으니 크게 의미는 없겠네요."

"난 무쇠팔. 근접 공격수야."

정민욱이 오른팔을 들어 보이며 말했다. 자신의 팔을 바라보는 시선에 자부심이 묻어났다. 이어 다른 사람들이 차례로 말했다.

"전 요거요."

정민욱과 대립각을 세웠던 사내가 손에 쥔 가죽 끈을 들어 올렸다. 길게 늘어진 허리띠처럼 생겼는데 가운데 부분에 넓은 가죽이 덧대 있었다.

"이게 뭐야? 채찍인가?"

"슬링이라는 겁니다. 가운데 부분에 돌을 끼워 던지죠."

"한마디로 돌팔매질이네? 이게 아프긴 해?"

"우습게보지 마세요. 진검으로 베이나, 목검으로 맞으나 살상력은 비슷한 거 아시죠? 어중간한 화살보단 돌멩이가 훨씬 강합니다. 얼굴 같은데 맞으면 이빨 다 나갈 걸요? 게 다가 제 스킬은 투척무기의 정확도를 보정해주는 마법인데 어지간한 거리는 다 맞출 수 있습니다."

"그래? 그거 신기하군. 참, 저치는 1차 때 나랑 같은 조라서 잘 알지. 서포터 포지션일거야."

"네, 힐럽니다."

태랑은 군소리 않고 짧게 소개했다.

정체를 숨기려 했는데 정민욱이 알아서 증인을 자처해 주니 굳이 나설 필요도 없었다. 포지션 소개는 이제 마지막 한명을 남겨 놓고 있었다. 모두의 시선이 구석에 웅크리고 있는 소녀에게 향했다.

유일한 홍일점인 그녀는 고등학교를 막 졸업한 것처럼 옛 된 얼굴이었다. 낯을 가리는 편인지 아까부터 말없이 듣고만 있었다.

"그럼, 이쪽 아가씨는?"

"……."

그녀는 허리춤에서 단검을 꺼냈다. 정식 군용 대검이었다. 병기창에서 갈려 나왔는지 끝이 예리하게 날이 서있었다.

"음, 근접 전사란 소린가?"

"이 군용대검 어디서 난 거야? 와, 추억 돋네. 이걸로 총 검술 할 때가 엊그제 같은데…"

슬링을 날리는 청년이 대검을 만지려하자 소녀는 갑자기 대검을 역수로 바꿔 쥐며 상대를 노려보았다. 다소 과격한 반응에 다들 어안이 벙벙해 졌다.

"…건드리지 마."

소녀가 처음으로 입을 열었다. 의외로 매우 청아한 목소리였다. 소녀가 보여주는 결벽적인 태도에 기가 질린 슬링 청년이 손사래를 쳤다.

"아니 난 그저 신기해서."

"건드리지 말라고."

또렷한 발음으로 거부의사를 밝히는 소녀의 태도는 어딘지 모르는 살기마저 느껴졌다. 분위기가 냉랭해지자 야구 캡을 쓴 청년이 곧바로 화제를 바꿨다.

"자자, 어쨌든 정리됐네요. 근접전사 둘에 탱커하나, 그리고 원거리 공격수와 힐러까지. 이 정도면 완벽한 레이드 구성 아니에요? 참 조합 좋네."

"그래, 이걸로 뭘 어쩔 건데?"

태랑은 정민욱과 모자 청년의 대화를 흘려들으며 군용 대검을 든 소녀에 집중했다. 빠른 몸놀림에 과묵한 성격까지. 그가 찾고 있던 침묵의 암살자에 가장 근접한 특징이었다.

'이 애가 설마 침묵의 암살자?!'

태랑이 자신을 뚫어지게 주시하자 소녀가 차가운 눈빛으로 맞대응했다. 두 사람은 마치 눈싸움을 벌이는 것 같았다.

'헌데 침묵의 암살자가 여자라고?'

태랑의 꿈속에서 침묵의 암살자는 복면을 쓰고 등장했
다. 눈 부위만 겨우 드러난 일본식 닌자 복면이었다.

눈매가 여자였던가? 남자였던가? 워낙 오래전의 일이었
기 때문에 그 장면이 도저히 떠오르질 않았다. 그의 캐릭터
시트에 기계체조를 배웠다는 이력 때문에 당연히 남자라고
생각했지만 생각해보니 여자기계체조선수도 충분히 가능
했다.

"이봐. 힐러. 자네, 듣고 있긴 한 거야? 작전 설명하는데
자꾸 어딜 보나?"

"네, 네?"

"나참 이래가지고 무슨 작전 회의를 한다고."

"태랑씨라고 하셨죠? 설명에 집중해 주시죠."

"죄송합니다."

태랑은 겸연쩍게 고개를 숙였다.

'일단 지켜보는 수밖에 없겠어. 싸울 때 몸놀림을 보면
확실해 지겠지. 단순히 말수가 없다고 단정 짓기엔 애매한
구석이 많아.'

"그러니까 근접 공격수랑 탱커들이 각각 한 마리씩 들러
붙고 원거리 딜러와 힐러가 뒤에서 보조한다. 그 소리야?"

"네. 최근 가장 선호되는 헌팅법이죠. 유럽에서 넘어왔
다고 해서 EU스타일이라고도 불러요. 이런 방식이면 모두
가 공평하게 돋보일 테니까요."

"어쨌든 눈깔이 제대로 박혔으면 심사위원도 알아서 추려내겠지. 난 상관없어."

"저희조원들 모두 선발됐으면 좋겠어요."

빈 슬링을 휘휘 돌리던 청년이 뭔가 생각난 듯 말했다.

"아참. 모두 들었죠? 이번에 클랜에 뽑히면 아티펙트 준다는 거. 전 솔직히 그거 노리고 왔거든요."

"단검 말이지? 포스를 2씩이나 올려준다는?"

"거기다 공속도 함께 올려주잖아요. 실제 공격력 상승치가 적지 않을 걸요? 스킬 차크라도 겨우 먹었는데 아티펙트라니… 진짜 폭룡 클랜은 역대급인 것 같아요. 현존 최강이 아니려나?"

"최강까진 아니고, 들리는 소문에 강북이나 인천 쪽에도 상당한 수준의 클랜이 있다 하더라고. 뭐 어쨌든 마스터가 의욕적이니까 금방 치고 올라가겠지. 전도유망한 클랜인건 확실해."

태랑은 속으로 피식 웃었다.

'1등급 단검에 저리 거품을 물다니… 우리에게 3등급 아티펙트인 뼈의 방패와 강철의 건틀릿, 거기다 지금 내 목에 4등급 해방의 목걸이가 있는 걸 알고 나면 놀라 까무러치겠군. 빛의 완드나 가죽 갑옷 같은 건 취급도 안 해주는데….'

"A조 테스트 시작한다. 저거나 구경하죠."

마침 축구장 중앙에서 A조의 테스트가 시작되었다.

다음이 바로 B조였으므로 수환수의 위력도 파악할 겸 모두 집중했다. 태랑은 힐끔 소녀를 쳐다보다 찌릿하는 눈빛에 자기도 모르게 시선을 돌렸다.

'얼음장이 따로 없구만. 괜히 오해 사는 건 아니겠지?'

혹시나 소녀가 자신에게 관심이 있어 쳐다본다는 식으로 오해할까 두려워지는 태랑이었다. 대학생인지 고등학생인지 모르지만 적어도 이렇게 어린 여잔 자기 취향이 아니다.

'차라리 은숙처럼 성숙한 타입이면 몰라.'

태랑은 은숙을 떠올리다가 아차 하는 마음이 들었다.

아까의 도발적인 행동 때문에 문득 은숙을 생각하고 말았다.

'대체 무슨 생각하는 거야? 은숙이 아무리 예뻐도 그렇지.'

은숙은 과거 텐프로를 뛸 만큼 외모하나는 타고난 미녀다. 얼굴이면 얼굴, 몸매면 몸매 무엇 하나 빠지는 게 없었다. 게다가 은근히 머리도 좋았다. 친해지고 난 뒤 집안 사정을 알고 나선 기구한 삶에 연민마저 느껴졌다.

처음 봤을 땐 콧대 높고 도도한 사람인줄 알았는데 알면 알수록 진국이었다.

'하지만 어차피 남의 여자지.'

태랑은 임자 있는 여자를 건드릴 생각은 전혀 없었다.

그것은 그의 상식에 옳지 않았다. 도의를 중시여기는

그의 성격상 결코 은숙에게 혹하는 일은 없을 것이다. 그것은 한모와의 의리를 저버리는 행동이기 때문이다.

'역시 너무 친해져도 곤란하겠어. 유화도 마찬가지지. 지금은 연애 감정에 신경쓸데가 아냐. 63빌딩 공략이 최우선이다. 쓸데없는 감정소모 하지 말자.'

태랑이 스스로에게 다짐하듯 생각에 빠져 있는데 진행자가 막 A조의 경합을 알렸다.

대기 중인 다른 조들은 모두 아웃 라인 바깥으로 자릴 옮겼다. 폭룡 클랜의 심사위원들은 선수벤치 쪽에 앉아 날카로운 눈으로 참가자들을 주시하고 있었다. 그 모습이 마치 '제 점수는요….' 라고 말할 것 같은 엄숙한 분위기라 태랑의 실소를 자아냈다.

저들은 과연 자신이 얼마나 강한 사람인지 눈치 챌 순 있을까? 태랑은 실력을 감추고 복면 가왕 무대에 오른 절대 고수 같은 우월감마저 들었다.

단언컨대, 이곳에 태랑보다 강한 사람은 없으리라.

테스트를 위해 축구장 절반이 전장으로 지정되었다.

A조 다섯 명은 센터 써클 부근에 자릴 잡았다. 노움의 소환위치는 축구골대였다.

노움은 외모는 근육질의 남성형상이었는데 마른 논바닥처럼 피부가 쩍쩍 갈라져 왠지 징그러운 느낌을 줬다. 노움은 4대 정령 중 가장 인간에 근접한 형태이며 강한 물리력과 방어력을 특징으로 삼고 있었다.

레벨업에 따라 개체수가 증가하는 태랑의 네크로맨시 기술과 달리 정령술은 '진화'라는 독특한 매커니즘을 갖고 있다. 즉 소환수의 숫자는 그대로지만 질적으로 월등한 형태로 변모하는 것이다.

'완벽한 성인 남성형태로 보아 2단계 진화까지 마쳤군. 소환자는 대지 정령 스킬레벨 2의 각성자인건가? 확실히 클랜 구성이 탄탄해. 정령술사에 블링크 스킬을 가진 부단장, 2레벨의 힐러라… 여기에 침묵의 암살자까지 합류했으니 8대 클랜에 들어갈 수 있었던 게로군. 이제 이해가 된다.'

A조에 속한 지원자 하나가 전투시작과 동시에 빠르게 대쉬했다. 마치 혼자서 공을 차지하려는 듯 전열을 이탈한 움직임이었다.

"어어, 저 사람 좀 봐. 닥돌인데 그냥."

"다른 조원들은 안중에도 없다는 거구만. 이기적이긴."

달려드는 각성자를 향해 노움이 주먹으로 지면을 쿵– 찍었다. 그 순간 전방에 잔디가 들썩이며 바닥이 파도처럼 웨이브를 쳤다. 순간적으로 균형을 잃은 각성자를 향해 다른 노움이 달려와 주먹을 내질렀다.

퍽–

각성자는 돌주먹을 얻어맞고 형편없이 나가떨어졌다. 쉴드의 보호로 죽진 않겠지만 상당한 데미지를 받은 듯 다시 일어서지 못했다.

"방금 마법이야?"

"노움은 대지의 친화력을 이용해 땅의 형태를 조작할 수 있어. 방금은 지반을 융기시켜 작은 습곡을 만들어 낸 거야. 크랙이나 흙구덩이, 지면 뒤틀림 같은 게 놈이 지닌 기술이지."

"아하. 것도 모르고 달려들다니. 완전 방심 했구나."

"혼자 날뛰니 얻어맞은 거지. 미리 대비했으면 저렇게 허무하게 당하진 않았을 거야. 그래도 아직 네 사람이 남아 있으니 해볼 만하지 싶은데…."

앞서 달려간 헌터가 일격에 쓰러지자 A조는 좀 더 신중한 움직임을 보였다. A조에 배속된 서포터는 버프 능력자였는지 주먹을 불끈 쥐고 하늘을 향해 소리쳤다.

"우오오오!"

전장의 함성. 일시적으로 공격력에 10%를 더해주는 버프였다. 버프를 받은 A조의 근접 전사들은 각각의 무기를 움켜쥐고 다가오는 노움에 맞섰다.

노움의 내구력은 좋은 편이긴 하지만 스톤 골렘이나 클레이 골렘에 비하면 확실히 한수 아래. 단단하기는 돌만 못하고, 피해를 흡수하는 능력은 진흙만 못했다.

버프를 받은 A조 전사들의 거친 공세에 곧 사방에 흙먼지가 날리며 노움이 조금씩 밀리는 형국이 되었다.

그때 벤치에서 심사를 보던 폭룡 클랜의 헌터들이 움직이기 시작했다. 그들 중 하나가 노움에게 쉴드 강화의 주문을 걸었다. 밀리던 대지의 정령이 깎여나간 쉴드를 다시 회복했다.

"아니 이게 무슨 짓이오!"

노움을 상대하던 A조의 지원자가 소리쳤다.

그러나 그것은 처음부터 의도된 행동이었다. 폭룡 클랜의 실전 테스트는 예상치 못한 돌발 상황에서 지원자들이 얼마나 효과적으로 대응할 수 있는지를 평가하는 방식.

연이어 소환수에게 몇 가지 버프가 더 걸렸다. 마법 주문력을 강화하는 계열과 공격 속도를 올려주는 오라였다. A급 몬스터 수준이던 노움의 능력이 전반적으로 상향되며 전세가 빠르게 역전되기 시작했다.

노움이 만든 구덩이 발을 헛딛은 각성자는 재차 이어지는 공격을 당해내지 못했다. 차츰 전세가 기울어지며 하나둘씩 쓰러지자 A조 지원자들은 끝내 백기를 들고 항복을 선언했다. 구경하던 다른 참가자들 사이에서도 불만이 쇄도했다.

"이건 얘기가 다르지 않습니까?"

"A급 아니라 무슨 B급 수준이잖아요?"

그러자 진행자가 나섰다.

"처음부터 소환수에게 버프를 주지 않는다는 말은 없었습니다. 이 정도 변수에도 대응 못한다면 본 클랜에 입단할 자격이 없습니다. 본 클랜은 초심자를 길러 육성하려는 게 아닙니다. 당장 현재 맴버들과 호흡을 맞출 수 있는 즉전감을 원하는 겁니다."

"아…."

더 따져봐야 심사위원들에게 찍힐 것을 우려한 참가자들이 입을 다물었다. 어쨌든 칼을 쥔 쪽은 폭룡 클랜. 그들은 갑이고 참가자들은 을이었다.

노움 공략에 실패한 A조는 전원탈락이라는 고배를 마셨다. 실전 테스트를 만만히 여기던 다른 1차 합격자들도 바짝 긴장하기 시작했다.

2차 테스트는 보이는 것처럼 5 vs 3의 단순한 구도가 아니었다. 각종 버프로 상향된 노움은 B급 몬스터에 육박하는 전투력을 과시했다. 이쪽은 기껏 서포터가 한명인데 반해, 상대편에는 여러 명의 서포터가 배치되어 있는 것이나 마찬가지였다.

"다음은 B조 준비하세요. 바로 시작하겠습니다."

"젠장, 이러면 쉽지 않은데?"

"계획대로 가도 될까요?"

"이제와 다른 방법도 없어요. 노움의 마법을 최대한 피하면서 기회를 엿봐야죠. 이것 참 승리는 당연할 거라고 여겼는데 탈락을 걱정해야 할 처지라니…."

태랑은 당황하는 조원들을 보며 속으로 생각했다.

'테스트에 붙어도 곤란하니 차라리 떨어지는 편도 괜찮겠군. 일단 A조엔 의심갈만한 사람이 없었으니 저 여자애만 눈여겨보자.'

태랑의 목적은 애초에 폭룡 클랜의 가입이 아니었다. 자신이 능력을 펼친다면 우습게 통과하겠지만, 그에겐 전혀 그럴 필요가 없었다.

폭룡 클랜의 헌터들이 A조가 싸웠던 필드를 정비하는 사이 이번엔 반대편 골대에서 노움이 생성되었다. 노움의 싸움 방식이 지면 이곳저곳 균열을 만들어 내기 때문에 공평하게 시작조건을 맞추려는 주최 측의 배려였다.

"근데 저렇게 골대 앞에 서있으니까 무슨 골키퍼 같다."

"그럼 제가 슛 한번 넣어 볼까요?"

센터 써클에서 골대까지의 거리는 대략 50M. 슬링의 유효사거리 안이었다. B조의 원거리 공격수는 시작도 전부터 슬링에 돌을 장전했다.

"B조 테스트, 시작합니다."

풍차처럼 붕붕 돌아가던 슬링의 한쪽 끈을 놓자 돌맹이가 총탄처럼 쏘아졌다. 스킬로 정확도가 보정된 주먹 만한 돌맹이는 직선을 그리며 날아가 노움의 몸통에 적중했다.

쾅-!

"요시! 그란도 시즌!"

슬링 샷을 맞은 대지의 정령의 배에 커다란 구멍이 났다. 관통당한 부위로 반대편이 훤히 비춰졌다. 불의의 일격에 대지 정령을 컨트롤하는 폭룡 클랜 김도진의 움직임이 빨라졌다.

A조에는 없던 원거리 공격수의 존재로 인해 먼저 거리를 빠르게 좁혀야 했다. 쇄도해 오는 노움을 보며 정민욱이 무쇠팔을 들어 올렸다.

"어디 한번 놀아 볼까!"

탱커인 캡모자도 몽둥이를 꺼냈다.

"슬링으로 계속 견제해 주시고, 태랑씨는 상황 봐서 힐 넣어 주세요. 믿고 갑니다."

B조의 근접 전사들은 A조를 반면교사 삼아 신중하게 움직였다. 돌팔매질이 계속되자 폭룡 클랜 측에선 투사체 방어의 마법으로 맞대응했다.

원거리 공격에 추가적인 방어효과를 받은 노움들은 더이상 한방에 구멍 나는 일은 없었다.

"빌어먹을 놈들 같으니. 좀 먹힌다 싶으니까 바로 막아버리네."

태랑은 다른 사람은 신경 쓰지 않고 오직 군용 대검을 든 소녀에게만 집중했다. 그녀가 정말로 침묵의 암살자라면 몸놀림에서부터 큰 차이를 보일 것이다.

'내가 아는 건 기계체조를 배웠다는 사실 뿐이야. 동작을 지켜보면 확실히 판별할 수 있겠지.'

각종 버프로 전투력이 상승한 노움은 제법 껄끄러운 상대였다. 땅을 뒤흔드는 능력은 확실히 지면 위에서 싸울 때 큰 효과를 발휘했다. 호언장담하던 정민욱과 캡모자는 백중세를 유지하는 게 고작.

폭룡 클랜은 처음부터 노움을 활용하기 위해 잔디가 깔린 축구장을 무대로 선택한 것인지도 몰랐다.

소녀가 대검을 역수로 들고 나섰다. 두 팔을 들어 교차시킨 자세에서 범상치 않은 기세가 뿜어져 나왔다. 그때 다가온 노움이 크게 발을 굴렸다.

쿵-!

잔디가 입을 벌리듯 쩌억- 하고 갈라졌다. 소녀는 고양이를 연상키는 날랜 동작으로 백덤블링을 연속해 물러섰다. 눈으로 보고도 믿기 힘든 유연한 움직임이었다.

태랑은 이때 거의 확신했다.

'확실하다! 저건 기계체조 선수의 몸놀림이야. 침묵의 암살자가 정말 그녀였어!'

노움이 재차 주먹으로 땅을 내리치자 이번엔 잔디가 빨래판처럼 뒤틀려졌다. 물러나던 소녀는 오히려 전방으로 구르며 빠르게 노움을 향해 돌진했다. 앞구르기 자세에서 물구나무서듯 신형을 솟구쳐 두발로 노움의 턱을 걷어찼다. 용수철 같은 탄력이었다.

신체의 회전력을 이용한 강한 일격에 거대한 노움의 몸을 들썩였다. 그녀는 연이어 목마를 타듯 노움의 등 뒤로 올라타더니 대검을 들어 목을 그었다.

지익-

버프로 강화된 노움의 신체가 두부처럼 썰려나가며 목이 반쯤 벌어졌다. 인간이었다면 목이 떨어져 나갔을 것이다.

소녀의 날랜 몸놀림에 주목하던 심사위원들은 그 장면에서 탄성을 내질렀다.

"와! 대단한데?"

"그보다는 어떻게 단칼에 목을 친 거지? 물리 방어 버프도 걸어놨잖아?"

"저 아이 스킬이 대체 뭐야?"

심사위원 하나가 빠르게 1차 테스트 결과지를 찾았다. 혹시나 기술을 쓴 것인지 찾아보는 것이었다.

"가진 스킬은 도약능력인데?"

"도약? 도약은 점프력을 상승시키는 기술이잖아? 공격 계열의 스킬은 아닌데?"

"그러게 말이야. 그나저나 일격에 노움을 끝장내다니 이해가 가질 않는군. 포스가 엄청 높지 않은 이상에야…."

심사위원석의 가운데 앉아있던 클랜 마스터 강찬혁은 의미심장하게 고개를 끄덕였다.

"…어쩌면 저 아이가 뭔지 모를 대단한 특성을 지녔는지도 모르지. 일단 합격 시켜."

"네. 지금껏 봐온 지원자 중 가장 뛰어나군요. 단연 군계일학입니다. 저런 실력자가 있었다니…."

"나머지는 어떻게 할까요?"

"A조에 비하면 전반적으로 낮지만 딱 그 정도뿐이야. 저 무쇠팔은 주먹질도 제대로 모르는 놈이군. 공격이고 방어고 죄다 형편없어. 그냥 개싸움이야."

"모자 쓴 친구는요? 서류를 보니 마방에 특화된 탱커랍니다."

"애매하지. 결국 반푼이란 소리잖아. 탱커는 전천후가 아니어선 곤란해. 실격. 차라리 슬링 돌리는 친구가 의외로 쓸모 있겠어. 자기편이 밀린다 싶으면 딱딱 흐름을 끊어주잖아. 정확도도 상당히 뛰어나고. 근데 저기 멀뚱히 서있는 사람은 뭐하는 친구야? 어디 구경 나왔어?"

"힐러랍니다. 치료할 타이밍을 잡는 것 같군요."

"힐러라··· 그렇잖아도 아현이 혼자 벅찼는데 잘 됐군. 원래 한 조당 둘씩만 뽑으려고 했는데 앞선 A조가 전원 탈락했으니 B조는 세 명도 상관없겠지."

심사위원들이 평가를 내리는 사이 태랑은 침묵의 암살자를 발견하고 몹시 흥분한 상태였다.

'그녀가 확실하다. 헌데 어떻게 그녀를 설득하지? 이대로 합격해 버리면 곤란하니까 방해를 해볼까? 아니다. 심사위원이 바보가 아닌 이상에야 저정도 퍼포먼스라면 테스트와 무관하게 합격 시킬 거야. 차라리 테스트를 빨리 마무리 짓고 그녀에게 따로 접근해봐야겠다.'

태랑이 그런 생각을 마쳤을 때였다.

갑자기 게이트 부근에서 요란한 소리가 들려왔다.

❖ ❖ ❖

    이강호는 현 KBO최강팀 삼현 드래곤즈의 1번 타자였다.

    특유의 빠른 발과 파이팅 넘치는 플레이로 팬들의 사랑을 받았으나, 사생활이 난잡하다는 소문이 따라다녔다.

    원정 경기 때마다 호텔 룸으로 여성 팬을 끌어 들이기 일쑤고, 아나운서와 스캔들로 구설수에 오른 적도 있었다. 그러나 스포츠 선수라는 게 당장의 성적이 뛰어나면 어느 정도 흠결에 대해선 눈감아 주는 편이었다. 특히나 젊고 건장한 스포츠맨의 여성편력은 더욱 관대해지는 측면이 있었다.

    그렇게 인생의 전성기를 구가하던 그에게 몬스터 인베이전이란 재앙이 찾아왔다. 당장의 생존이 문제가 되는 상황에서 전직 야구선수라는 타이틀은 아무짝에도 쓸모없었다.

    평생을 땀 흘려 이루었던 모든 것이 한순간에 물거품이 되었다. 값비싼 외제 스포츠카도, 강남에 마련했던 고급 오피스텔도, 심심할 때면 불러내던 수많은 여성 파트너들까지….

    그래도 평생을 운동과 함께한 그였기에 바뀐 세상에 비교적 빠르게 적응했다. 배트를 들고 몬스터를 잡는 일이 어느 정도 익숙해지자, 그는 예전의 유명세를 되찾고 싶어졌다.

작금의 세상에선 연예인도 프로선수도 다 부질없었다.

'헌터'라고 일컬어지는 몬스터 사냥꾼이 누구보다 각광받는 시대.

몬스터에 맞서 인류를 구원하는 영웅이자 강력한 마법과 초능력을 발휘하는 초인. 꿈에 그리던 마블과 DC의 히어로가 될 수 있는 기회가 열린 것이다.

승리를 위해선 이기는 팀부터 들어가야 한다는 것이 그의 신조였다. 이번에 이강호가 '폭룡 클랜'에 들기로 했던 것도 바로 그런 연유. 그에게 폭룡 클랜은 자신을 유명하게 만들어줄 발판과 같았다.

강한 클랜에 들어가 빠르게 레벨링을 이루어 누구보다 유명한 헌터가 되고 싶었다. 다시금 부와 명성을 되찾고, 여자들이 줄줄이 따르는 그런 삶을 꿈꿨다.

그러나 어이없는 이유로 탈락의 수모를 겪고 나자 그는 밀려오는 울분을 참을 수 없었다.

여러 사람들이 지켜보는 가운데 공개적으로 얻어맞고 기절까지 해 끌려 나갔다. 과거라면 감히 범접도 못했을 '민간인' 따위가 감히 자신을 손찌검을 하고 쫓아낸 것이다.

그는 자존심에 큰 상처를 받았다.

인생의 정점에서 끌어 내리진 불우한 처지가 어느 때보다 비참하게 다가왔다. 보통의 사람이었다면 재수가 없었거니 하고 욕을 퍼붓고 돌아섰을 것이다.

그러나 그는 평생을 승부와 함께한 야구선수였다.

눈에는 눈, 이에는 이.

같은 팀이 빈볼을 맞으면 다음이닝에 반드시 보복구를 던져야 했다. 그는 인생을 그렇게 배웠다. 당한만큼 몇 배로 돌려주리라.

"씨발 새끼들 감히 나를 까? 다 죽여 버리겠어."

기절에서 깨어난 그는 방망이를 움켜쥐고 다시 성남종합운동으로 향했다. 그러나 잠시 후 그의 발길이 멈춰 섰다. 아무리 열 받았기로 서니 천지분간을 못할 정도로 멍청이는 아니었다.

'가만있어봐. 부단장이란 놈 하나 어쩌지 못하는데 폭룡 클랜 전체를 무슨 수로 상대한담?

들리는 소문에 클랜의 마스터는 엄청난 강자라고 했다. 게다가 다른 클랜원까지 가세한다면 복수는커녕 목숨을 위태로워질지도 몰랐다. 그것보다 더 열 받는 건 또 다시 이강호라는 이름 석자가 시궁창에 처박힐지도 모른다는 사실이었다.

각성이 시작된 후 일신의 운동능력이란 부차적인 것에 불과하다. 무엇보다 중요한 것은 부여받은 특성과 스킬 그리고 포스와 쉴드.

이 중 자신이 앞서는 것은 단 한개도 없었다. 능력도 조직도 모든 면에서 열세였다. 지금으로선 계란으로 바위를 치는 격이다. 실패할 걸 뻔히 알면서 불구덩이로 뛰어 들 순 없었다.

195

'불구덩이?'

갑자기 뭔가 생각해낸 이강호가 스타디움 주변 도로에 세워진 차량들을 빠르게 뒤지기 시작했다. 몬스터 인베이젼 당시에 버려진 차량이 도로를 한가득 매우고 있었다. 이강호는 그 중에서 차키가 아직 걸려있는 대형SUV 차량 하나를 발견했다.

"있다!"

이강호는 차에 타 시동을 걸어 보았다. 한 달 넘게 방치된 차량이었지만 운 좋게 시동이 걸렸다. 차주가 차키를 꽂아두고 급하게 대피한 모양이었다.

'이거 잘하면 한방 제대로 먹일 수 있겠군!'

이강호는 급히 차에서 내려 인근 주유소를 향해 달려갔다. 방망이로 주유소 유리창을 깨고 들어가 비상급유용 기름통을 확보했다. 이강호는 기름통에 휘발유를 채워 다시 차로 가져왔다. 양손에 든 기름통에선 걸을 때마다 기름이 흘러 넘쳤다.

이강호는 보조석에 기름통 두개를 싣고 차에 올랐다. 인도 쪽으로 바짝 데어진 차를 좌우로 계속 움직이니, 어찌어찌 보도블록을 넘어 갈 수 있었다. 바퀴와 바닥사이가 높은 SUV라서 가능했다.

운전석 전면유리 너머로 성남종합운동장의 거대한 스타디움이 눈에 들어왔다. 광장에 설치된 차량 진입 방지용 기둥은 우회하면 충분히 돌아갈 수 있는 위치였다.

이강호는 거칠게 엑셀을 때려 밟으며 스타디움 앞 광장을 지나 그라운드 게이트를 향해 돌진했다.

운전대를 움켜 쥔 그의 눈동자엔 광기가 서려있었다.

"좆같은 폭룡 클랜 새끼들! 니들 사람 잘못 건드린 거야. 지금부터 좆됐다고 복창해라. 알았냐?"

태랑은 처음엔 자신의 눈을 의심했다. 부아앙- 하는 격렬한 배기음과 함께 등장한 것은 커다란 회색 SUV였다. 축구장 안으로 차가 들어오다니!

그라운드 게이트를 통해 난입한 차량은 엄청난 속도로 달려오고 있었다.

"뭐, 뭐야!"

"저런 미친놈이!"

2차 테스트를 위해 모여 있던 지원자들과 폭룡 클랜의 단원들도 당황하긴 마찬가지. 저 정도 속도로 달려드는 차에 치이면 아무리 각성된 신체라도 무사할 수 없었다. 포스에만 타격을 입는 괴수와 달리, 인간에겐 지구의 물리법칙이 여전히 통용되었다.

태랑은 급히 광각의 심안을 켜 운전석을 노려보았다.

확장된 시야가 그에게 정보를 제공했다.

'이강호?!'

충혈 된 눈으로 운전대를 붙잡은 이강호가 보였다. 이제 차량은 빠른 속도로 축구장을 가로질러 폭룡 클랜의 심사위원들이 모인 벤치를 향해 질주하고 있었다.

'자폭이라도 할 셈인가?'

운전대를 움켜쥔 이강호가 이를 꽉 깨물었다.

그는 같이 죽을 생각은 없었다. 심사위원들이 모인 벤치에 가까워지자 그는 미리 준비한 돌을 엑셀에 받치고 운전석 도어를 열어 뛰어내렸다. 차량은 관성에 따라 그대로 벤치를 들이 받았다.

데굴데굴 잔디밭을 구른 이강호 역시 무사하지 못했다. 그는 온몸을 몽둥이로 두들겨 맞는 충격을 느꼈다. 그래도 폭룡 클랜의 수뇌부를 몰살시킬 수 있다면 이정도 아픔은 참을 수 있었다. 자신을 우습게보던 폭룡 클랜에 멋지게 한 방 먹인 것이다. 그것도 단신으로!

그러나 예상했던 충돌음이 들려오지 않았다. 당황한 이강호가 누운 채로 고개를 들었을 때, 차량을 정면에서 막아선 곰이 보였다.

"곰?"

갈색의 곰.

어마어마한 크기의 곰이 나타나 벤치와 충돌하기 직전의 차량을 온몸으로 받아내고 있었다. 그는 폭룡 클랜의 단장 강찬혁이었다. 폭룡 클랜의 수뇌부를 일거에 몰살시키려던 이강호의 시도는 허무하게 끝났다.

"쿠아아아앙-!"

화가 잔뜩 난 곰이 포효를 터뜨렸다.

곰으로 변신한 강찬혁은 곧 잔디밭에 굴러 떨어진 이강호를 발견했다. 그는 밥상뒤집기 기술로 차를 전복시켜 이강호를 깔아 뭉개려했다. 어마어마한 괴력이 발휘되며 접지면을 잃은 앞바퀴가 공중에서 빠르게 헛돌았다.

추락의 충격이 남은 이강호는 꼼짝할 수 없었다. 금방이라도 차에 깔릴 위기였다. 그러나 이강호에겐 아직 최후의 수단이 남아있었다.

그가 가진 특성은 근거리 물체에 불을 붙이는 발화의 능력.

지금 거리라면 과열된 엔진룸을 터트리기 충분했다. 보조석에 놔둔 휘발유는 화력을 보탤 것이다. 물론 그 역시 무사할 수 없지만, 지금은 다른 방법이 없었다. 혼자 죽을 바에야 모조리 끌고 간다.

"어이! 지옥에나 같이 가자. 미련 곰탱이 자식아."

이강호의 말에 강찬혁이 뭔가 이상함을 느낀 사이 갑자기 차량이 폭발을 일으켰다.

퍼어어어엉-!

강찬혁의 바로 앞에서 거대한 폭발이 일어나며 굉음이 스타디움에 울려 퍼졌다. 검은 연기가 하늘로 솟구치며 사방으로 열기가 몰아닥쳤다.

태랑은 훅 밀려드는 뜨거운 기운에 급히 고개를 돌렸다.

그의 눈으로 노움들이 갑자기 힘을 잃고 허물어지는 모습이 들어왔다.

'이런! 정령사가 죽었구나!'

소환수가 일시에 무너지는 것은 소환자와의 계약이 끊겼음을 의미한다. 그것은 소환자가 의식을 잃었거나 사망한 경우에만 발생하는 일이었다.

차량을 받쳐 든 강찬혁은 말할 것도 없고, 이강호나 벤치에 있던 심사위원들까지 모두 함께 폭발에 휩쓸린 것으로 보였다.

차량이 폭발한 벤치는 완전히 녹아내려 주변 잔디를 태우기 시작했다. 한순간에 그라운드가 불타오르며 아수라장이 펼쳐졌다.

남은 폭룡 클랜원들이 생존자를 구하기 위해 급히 불길 속으로 뛰어 들었다. 주변에 지원자들 역시 하나 둘씩 차량 쪽으로 몰려들었다. 테스트는 완전히 끝장났다.

태랑은 일행의 위치부터 파악했다. 관람석에 있던 세 사람이 빠르게 밑으로 내려오는 중이었다. 은숙이 가장 먼저 태랑에게 도착했다.

"이게 뭔 일이래?"

"이강호가 자폭한 것 같아."

"그 빠따? 어쩐지 또라이 같더라니… 설마 클랜 마스터가 당한 거야?"

"아직 모르겠어. 내가 볼 때 벤치 근처에 있던 사람들 모두 폭발에 휘말린 것 같아."

그때 부단장 이이동이 누군가를 안고 불길이 없는 곳으로 순간 이동해 나타났다. 이이동의 팔에 안긴 사람은 몸 절반이 완전히 익어 몸에서 열기를 뿜어대고 있었다.

"마스터가 아직 살아있다! 아현이! 강아현 불러와! 다른 힐러들도 도와주시오!"

"저 새까만 게 클랜 마스터 강찬혁이라고? 세상에!"

"변신 곰의 강화된 신체가 폭발을 견뎌낸 모양이야. 하지만 마지막에 변신이 풀리면서 큰 화상을 입은 것 같아."

"그 쪽! 그 쪽도 힐러잖아! 제발 도와주게! 부탁이네!"

은숙과 함께있던 태랑을 발견한 이이동이 급히 그를 호출했다. 태랑은 알겠다고 고개를 끄덕이더니 은숙에게 부탁했다.

"일단 사람부터 살려야겠다. 은숙아, 우리 조에 있던 여자애 기억나?"

"응. 엄청 날렵한 애 말이지?"

"그 애가 침묵의 암살자가 같아. 가서 붙잡아 놓고 있어. 난리 통에 사라져 버리면 곤란하니까."

"나보고 어떻게 하라고?"

"무슨 수든 써봐! 미인계든 뭐든 말이야!"

"참나! 알았어."

태랑이 강찬혁에게 다가갔을 땐 그보다 먼저 도착한 폭룡 클랜의 힐러 강아현이 힐을 불어넣는 중이었다. 강찬혁의 부상은 한눈에도 심상치 않아 보였다.

보통이라면 벌써 사망했을 심각한 화상이었지만 힐링 마법으로 겨우 생명을 붙잡아 두는 것 같았다. 태랑 역시 해방의 목걸이에 걸린 힐링 스킬을 펼쳤다.

그의 손에서 은은한 빛이 흘러나오며 강찬혁의 몸으로 흡수되었다.

'이거 힘들어 보이는데… 구사일생으로 살아남더라도 잘생긴 얼굴은 포기해야겠군. 얼굴 반쪽이 완전히 녹아 버렸어.'

"도와줘서 정말 고맙소. 최선을 다해주시오. 아티펙트든 뭐든 모두 드리리다."

부단장 이이동이 발을 동동 구르며 간곡히 부탁했다. 그는 마스터와 각별한 사이였을까?

"아티펙트 같은 건 상관없습니다. 미약한 힘이지만 돕겠습니다."

2레벨의 힐링 스킬을 가진 강아현에 비해 태랑의 힐링 스킬은 말 그대로 보조적인 수준이었다. 주요 부위에 대한 치료는 강아현에게 모두 맡기고 태랑은 비교적 화상이 덜한 곳으로 힐링 마법을 펼쳤다. 지원자 중 또 다른 힐러가 달려와 힘을 보탰다.

세 사람의 힐러가 열과 성을 다해 힐링 마법을 펼치자 강찬혁의 상태가 차츰 안정되어 갔다.

이이동은 부단장으로서 클랜을 진두지휘 하며 화재를

진압하고 사상자들을 수습했다. 불행하게도 강찬혁을 제외한 다른 헌터들은 모두 즉사한 것으로 보였다. 그것은 이강호도 마찬가지였다. 결과적으로 이강호는 혼자 폭룡 클랜의 1/3 가량을 끌고 간 셈이었다.

'완전 엉망이군. 이번 클랜원 모집에서 침묵의 암살자를 발탁해 빠르게 치고 나갔을 폭룡 클랜이, 오히려 주요 클랜원을 상당수 잃고 마스터 또한 겨우 목숨만 건지는 신세가 되다니. 이걸로 미래가 또 한 번 틀어진 셈인가? 어쩌면 나 때문에….'

은숙이 이강호에게 말을 걸지 않았더라면 지금과 같은 불상사가 발생하지 않았을 지도 모른다. 태랑은 자신의 개입으로 뒤바뀐 미래를 보고 조금은 불편한 심정이 되었다.

물론 이강호의 자폭은 분명 그의 알량한 자존심 때문에 벌어진 일이다. 하지만 일정부분 원인을 제공한 측면은 부인할 수 없었다. 그런 사소한 다툼이 지금의 어마어마한 결과를 초래할 것이라고 감히 누가 예상이나 했겠는가?

의도친 않았지만 일말의 책임을 통감하던 태랑은 이내 우울한 생각을 떨쳐냈다.

'아냐. 자책할 필요는 없어. 어차피 내가 알고 있던 미래는 꿈속에서만 존재했던 거야. 벌어질 수 있는 수많은 갈래 중 하나일 뿐 그것이 꼭 필연적으로 일어나야 하는 일은 아니지. 이건 그냥 이강호의 광기가 빚은 비극일 뿐이야.'

그렇게 스스로를 다독이던 태랑의 촉각으로 미세한 흔들림이 포착되었다.

'음? 뭐지 이건?'

마치 밑으로 전철이 지나가는 듯한 흔들림.

광각의 심안으로 예민해진 감각이 아니었다면 도저히 알아챌 수 없는 정도로 미약한 진동이었다.

'축구장 아래로 지하철이 다닐 리도 없잖아? 설사 다닌다고 해도 지금 운행되는 지하철이 어딨겠어? 설마!'

"얼른 마스터 데리고 도망쳐요!"

태랑은 대충 응급처치가 끝난 강찬혁의 상태를 확인하고 가장 먼저 이이동에게 경고했다. 이는 물론 폭룡 클랜에 대한 부채의식의 발로였다.

"갑자기 그게 무슨 소린가?"

"빨리요, 설명할 시간 없어요!"

이어 태랑은 헌터들을 향해 크게 소리쳤다.

"다들 대피해! 폭발을 듣고 몬스터가 다가오고 있다!"

태랑의 발언에 이강호의 자폭으로 우왕좌왕하던 헌터들이 더욱 혼란에 빠졌다.

"무슨 뜬금없는 소리야?"

"어디? 어디 몬스터가 있다는 건데?"

당연히 보이지 않는다. 지금 다가오는 몬스터는 땅속을 뚫고 오고 있기 때문이다.

"당장 도망치라고!"

광각의 심안으로 느껴지는 진동이 더욱 증폭되고 있었다. 잠시후 다른 사람들도 느낄 수 있을 만큼 그라운드가 흔들리기 시작했다.

두두두두두두두-!

태랑의 경고를 코웃음치며 무시하던 헌터들도 점점 긴장했다. 분명 정상적인 떨림이 아니었다. 자동차 폭발은 엄청난 소음을 유발했다. 소리에 예민하게 반응하는 몬스터라면 충분히 감지할 수 있었다.

"저, 정말인가?"

"뭐지? 왜 땅이 지진 난 것처럼 흔들리는 건데!"

사람들이 우왕좌왕하는 사이 축구장 한가운데서 불쑥 몬스터가 튀어나왔다. 거대한 뱀을 연상시키는 묵빛의 괴물은 다짜고짜 땅 밑을 뚫고 올라와서는, 그라운드 위에 서있던 헌터 한명을 집어 삼켰다.

"우아아아아악!"

묵빛 뱀의 아가리에 붙들린 것은 다름 아닌 정민욱이었다. 그는 하반신이 완전히 삼켜진 와중에도 아이언 피스트를 발현해 뱀의 머리통을 후려쳤다.

"이 괴물 새끼가!"

그러나 그의 강력한 펀치도 아무 효과 없었다. 묵빛의 뱀은 온몸에 철갑을 두른 것처럼 단단한 비늘로 뒤덮여 전혀 타격을 받지 않았던 것이다.

"용이다! 용이 나타났어!"

"저건 대체 몇 등급인 거야?"

지하에서 구멍을 뚫고 솟아 오른 묵빛의 뱀은 너무 거대해, 몸을 일으키자 그 키가 거의 3층 건물 높이까지 이르렀다. 놈이 필사적으로 저항하던 정민욱을 한입에 꿀꺽 삼켰다. 식도가 꿀렁이며 정민욱이 완전히 자취를 감췄다. 무쇠팔을 자랑하던 헌터의 허무한 죽음이었다.

'최악이다. F급 몬스터 흑갑룡이야.'

흑갑룡.   :

온몸이 철갑으로 무장된 이무기형태의 괴수. 거대한 크기는 한입에 사람을 집어 삼킬 수 있고, 식성 또한 무시무시했다. 포식력으로 치면 한 자리에서 50여 명도 너끈히 잡아먹을 수 있는 괴물이었다.

던전이나 타워에 틀어박히는 괴수들과 달리 흑갑룡은 지하 음습한 곳에 똬리를 트는 습성이 있었다. 축구장 밑에 잠들어 있던 흑갑룡이 이강호가 일으킨 차량 폭발에 반응해 나타난 것이었다.

침묵의 암살자를 찾기 위해 시작되었던 태랑의 영입 계획은 이강호의 자폭에 이어 이제 흑갑룡의 등장이라는 변수를 낳았다. 정말이지 최악의 나비효과다.

정민욱을 한입에 집어 삼킨 흑갑룡은 드넓은 축구장을 S자 모양으로 크게 휘저으며 도망치는 헌터들을 노렸다.

휘익-

그때 어디선가 돌멩이 하나가 날아와 흑갑룡의 머리를

강타했다. 정민욱과 같은 B조에 속해있던 원거리 딜러였다.

그러나 노움의 몸통을 한방에 구멍 내던 그의 위력적인 슬링역시 흑갑룡의 두터운 갑주엔 생채기조차 낼 수 없었다. 거대한 뱀은 고개를 돌려 빠르게 슬링 청년에게 달려들었다.

거대한 크기만큼 먼 거리가 순식간에 좁혀졌다.

슬링을 던진 청년의 표정이 일그러졌다.

"칙쇼!"

그는 죽는 순간에도 일본말을 내뱉었다. 재일 교포인 걸까? 한 순간에 두 명의 헌터가 제물로 받쳐졌다.

그 광경을 지켜본 헌터들은 더 이상 저항할 생각을 포기했다. 도저히 싸워 이길만한 상대가 아니었다. 아니, 싸워야겠다는 생각조차 들지 않았다.

큼지막한 구렁이마저 지렁이처럼 보이게 만드는 거대 생명체는, 인간에게 극도의 공포감을 선사했다. 헌터들은 발등에 불똥이 떨어진 것처럼 줄행랑을 쳤다.

'흑갑룡의 특성은 철갑 피부야. 해치울 수만 있다면 강철처럼 단단한 피부를 갖게 되겠지. 하지만 현재로선 흑갑룡의 쉴드를 뚫을 방법이 없어. 우리가 가진 어떤 공격도 먹히지 않을 거야.'

태랑은 혼란스러운 와중에 광각의 심안을 동원해 동료들의 위치를 파악했다. 유화와 한모 수현은 관람석에서 뛰어

내려 골대 부근으로 향하고 있었고, 은숙은 맞은편에서 침묵의 암살자로 추정되는 소녀와 함께였다.

헌터들이 정신없이 도망치는 와중이라 서로가 서로를 발견하기 힘들었다. 오직 태랑만이 광각의 심안을 이용해 전체의 시야를 조망할 수 있었다.

'유화 쪽은 괴물에게 다소 떨어져 있으니 안심이야. 은숙에게 붙어야겠다.'

태랑은 급히 은숙을 향해 달렸다. 그런데 하필 흑갑룡의 방향 역시 은숙 쪽으로 향하고 있었다. 먹이를 발견한 놈이 좌우로 몸통을 흔들며 빠르게 접근해 갔다.

"매직 미사일!"

은숙이 다가오는 흑갑룡을 향해 반사적으로 마법을 발출했다. 그러나 그녀의 위력적인 푸른 막대도 흑갑룡의 돌진을 저지하기엔 역부족이었다.

놈은 정통으로 매직 미사일에 적중당하고도 전혀 아랑곳하지 않았다. 물리적인 공격이 통하지 않는 상대였다.

"스톤 골렘!"

은숙에게 접근하던 흑갑룡을 향해 두 마리의 스톤 골렘이 나타나 앞을 가로 막았다. 골렘은 수문장과 같은 자세로 굳건히 버티고 섰다.

'시간이라도 벌어야겠다.'

태랑은 은숙을 향해 계속 달려가면서도 리치킹의 특성을 발현시켜 골렘의 방어력을 끌어 올렸다. 진로를 방해하는 스톤 골렘을 본 흑갑룡이 꼬리를 휘저어 후려쳤다.

퍼억-!

그것은 꼬리라기보다 차라리 대들보였다.

엄청난 꼬리치기 공격이 연거푸 이어졌지만 리치킹의 분
노로 방어력이 상승한 스톤 골렘은 붙박이처럼 꿋꿋이 자
리를 지켰다.

연이은 공격에도 스톤 골렘이 무너지지 않자 흑갑룡의
붉은 눈이 분노로 일그러졌다. 그 사이 태랑이 두 사람 앞
에 도달했다.

"어서 도망치자! 도저히 이길 수 없는 상대야! 내가 소환
수로 시선을 끌어 볼게!"

"다른 일행들은 어쩌고?"

"다 챙길 시간 없어! 제 한 몸 정돈 충분히 건사할 사람들
이니까 나중에 만나면 돼!"

은숙과 함께 있던 소녀는 처음 보는 F급 몬스터에 두려
움을 느끼는지 세차게 동공이 흔들리고 있었다. 그런 소녀
를 향해 태랑이 침착하게 말했다.

"나 기억나지? 같은 조 김태랑. 여긴 위험하니 같이 도망
치자."

태랑이 소환한 스톤 골렘 두 마리 중 한 마리는 더 이상
의 버티지 못하고 무너졌다. 나머지 한 마리도 이제 시간
문제였다.

"레이즈 스켈레톤!"

태랑은 있는 데로 소환수를 불러 모았다. 그의 발 앞에 13마리의 해골 병사들이 차례로 몸을 일으켰다. 잔디를 뚫고 나온 스켈레톤 병사들은 제각기 다른 색깔의 동공을 빛내고 있었다.

소녀는 힐러로 알고 있던 태랑이 골렘과 해골들을 잇달아 소환하자 놀란 표정을 지었다. 놀라움은 곧 불신으로 바뀌었다.

"당신! 정체를 숨겼군!"

"지금은 그게 중요한 게 아냐!"

스톤 골렘을 때려 부순 흑갑룡은 더욱 흥분하여 태랑 쪽으로 달려왔다. 태랑은 소환된 해골병사들을 무작정 앞으로 돌격 시켰다.

그러나 강화된 해골병사라도 F급 괴수의 위력 앞에는 허수아비나 마찬가지. 스톤 골렘을 해치우고 여세를 몰아 돌진하는 흑갑룡의 쇄도에 해골병사들이 짚단처럼 허물어졌다.

태랑은 근처에 남겨둔 메이지 스켈레톤을 바라보았다. 녹색의 눈빛. 때 마침 독발 특성을 발휘할 수 있는 중독 계열의 스켈레톤이 나타났다.

'다행이다. 이걸로 시간을 벌 수 있겠어!'

해골병사들이 도미노처럼 쓰러져가는 와중에 태랑은 메이지 스켈레톤을 조정해 독폭탄을 날렸다. 녹색의 덩어리가 꼬리를 그리며 날아가더니 흑갑룡의 머리 위에서 폭발했다.

펑-!

연막탄과 같은 특성을 지닌 독폭탄은 순식간에 안개처럼 퍼져나갔다. 멈출 줄 모르고 돌진하던 흑갑룡이 갑작스러운 독 공격에 주춤했다.

사기적인 물리 방어에 비해 마법 저항력은 상대적으로 취약한 듯, 흑갑룡은 순간적으로 정신을 못 차리고 몸을 배배 꼬았다.

거대한 덩치가 요동치자 축구장에 깔린 잔디가 신의 채찍에 후려 맞은 것처럼 사방에 깊은 고랑이 패였다. 그야말로 압도적인 스케일, 움직이는 재앙이라 불릴만 했다.

"지금이야! 빨리 튀자!"

태랑이 보유한 독발 특성은 흑갑룡의 중독된 몸체에 끊임없이 독무를 퍼뜨리며 해독을 방해했다. 그러나 과연 F급은 F급. 놈은 점차 내성이 생기는지 뒤틀림이 잦아들었다. 낮은 레벨의 독폭탄 마법이 가진 한계였다.

태랑은 머뭇거리는 소녀의 손을 강하게 움켜쥐었다.

"나 한번 믿어봐."

태랑의 강렬한 눈빛에 소녀는 자기도 모르게 이끌려갔다.

어쩌면 그가 보여준 위용에 조금은 탄복했을지도 모른다. 다들 도망치기 급급한 상황에서 소환수를 이용해 F급 몬스터와 맞서는 모습은 강한 인상을 남겼다. 위기의 상황에서 강자에게 의지하고 싶은 마음은 당연한 감정이었다.

태랑을 필두로 한 셋은 다급하게 반대편 게이트를 향해 뛰었다. 한모 쪽과 합류하려고 했지만 그들은 이미 축구장 바깥으로 벗어난 듯 모습을 찾을 수 없었다.

'먼저 밖으로 나갔나 보구나. 현명한 판단이야. 어차피 이곳에서 시간을 끌어봤자 흑갑룡에게 당할 지도 모르니. 정 안되면 아지트에서 재회하면 돼. 일단은 도망치는 게 우선이다.'

세 사람은 스타디움을 빠져나와 무작정 앞으로 달렸다. 축구장에선 비명소리가 끊임없이 들려왔다. 미처 빠져 나오지 못한 헌터들이 정신을 차린 흑갑룡에게 공격을 받고 있었다.

'어쩔 수 없어. 당장 흑갑룡에 맞서는 건 개죽음일 뿐이야.'

많은 헌터들이 희생당하는 사태가 몹시 안타까웠지만 태랑은 만용을 부릴 생각은 없었다. 그는 자신의 한계를 또렷이 알고 있었다. 현 시점에서 F급 몬스터는 대적할 수 없는 상대였다.

한참을 달려간 그들은 좁은 골목길 사이로 몸을 숨겼다.

"헉헉-!"

체력이 상대적으로 처지는 은숙이 벽을 붙잡고 거칠게 숨을 몰아쉬었다.

"더는 못 가. 다리가 후들거려."

"이 정도면 제법 벗어났을 거야. 좀만 쉬자."

"…당신들 정체가 뭐야?"

침묵의 암살자가 잔뜩 경계하는 표정으로 물어왔다.

경황 중에 함께 도망치긴 했지만 그녀는 아직 태랑과 은숙을 믿지 않고 있었다. 그럴 수밖에 없는 게 태랑은 분명 자신을 힐러라고 소개했다. 그러나 흑갑룡을 저지하기 위해 골렘과 스켈레톤을 소환하는 모습에 불쑥 의심이 드는 것이었다.

그가 보여준 소환 스킬은 결코 초급 헌터 그것이 아니었다.

흑갑룡의 꼬리치기를 버텨내는 강력한 스톤 골렘, 열 마리가 넘어가는 스켈레톤… 분명 정체를 숨긴 불순한 의도가 있다는 생각이 들었다.

태랑은 대답할 기운도 없다는 듯 벽을 등지고 철퍼덕 주저앉았다. 소녀가 더욱 채근했다.

"빨리 대답하라고!"

"구해줬으면 고맙다는 말부터 하는 게 먼저 아냐?"

"……."

태랑이 딱 꼬집어 얘기하자 소녀가 말문이 막히는지 입을 다물었다. 흑갑룡이 덮치려 달려들 때 스톤 골렘을 소환해 진로를 방해한 것은 분명 태랑이었다. 그가 아니었더라면 자신 또한 정민욱 처럼 한입에 삼켜졌을지도 모른다.

"…그, 그건 고마워."

"그리고 여기 다 너보다 나이 많으니까 반말 하지마. 나이도 어린게."

"…반말… 안 할게…요."

태랑이 강하게 나오자 의외로 고분고분해지는 소녀였다. 아무리 나중에 뛰어난 헌터가 된다 한들 지금은 그저 애송이일 뿐이다. 경험부터 실력까지 태랑이 꿀릴 게 전혀 없었다. 심지어 자신은 생명의 은인이나 다름없다. 저자세로 나갈 필요는 전혀 없었다.

한숨 돌린 태랑이 이번엔 먼저 질문했다.

"내 이름은 이미 알고 있을 테고, 넌 이름이 뭐야?

"……."

"이름 없어? 구해준 사람에게 이름정돈 알려줄 수 있잖아."

태랑이 대화의 주도권을 잡기 위해 일부러 구해준 사실을 강조했다. 조개처럼 닫혀있던 소녀의 입이 열렸다.

"…이슬아요."

"나이는?"

"스무살."

"어리군."

"……."

단답을 마친 슬아가 다시 침묵했다. 태랑의 박력에 밀려 대답하긴 했지만 여전히 의심을 거두지 않는 시선이었다.

사실 그녀가 예민하게 구는 것은 다른 이유가 있었다.

그것은 그녀가 들고 있는 군용 대검에 얽힌 사연이었다.

몬스터 인베이젼이 벌어진 당시 슬아는 위기에 처한 군인 한명을 구조한 적이 있었다. 그는 시가전을 벌이다 낙오된 군인이었다.

두 사람은 몬스터를 피해 한동안 건물에 숨어 지냈다. 음식물 쓰레기를 뒤져 허기를 채우고 식수가 없어 정화조에 고인 물을 마셔야 했다.

전기도 통신도 모두 끊긴 완벽한 고립. 당시 살아남은 대부분의 생존자처럼, 그들은 희망이 꺾이고 절망이 득세하는 비관적인 상황에 봉착했다.

처음엔 살갑게 굴던 군인도 점점 변해갔다. 짜증을 내는 일이 점점 잦아지더니, 나중엔 숫제 그녀를 하녀처럼 부리려 했다.

나이도 어리고 세상물정을 모르던 슬아는 그것이 부당한 줄도 모르고 묵묵히 인내했다. 어린 시절 부모님을 잃은 큰일을 겪은 터라, 보통 사람들 보다 절망에 대해 견디는 역치가 큰 편이었다.

그녀는 무너지는 멘탈을 다잡기 위해 끊임없이 노력했다.

그러나 슬아의 희생적인 태도에도 군인의 행동은 좀처럼 나아지지 않았다.

심지어 어린 슬아에게 욕정을 품기 시작하더니, 어느 날엔 자고 있던 그녀를 덮치기에 이른다.

"어차피 죽을 운명, 한번 주고 가면 어디 덧나냐! 원 없이 해보고나 죽자!"

살려준 은혜를 원수로 되갚는 군인의 태도에 그녀는 큰 충격을 받았다. 지옥으로 변한 현실에서 갓 스무살인 그녀는 철저한 약자로 취급되었다.

그러나 그녀는 결코 약하지 않았다.

오랜 기계체조로 단련된 육체, 누구보다 강력한 '침묵의 암살자'라는 특성은 자신의 한 몸을 지키기엔 충분한 것이었다.

결국 그녀를 겁탈하려던 군인은 슬아의 손에 목숨을 잃었다. 그녀의 목에 들이밀던 군용 대검을 심장에 박힌 채.

슬아는 이후 군인이 남긴 대검을 이용해 몬스터를 사냥하며 살아남았다. 어지간한 몬스터로는 그녀의 특성 덕에 상대가 될 수 없었다.

그러나 험난한 세상을 혼자 해쳐나가기엔 힘든 점이 너무 많았다. 몬스터도 몬스터지만 기본적인 생존을 위해 필요한 물품을 충당하는 것도 쉬운 일이 아니었다.

언제까지 혼자 버틸 순 없다는 생각이 들었다. 그렇지만 정체도 모르는 사람들과 어울리긴 싫었다. 군인과의 사건은 그녀에게 강한 트라우마를 남겼다. 이제는 사람을 믿는 것이 겁이 났다.

부모님이 돌아가시고 성격이 어둡게 변한 탓도 컸다. 심각한 실어증까지 겪은 후 그녀는 늘상 외톨이였고, 다른 사람과 어울릴 수 있는 사회성을 제대로 학습하지 못했다.

쉽게 사람을 못 사귀는 성격에 군인에게 비롯된 대인기피증은 다른 헌터들에게 합류할 수 있었던 몇번의 기회를 무산시켰다.

그녀는 누구보다 소속되고 싶어했지만 고립을 자처하는 모순적인 상황에 빠졌다.

그런 와중에 레이드 게시판에서 폭룡 클랜 모집 공고를 보게 되었다. 명성이 자자한 클랜이었다. 신뢰할만한 일화들이 곳곳에 남아 있었다.

의심이 많은 그녀에겐 안성맞춤이었다.

폭룡 클랜처럼 유명한 클랜에 들어가 믿음직한 동료들과 함께한다면 두 번 다시 끔찍한 일을 겪지 않을 거란 생각이 들었다.

그녀는 먼 거리를 이동해 신규 클랜 모집에 응시했고 충분히 합격할 자신도 있었다. 그러나 폭룡 클랜은 이제 흑갑룡의 등장으로 돌이킬 수 없는 타격을 받고 말았다.

다시 희망이 사라졌다.

"…이게 폭룡 클랜에 들려던 이유에요. 다 말했으니 실력을 숨긴 이유를 말해줘요."

"숨긴 적 없는데?"

"분명 저한테 힐러라고 소개 했잖아요."

"힐러 맞지. 그렇다고 소환사가 아니라고 한 것은 아니지."

뻔한 말장난이다.

슬아가 궁금한 것은 그가 힐러냐 아니냐를 묻는 게 아니었다. 그토록 강한 실력이 있으면서 굳이 폭룡 클랜에 가입하려고 했던 의도를 추궁하는 것이었다.

대답을 교묘히 회피하는 태랑을 보며 슬아가 말했다.

"솔직하지 못하군요."

그러나 태랑은 예지몽 얘기를 꺼낼 수 없었다. 아직은 이르다. 나중에 동료로 받아들이고 나서 천천히 말해도 늦지 않다.

그리고 그녀의 까칠한 태도로 보건데 일행에 합류시킬 수 있을지조차 의문이었다. 태랑이 작심하고 그녀에게 제안했다.

"그나저나 폭룡 클랜도 곤란한 처지가 된 것 같은데 앞으로 어쩔 셈이야?"

"그건 왜 묻는 거죠?"

"솔로잉이 위험해서 클랜에 들려던 거라며? 클랜에 들 생각은 아직 유효한 거지? 우린 어떻게 생각해?"

"우리?"

슬아가 두 사람을 번갈아 쳐다보았다. 고작 두 사람가지고?

눈치 빠른 은숙이 태랑에 이어 설명을 보탰다.

"우리 둘 말고도 세 사람 더 있어. 아니 한명 더 추가될 예정이니까 현재까지 여섯. 너까지 합류하면 모두 일곱인데 솔직히 말하면 우리가 폭룡 클랜보다 훨씬 셀 거야."

"거짓말 마요."

폭룡 클랜은 타우렌 사냥 이후 성남시를 통틀어 가장 강력한 클랜으로 알려졌다. 레이드 게시판의 소문은 과장되기 마련이라지만, 눈으로 직접 확인한 폭룡 클랜 실력은 결코 허언이 아니었다.

블링크를 쓰는 부단장에 대지의 정령술사, 전문 힐러까지. 이런 클랜은 흔치 않았다. 그런데 고작 여섯 가지고 폭룡 클랜을 능가한다는 은숙의 말이 믿기지 않았다.

"애가 속고만 살았나. 태랑 보여줘."

"뭘?"

"아티펙트 말야."

답답한 은숙이 태랑의 상의를 강제로 풀어헤쳤다. 졸지에 태랑은 두 여인 앞에서 가슴을 훤히 드러내고 말았다. 아무리 남자라지만 노출은 부끄러웠다.

"이게 무슨⋯."

"가만 있어봐. 자, 여기 목걸이 보이지? 감식해. 몇 등급인지."

슬아가 설마 하는 표정으로 오른손을 귀에 짚어 아티펙트를 주시했다. 태랑은 이러지도 저러지도 못하고 고개를 돌렸다. 곧 슬아의 눈이 커다랗게 치켜떠졌다.

"4등급?"

"그래. 아티펙트가 몬스터 등급에 비례해서 드랍되는 건

219

알고 있지? 보다시피 우린 C급이 아니라 D급 몬스터까지 사냥한 팀이야. 절대 약하지 않아. 근데 우리가 왜 굳이 폭룡 클랜 가입 심사를 보려 했는지 말해줘? 솔직히 말하면 직접 보고 형편없는 놈들이면 접수해 버리려고 간 거야."

"은숙이 너 무슨…."

은숙이 몰래 태랑의 발을 살짝 밟았다. 잠자코 있어보란 의미였다.

"접수라뇨?"

"그래. 접수. 실력도 없는 놈들이 단장이니 부단장이니 거들먹거리는 꼴이 우습잖아. 적대적 인수합병이라고 생각하면 간단해."

"적대적… 뭐요? 무슨 말인지 하나도 모르겠어요."

"어머. 너 인문계 안 나왔니?"

"…체육곤데요."

슬아의 목소리가 유난히 작아졌다. 운동을 하느라 학업을 제대로 쌓지 못한 점은 그녀의 콤플렉스였다. 그녀는 책보다 운동이 좋았다. 타고난 재능이 그랬다.

"아! 그래? 쏘리. 운동만 했으면 모를 수도 있겠네. 그러니까 쉽게 말하면 도장 깨기 같은 거야."

"도장 깨기요?"

"클랜을 박살내버리고 남은 인력을 흡수하는 거지. 왜 대장 잡고나면 밑에 부하들 줄줄이 딸려오는 그런 거 있잖아. 지금 세상에선 누구나 강한 리더를 원하니까."

"아…."

"근데 뭐 우리라고 그렇게 강한 몬스터가 거기서 튀어나올 줄 알았겠니? 완전히 계산 밖이었지. F급은 아직 무리거든. E급이면 모를까…."

"E급요? E등급 몬스터를 잡는 다구요?"

'쟤가 지금 뭔 소리 하는 거야, 설마?'

은숙이 아무 말이나 허황되게 내뱉는 것을 보고 태랑이 그녀의 뜻을 짐작했다. 요컨대 그녀는 허세를 부리는 중이었다. 슬아가 강한 클랜에 의탁하고 싶어 한다는 심리를 이용해 같은 편으로 끌어들이겠다는 심산이었다.

'그래도 이건 사기잖아?'

"어때 태랑? E급, 별거 없지 않았어?"

은숙이 슬아 몰래 살짝 윙크했다. 태랑은 이렇게까지 해도 되는 걸까 하는 마음에 우물쭈물거렸다.

"그, 그렇지. 음… E급 정도라면…."

태랑의 어정쩡한 태도에 은숙이 한 번 더 세게 발을 밟았다. '뻥을 치려면 제대로 쳐!' 라는 무언의 압력이었다.

태랑은 고통에 은숙을 살짝 노려보다가 생각을 고쳐먹었다. 어쨌든 슬아는 꼭 필요한 존재다. 미래가 틀어지는 나비효과로 앞으로 쓸 만한 동료 모집이 더욱 요원해 질것을 감안한다면 더욱 그랬다.

도둑질을 하려면 손발을 맞춰야겠지. 태랑이 결심을 굳히고 목소리를 높였다.

"맞아. 은숙이 말은 사실이야. 벌써 C, D급 정도 몬스터는 숱하게 잡았지. 만약 슬아 너까지 합류한다면 F급 몬스터 공략도 불가능한 일은 아닐 거야. 마침 근접 공격수 한 명을 더 충원하려던 참이었거든."

슬아는 태랑의 소환수들이 흑갑룡을 막아서던 장면을 떠올렸다. 그처럼 강력한 헌터가 속해 있는 클랜이라면 완전 근거 없는 소리는 아닐 것 같았다. 슬아의 눈빛이 흔들리는 것을 보고 태랑이 더욱 밀어 붙였다.

"멤버도 멤버지만 인프라 역시 훌륭해. 우리가 묶고 있는 아지트는 최고급 호텔 수준이야. 스카이라운지 쪽 전망이 특히 끝내줘. 거기에 무기를 제작할 수 있도록 자체 설비도 갖추었을 뿐 아니라, 식량 역시 너끈히 반년정도 버틸 만큼 비축해 뒀어. 먹고 싶은 것은 마음대로 요리해 먹을 수 있다고."

태랑은 피씨방 5층에 있는 평범한 주택을 부풀려 소개했다.

방이 4개 있긴 하지만 호텔 수준은 언감생심. 스카이라운지는 베란다랑 바로 연결된 옥상을 의미했고, 무기 제작 설비라는 것도 한모가 철물점에서 구해온 그라인더나 용접 기구를 과장되어 이르는 말이었다.

식량 역시 신선식품 종류는 거의 없고 죄다 냉동뿐이지만 슬아를 영입하기 위해 잔뜩 양념을 쳤다.

처음엔 사기를 치는 기분에 찜찜하기도 했지만, 따지고

보면 없는 말을 지어내는 것은 아니라며 스스로를 합리화
했다.

태랑이 계속 말했다.

"아무튼 생각보다 폭룡 클랜이 별 볼일 없더라고. 그나
마 마스터정도가 쓸 만해 보였는데 너도 알다시피 이젠 살
아 있기만 해도 기적이겠지. 그외에 다른 각성자 중에선 슬
아 네가 가장 괜찮아 보였어. 그래서 이렇게 영입을 제안하
는 거야. 우리 팀으로 합류하는 거 어떻게 생각해? 이거 정
식 스카우트 제안이야."

태랑의 제안에 슬아가 진지하게 고민을 시작했다.

4등급에 달하는 아티펙트와 태랑의 실력을 봐선 마냥 거
짓말은 아닌 것 같았다. 물론 도장 깨기라느니 호텔 수준의
아지트니 하는 말들을 곧이곧대로 믿긴 어려웠지만, 어쨌
든 폭룡 클랜이 망가진 이상 다른 대안도 없었다.

또 다시 믿을만한 클랜의 모집 공고가 뜰 때까지 죽치고
기다리는 수밖에. 반면 의외로 술술 뻥을 치는 태랑의 언변
에 은숙은 흐뭇한 미소를 지었다.

'완전 선비 같은 줄 알았는데 제법 약은 구석도 있단 말
이지? 확실히 유연한 성격이야. 괜히 궁금해지잖아? 이 남
자, 침대에선 어떨까?'

슬아가 갈등하는 기색을 보이자 태랑이 마침내 강수를
뒀다.

"하이고. 싫다는 사람 억지로 붙잡기도 민망하네. 우리가

아쉬운 쪽도 아니고. 이럴 거면 그냥 제 갈길 가자. 만나서
반가웠다."

"···누, 누가 싫데요?"

"응?"

"들어갈게요. 그쪽 클랜. 받아주세요."

태랑은 속으로 환호성을 지르고 싶었지만 꾹 참았다.

"참나. 진작 그럴 것이지. 아지트는 여기서 좀 멀어. 하
루 종일 걸어야 할 거야. 과천 부근에 있거든."

"근데 클랜 이름이 뭐에요?"

"이름?"

"그 쪽도 클랜이면 폭룡 클랜처럼 뭔가 이름이 있을 거
아니에요."

"음···."

태랑은 갑작스러운 슬아의 질문에 잠시 머뭇거렸다. 아
직 이름이 없다고 하면 앞서 뻥친 게 들통 날 것 같아 되는
대로 지어냈다.

"···세이버."

"세이버?"

"그래 세이버 클랜."

"우리 세이버야?"

눈치 없는 은숙의 발언에 이번에는 태랑이 은숙의 발을
밟았다. 앞서 밟힌 것을 되갚는 마음으로 더욱 세게.

은숙이 밀려오는 고통에 "윽"하는 신음을 냈다.

"넌 임마, 부단장이 되어가지고 클랜 이름도 헷갈리면 어떡해? 정신 안차려?"

졸지에 부단장으로 승격한 은숙이 잔뜩 기합이 든 목소리로 대답했다.

"넵 시정하겠습니다, 마스터!"

"아… 마스터와 부단장님이셨구나. 무척 높은 분들이셨군요."

"사실 네가 부담 느낄까봐 말 안 했어. 그리고 평소엔 다들 편하게 이름으로 부르거든. 가족 같은 클랜이랄까?"

은숙이 낯빛하나 변하지 않고 뻔뻔하게 말했다.

"그런데 무슨 뜻이에요? 죄송해요. 제가 영어가 짧아서…."

"세이버. 구원자라는 뜻이야. 우리 스스로를 구한다는 의미도 있지만, 세상을 구원한다는 의미도 담겨있지. 아직은 부족하지만 언젠간 그런 클랜으로 거듭 나고 싶어서."

"그렇군요. 세이버 클랜… 마음에 들어요. 의미가 참 좋네요."

"참고로 우린 비밀리에 활동하는 편이라 레이드 게시판에서 본적은 없을 거야. 굳이 정체를 드러내서 좋을 것도 없거든. 괜히 다른 클랜의 표적이 될지도 모르고."

"어쩐지. 4등급 아티펙트가 나왔다는 것도 오늘 처음 알았어요."

"어쨌든. 이슬아. 세이버 클랜 입단을 정식으로 허락한다. 잘 부탁해."

"네. 저두요."

짧지만 단호한 목소리.

침묵의 암살자라는 희대의 폭딜 누커(강력한 공격수를 의미하는 레이드 용어)가 태랑 편으로 합류되는 순간이었다.

'…그나저나 뒷감당 할 순 있겠지?'

덩달아 태랑의 고민도 깊어졌다.

뺑을 너무 쳐버린 게 아닐까?

둘로 갈라져 있던 태랑 일행은 성남에서 과천으로 넘어가는 청계산의 초입에서 합류했다. 태랑이 왔던 길로 되돌아 올 거라 예상한 한모 무리가 먼저 도착해 기다리고 있었다.

"모두 무사했군요. 정말 다행이에요!"

"아따 내가 뭐랬냐. 저 두 사람은 걱정할 필요가 없다니까."

유화는 주인을 본 강아지처럼 뛰어나가 태랑을 반겼다. 그러나 태랑 옆에 처음 본 여자가 서 있는 것을 보고는 바로 떨떠름한 표정이 되었다. 감정을 잘 숨기지 못하는 그녀는 불편한 기색으로 슬아를 쳐다보았다.

'애는 또 뭐람?'

"누구…?"

"소개할게. 우리 클랜에 새로 합류한 이슬아라고 해. 이쪽은 유화."

낯을 많이 가리는 슬아가 별 말없이 고개만 꾸벅 숙였다. 태랑은 차례로 돌아가며 일행들을 소개했다. 다들 호기심 어린 표정으로 슬아를 쳐다보았다. 고등학생 정도로 보이는 옛 된 얼굴의 소녀가 무시무시한 침묵의 암살자라니.

"왐마, 그 난리통에 데려와븐 거여? 야가 접때 말한 그…."

"네. 네 맞아요."

태랑은 혹시 한모에게서 말실수가 나올까봐 황급히 말을 끊었다. 지금 이 자리서 침묵의 암살자에 대해 알고 접근했다는 것을 밝혔다간 공연한 의심만 키울 수 있었다. 그 부분은 차후 천천히 설명할 생각이었다.

"그런데 흑갑룡에게 언제 도망치신 거예요? 찾아도 안보이던데."

"그 검은색 뱀 이름이 흑갑룡이었어?"

"네. F급 몬스터."

"뭐시여? F급이라고! 어쩐지 허벌라게 크더만. 축구장에서 한참 니들 찾다가 도저히 상황이 안 돼서 먼저 밖으로 나와브렀제. 차도 폭발하고 몬스터도 뛰쳐 나오고 난리도 아니었을께. 어련히 도망칠 거라 믿고 그런 것잉께 너무 섭섭해는 말고잉."

"잘 하셨어요. 저라도 그랬을 거예요."

"근데 몬스터라는 건 대체 몇 등급 까지 있는 거야? 갑자기 궁금해지는데?"

은숙이 질문했다.

"최초 각성자의 능력과 비슷한 몬스터를 A급이라고 하잖아. 사람들이 '기준 몬스터'를 A급으로 정한 건, 그보다 강한 몬스터가 얼마나 많은지 가늠할 수 없어서였어. 예를 들어 역순으로 F부터 시작했는데 SS보다 강한 몬스터가 나타나면 금방 등급을 초과해 버릴 테니까. 물론 플러스 기호, 더블A나 트리플A 같은 복수 표현으로 구분하는 방법도 있겠지만 체계가 너무 복잡해지겠지. 그래서 단순하게 오름차순으로 쭉 내려가기로 한 거야."

"그럼 X, Y, Z까지도 갈수도 있다는 거야?"

"당장은 아니지만 커널이 뚫린다면 충분히 벌어질 수 있는 일이지."

"와… 살벌하다. 그래서 커널을 필사적으로 막으려는 거구나."

D급 몬스터인 거미여왕만 해도 만만한 적수가 아니었다. 민준과 그의 여동생 보경까지 모두 일곱 명의 헌터가 달라 붙어 겨우 해치울 수 있었다.

그런데 F급 몬스터인 흑갑룡을 마주친 순간, 도저히

인간이 정복할 수 없는 벽을 만난 느낌이었다. 단단한 스톤 골렘을 꼬리치기로 때려 부수는 파워에, 은숙의 매직 미사일을 튕겨내는 무적의 철갑피부까지.

때마침 태랑이 독발 특성을 발휘하는 메이지 스켈레톤을 소환했기에 망정이지, 그렇지 않았다면 감당하기 어려웠을 것이다. F급이 그 지경인데 하물며 Z급 몬스터라면….

그 강함을 과연 인간이 측정할 수나 있는 것일까?

너무 작아도 볼 수 없듯이 너무 큰 것도 눈에 들어오지 않는 법. 우리가 밟고 선 지구 역시 우주에 나가고서야 비로소 그 크기를 실감할 수 있다.

어쩌면 최상급 몬스터의 존재는 그와 비슷할 지도 몰랐다. 너무 거대해 그 실체마저 가늠할 수 없는.

만약 신이 존재한다면 분명 Z급 몬스터의 얼굴을 하고 나타날 것이다.

일행들이 끔찍한 상상에 질린 표정을 짓자 태랑이 희망 섞인 이야기를 꺼냈다.

"물론 강력한 몬스터들은 셀 수 없이 많지. 하지만 그에 맞춰 인간도 끊임없이 성장할 거야. 지금은 도저히 극복할 수 없다고 보일지라도, 차근히 스킬레벨을 올리고 아티펙트들 하나 둘 확보해가면 못 잡을 것도 없어."

태랑이 본 미래에선 흑갑룡보다 훨씬 강한 몬스터들도 많았다. 그러나 각성자의 능력 역시 그에 맞추어 발전해 갔다.

다만 아직은 때가 아니었다.

지금은 잔뜩 웅크려 힘을 비축해야 할 시기였다. 무모한 도전보다, 확실한 승리를 쌓아가는 게 중요했다. 한걸음 한 걸음이 모여 대장정을 이루어 낸다. 그리고 태랑에겐 그것을 실행시킬 플랜이 있었다.

태랑 일행은 밤새 꼬박 청계산을 횡단했다. 수현이 든 빛의 완드가 어둠을 밝혔다. 지치고 힘든 여정이었지만 야영 준비가 전혀 안 되어 있었기에 야간 행군을 감행해야 했다. 일행은 젖은 김처럼 축 늘어져 겨우 아지트에 다다를 수 있었다.

"이게… 호텔급이라구요?"

아지트에 도착 직후 황당함에 제대로 말을 못 잇는 슬아를 보며 태랑이 급히 사과했다.

"좀 뻥이 심했지? 뭐 별 한 개짜리 호텔도 있는 법이니까. 하하. 미안."

"마스터! 정말 못 믿을 사람이군요!"

잔뜩 실망한 슬아가 태랑을 비난했다. 이동 중 은숙에게서 대충 사정을 전해들은 한모와 수현은 웃음을 참기 바빴다.

"태랑이가 잘못했네."

"난 조금 거들 뿐이었는데 혼자 뻥을 왕창 치더라고."

밤샘 행군으로 지친 태랑이 슬아를 달랬다.

"일단 시간도 늦었으니 한숨자고 내일 얘기하자. 근데

여자 방이 따로 없는데 어쩐다. 유화랑 같이 잘래?"

"저랑요?"

유화가 눈을 크게 떴다.

"그래. 당장 어쩔 수 없잖아. 나랑 수현이는 남자니까."

"형, 제 방 비워주고 제가 형이랑 같이 자도 되는데…."

얼굴을 붉히는 수현의 발언에 태랑은 절로 식은땀이 났
다. 이유는 알 수 없지만 그의 태도는 몹시 부담스러운 데
가 있었다.

"야, 그건 내가 사양."

"전 그저 형이랑 이런저런 얘기도 하고 싶어서…."

"아니, 나는 너랑 낮에만 이야기 할 거야."

"혀, 형…."

"…알았어요. 제가 같이 잘게요."

유화가 못마땅한 표정으로 대답했다.

그녀는 침묵의 암살자가 여자일 거라곤 생각도 못하고
있다가 뒤통수를 맞은 기분이었다.

불쑥 목욕탕에서 은숙이 했던 말이 떠올랐다.

-근데 새로운 동료가 네 또래의 여자애라면? 혹시 태랑
의 능력을 보고 반할지도 모르잖아. 와, 이 남자 정말 멋있
구나 하고. 그런데 쏠로다? 한번 들이대 볼까?

'왜 하필 여자애야. 기계체조를 배워서 그런지 몸매도
늘씬하잖아? 아이 짜증나. 나보다 어린것도 싫은데…얼굴
도 제법 귀엽고.'

유화는 마지못한 얼굴로 슬아를 방으로 데리고 들어갔다. 왠지 불편한 동거가 될 것 같은 예감이 들었다.

4. 좀비프린스

포식의 군주

4. 좀비프린스

다음 날 아침.

여섯 명의 남녀가 오붓하게 직사각형의 테이블에 둘러앉았다.

본래부터 대가족이 거주하던 집인 듯 식탁이 제법 넓은 편이라 여섯 명이 앉아도 자리가 넉넉했다. 크림스프와 버터를 바른 빵이 아침식사로 올라왔다. 빵은 냉동 생지를 발효시켜 오븐에 구워낸 것으로, 은숙이 일찍부터 일어나 준비한 것이었다. 은근히 가정적인 성격의 그녀는 여성 특유의 섬세함을 발휘해 살림살이를 꼼꼼히 챙겼다. 유화가 어린 여동생 같다면, 그녀는 엄마같은 존재였다.

아침식사를 하던 중 태랑이 말을 꺼냈다.

"이제 새롭게 맴버도 확충 되었으니 본격적인 레벨링을 할 때가 된 것 같아."

"생각해 둔 계획은 있어?"

태랑은 1년 내 63빌딩 공략을 최우선 목표로 삼았다.

이를 위해 자신을 극단적으로 빠르게 성장시켜야 했는데, 아직은 소환 관련 특성이 부족하다고 판단했다. 물론 소환술이 아닌 다른 스킬이나 특성을 배울 여지도 남아있다. 하지만 현재로선 어느 정도 궤도에 오른 소환술 분야를 심화시키는 편이 효율적이었다. 중구난방으로 특성을 수집했다가 이도저도 아닌 잡탕이 되버리면 곤란했기 때문이다.

"좀비 잡으러 가려고."

"좀비?"

"그 막 시체들이 일어나서 느리게 움직이는 거 말이에요?"

"좀비가 어딨는데?"

"강남역 부근, 클럽 사거리."

몬스터 인베이젼 당시 인파가 많이 모여 있던 강남역 근처로 '좀비 프린스' 라는 E급 괴수가 떨어졌다. 놈의 특징은 시체를 좀비로 되살리는 능력. 덕분에 강남역 부근은 졸지에 좀비 소굴로 변해 버렸다.

"히엑, 그럼 영화처럼 좀비들이 물어뜯으면 같은 좀비로 변해버리는 거야?"

"맞아. 좀비 바이러스는 전염성을 띄고 있지. 몇 명만 좀비로 만들면 그 숫자가 우후죽순으로 확산돼버려. 좀비 왕자는 사람을 잡아먹고 남은 몇을 좀비로 만들었는데, 그 놈들이 또 다른 좀비를 양산해 낸 거야. 강남역 부근은 지금 완전 좀비 밭일 걸."

"근데 왜 좀비가 서울시 전체로 안 퍼졌죠?"

보통의 좀비영화에선 좀비 바이러스가 급속도로 퍼져나간다.

처음엔 한 두명으로 시작하지만 한 달이면 나라 전체가 휩쓸리는 식이다. 그러나 이제껏 여러 곳을 돌아다녔지만 좀비를 목격한 적은 없었다. 수현은 그 부분이 궁금했다.

"그건 놈이 가진 '데스랜드 오라'의 범위 때문이야. 좀비는 생기를 잃은 시체. 오직 좀비 프린스가 발산하는 데스렌드 오라 영역 안에서만 활동할 수 있어. 지금은 놈이 강남역 주변에 틀어박혀 있으니 좀비들의 활동 범위도 그곳으로 제한되는 거야. 좀비가 오라를 벗어나는 순간 다시 평범한 시체로 돌아가 버리거든."

"천만 다행이네요. 좀비 바이러스가 무분별하게 확산되는 일은 없을 테니까요."

"근데 그 좀비라는 거 얼마나 강한 거야? 정말 팔다리가 뜯겨도 움직이고 그래?"

"그렇긴 한데 전제적인 공격력은 A급 몬스터만 못 해. 고통을 느끼지 못할 뿐이지 인간의 신체를 그대로 가지고 있거든. 게다가 움직임도 느리지."

"에게, 그럼 별거 아닌데?"

각성된 인간은 각성 전 인간과 차원이 다르다.

포스와 쉴드로 강화된 신체에 각종 스킬과 고유특성, 거기다 아티펙트까지 무장된 각성자는 과거로 치면 초인이나 마찬가지.

"하지만 문제는 쪽수야."

"쪽수?"

"아무리 적이 약하다 해도 그 숫자가 수백, 수천에 이르면 결코 별거 아닌 게 아니게 되지. 게다가 놈에게 물리면 좀비로 변해 버리잖아. 그건 정말 위험해."

"으, 내가 좀비가 되면 꼭 변하기 전에 죽여줘."

"아따 그것이 말이여 막걸리여? 은숙이 니 그럴 일 없응께 안심하랑께? 오빠가 싹다 조사블랑께."

"참, 강남역 근처 랬죠? 서울에서도 유동인구가 가장 많은 곳인데 거기 있던 사람들 죄다 좀비로 변했으면 정말 어마어마하겠는 걸요?"

"좀비는 차분히 대처하면 무서울 것 없어. 무리에 둘러싸이는 것만 조심하면 돼. 문제는 몬스터가 아니다 보니 수백 마리를 해치워도 차크라나 아티펙트를 안 준다는 거야."

"니미럴, 그럼 뻔질나게 잡아봐야 헛고생하는 거잖여?"

태랑이 손가락을 세워 좌우로 흔들었다.

"그치만 좀비 프린스의 경우는 얘기가 다르죠. 놈은 E급 몬스터예요. 공략만 가능하다면 엄청난 보상이 따를 거예요. 게다가 놈이 가진 특성은 지금 저에게 꼭 필요한 거거든요."

좀비 프린스는 소환 계열 마법의 소모 포스와 쿨타임을 절반으로 떨어뜨리는 특성을 가지고 있다.

쉽게 얘기해 태랑이 해당 특성을 포식한다면 지금보다 두 배 이상 빠르게 해골과 스톤 골렘을 불러낼 수 있다는 소리였다. 거기에 포스 소모도 역시 절반으로 줄어드니 소환수의 유지력도 급격히 상승한다.

특성 하나로 순식간에 두 배 이상 강력해 질 수 있는 것이다.

"아하, 그래서 좀비 프린스를 잡자는 거였구만?"

"근데 우리가 E급 몬스터를 잡을 수 있을까요?"

"어제 분명 저한테는 E급도 잡을 수 있다고…."

슬아가 볼멘소리로 중얼거렸다.

듣고 보니 이들은 완전 사기꾼이다. 그녀는 당장 클랜 가입을 물리고 싶은 심정이었다. 그러나 여기까지 와서 다시 되돌아 갈수도 없었다. 혼자 청계산 고개를 다시 넘는 건 상상도 하기 싫었다.

슬아가 짐짓 실망하는 표정을 짓자 태랑이 자신감 넘치는 목소리로 대답했다.

"잡을 수 있어."

"진짜? 괜히 슬아 눈치보고 그러는 거 아니고?"

"아니, 진심으로 하는 말이야. 물론 좀비 프린스는 방어력이 무지막지해. 다른 스킬도 강력하지만 특히 맷집이 끝내주지. 아무리 때리고 패도 끄떡없어. 불에 태워도 타지 않고 얼리거나 감전 시키는 것도 안통하거든. 쉴드만 놓고 보면 F급, 아니 G급에 필적할지도 몰라."

"그런데 그런 놈을 대체 어떻게 죽이겠다는 거야? 흑갑룡의 경우처럼 쉴드가 강한 몬스터에겐 우리 공격이 전혀 먹히지 않았잖아?"

"물론 어제까지 라면 불가능 했겠지. 그래서 꼭 갖고 싶은 특성이었지만 뒤로 미뤄 두었던 거야…."

태랑은 잠시 뜸을 들이더니 슬아를 쳐다보며 말했다.

"…하지만 이제 우리에겐 슬아가 있잖아."

"저요?"

슬아가 가진 특성은 상대방의 쉴드를 무시한다. 공격력은 다소 떨어지지만 맷집이 단단한 좀비 프린스를 상대하기엔 최적이었다. 태랑이 슬아의 두 손을 꼭 붙잡고 말했다.

"이건 슬아 네가 있어서 시도할 수 있는 전략이야. 당장 우리 중에 좀비 프린스에게 일격을 먹일 수 있는 건 너뿐이거든. 널 끌어들이는 과정에서 뻥을 심하게 보탠 건 미안하게 생각해. 하지만 우리 클랜에 합류한 걸 절대 후회하지 않을 거야. 내가 꼭 그렇게 만들어 줄게."

태랑이 진심어린 목소리로 얘기하자 꿍해있던 슬아가 자기도 모르게 고개를 끄덕였다. 맞잡은 두 손에 진정성이 느껴졌다.

태랑의 확신에 찬 태도는 사람들에게 신뢰를 불러일으키는 측면이 있었다. 그것은 어떤 스킬이나 특성보다 그를 빛나게 하는 강점으로 작용했다.

모두가 현재에 불안해할 때 그는 누구보다 명쾌한 비전을 내보였다. 판단엔 합리적인 이유가 있었고, 결정엔 분명한 보상이 뒤따랐다.

마치 종교적인 선지자가 그러하듯, 그는 주변을 안정시키고 '정답'을 제시하는 사람이었다. 미래를 먼저 내다본 자의 특권은, 그에게 전에 없던 카리스마를 부여하고 있었다.

"알겠어요. 마스터. 믿어 볼게요."

슬아는 태랑 일행과 비록 이틀 밖에 함께하지 않았지만 모두 좋은 사람들 같았다.

한모는 남자답고 화통했고, 수현은 배려심이 깊었다. 은숙은 속칭 센 언니긴 했지만, 똑똑하고 위트가 넘치는 편이었다. 비록 룸메이트 유화가 무뚝뚝하게 대하는 게 느껴졌지만, 그것은 자신처럼 아직 낯을 가려 그런 것이라 생각했다.

그러나 하나를 얻으면 하나를 잃는 법이라던가?

두 사람 사이를 못마땅하게 지켜보던 유화는 결국 심사가 틀어졌다. 그녀는 아침을 먹다 말고 남은 음식을 비웠다. 잔반통을 두들기는 그녀의 동작이 몹시 신경질적으로 느껴졌다.

"애 밥 안 먹고 어디 가니?"

"더 생각 없어요."

도망치듯 옥상으로 뛰쳐나가는 유화를 은숙이 뒤따랐다. 괜히 분위기가 서먹해지자 수현이 흥미로운 이야기를 꺼냈다.

"참, 아침에 일어나서 레이드 게시판 접속했는데 아주 난리가 났던데요?"

"수현이 니는 허구헌날 컴퓨터만 붙잡고 있냐잉. 사내자식이 운동도 좀 하고 그래야지."

"태랑이 형이 게시판 실시간으로 모니터링 하라구 했잖아요."

"얼씨구, 태랑이 말이라면 죽는 시늉도 하겠네."

"못 할 것도 없죠. 암튼, 어제 벌어진 폭룡 클랜 사건 때문에 한바탕 떠들썩 하더라구요. 축구장 안으로 차를 몰고 들어와 자폭한 이강호 선수도 그렇고, 진짜로 불곰이 되어 버린 클랜 마스터 강찬혁이나 또 F급 괴수 흑갑룡에 대한 이야기까지…게시판이 완전 도배되다 시피 했어요."

수현이 한창 열을 올리며 떠드는 와중에 태랑은 흘깃 베란다 너머에 있는 유화 쪽을 쳐다보았다. 담배를 뻐끔거리는 그녀 곁에서 은숙이 뭐라 얘기하고 있었다.

'왜 저렇게 심각하지? 무슨 일 있나?'

"푸하하 아니 뭐시라고? 폭망 클랜?"

"네, 앞으론 폭룡 클랜 말고 폭망 클랜이라고 해야 한다면서…."

수현과 한모가 레이드 게시판에 올라온 게시글 내용을 가지고 한참 불판을 피웠다. 당시 모두 현장에 있었던 만큼 관심을 가질 수밖에 없는 사안이었다.

슬아는 두 사람의 대화를 경청하며 묵묵히 아침을 들었고, 태랑은 유화가 신경 쓰여 도통 대화에 집중할 수 없었다.

"참 태랑이형, 형 얘기도 있었는데."

자신의 이름이 거론되자 태랑도 결국 시선을 돌렸다.

"뭐? 나말이야?"

"네, 축구장 가운데서 스톤 골렘과 해골병사를 소환해낸 헌터에 대해서도 초유의 관심이 집중됐어요. 진짜 엄청난 헌터가 등장 했다면서."

흑갑룡과 더불어 태랑 역시 덩달아 유명세를 탔다.

살아남은 생존자들은 용감하게 흑갑룡에 맞선 네크로맨서에 대해 몹시 궁금해 했다. 별의별 제보가 쏟아졌는데 대부분 근거 없는 루머에 불과했다.

"벌써 별명도 붙었는걸요?"

"무슨?"

"성남시 네크로맨서."

"뭐시여? 우린 성남이랑 아무 상관 없잖아."

"아마 폭룡 클랜 모집에 응시한걸 보고 그쪽에 산다고 생각했나 보죠. 대게 클랜들은 지역기반이니까."

"아따 한땐 나도 영등포 빽찌로 끝빨 날릴 때가 있었는 디… 태랑이는 벌써 성남시를 접수해브렀구만. 레베루가 달라브러."

"접수는요 무슨, 참 형님. 사흘 후 출발할 예정이니까 오늘 내일 중으로 해서 장비 점검 좀 부탁드려요. 좀비를 해치우려면 꽤 많이 필요할 거예요. 중간에 날이 빠지면 바로 교체해야 되니까요. 보관중인 아이템도 있는 데로 챙겨 주시구요."

"알았다잉. 그것은 내 일 이제."

"형, 저는 뭐할까요?"

"수현이 넌 게시판 쪽 계속 둘러보면서 혹시 우리 정체에 대해 궁금해 하거나 목격담 뜨거든 적당히 물타기 해. 괜히 지금 시점에 이목이 집중 되선 곤란하니까. 무슨 말인지 알지?"

"네, 어그로 끄는 거야 제 전문이죠. 아이피도 몇 개 우회해서 여론을 분산시킬게요. 아마 절대 우릴 못 찾을 거에요."

"그럼 저는 무엇을…."

슬아가 눈치 보이는지 태랑에게 물어왔다.

"넌… 음."

태랑은 옥상에 나가있는 두 여자를 상기했다. 본래 은숙이 식사를 차린 날은 유화가 설거지 담당이다.

"…일단 설거지 좀 해줄래?"

"네."

슬아는 군소리 없이 고무장갑을 착용했다. 그녀는 자기 일을 알아서 찾아 하는 성격이었다. 괜히 신세 지고 있다는 느낌을 주고 싶지 않았다.

단란한 세이버 클랜의 분위기에 모처럼 마음이 편안했다. 이들 사이에 빨리 녹아들고 싶었다.

'좀 속은 것 같기도 하지만 이정도면 뭐… 나쁘지 않아.'

유화가 계속 신경 쓰인 태랑은 담배를 피우는 척 옥상으로 나갔다. 그러나 유화는 그를 보자마자 차갑게 외면하며 다시 안으로 들어가 버렸다.

머쓱해진 태랑이 입에 물고 있던 담배에 불을 붙이려는데 은숙이 성난 목소리로 소리쳤다.

"넌 씨눈이다, 진짜."

"씨눈? 씨앗에 있는 그거?"

"뭐래, 바보니? 넌 씨발 눈치도 없냐고!"

"아니 갑자기 왜 욕을 하고 그래?"

"아유 됐다. 내가 벽창호랑 얘기를 하고 말지."

"그나저나 유화 왜 저래? 무슨 일 있어? 혹시…."

"…혹시 뭐?"

은숙은 기대한 대답이 나오길 기다렸다.

원래 남의 연애사에 껴봐야 본전도 못 찾는 걸 알기에 되도록 참견을 하지 말자는 주의였다. 그러나 본인 입에서 나오는 말이라면 상관없지 않겠는가?

태랑이 얼굴을 붉히며 말했다.

"…그 날인 건가?"

"야이, 병신아!"

답답한 은숙이 태랑의 쪼인트를 깠다. 엉겁결에 정강이를 얻어맞은 태랑은 물고 있던 담배를 떨어뜨렸다.

"악. 너 진짜! 왜 그래!"

"너는 아파도 싸! 그런 말은 왜 하는데?"

태랑은 한동안 정강이를 붙잡고 낑낑거렸다. 은숙이 보다 안쓰러웠는지 힐을 불어 넣었다. 퉁퉁 부어오르던 정강이의 통증이 씻은 듯 가라앉았다.

"야, 너 지금 병주고 약주냐? 아파 죽는 줄 알았잖아!"

"말은 똑바로 해. 때리고 힐준 거지. 그러게 왜 변태 같은 소릴 해?"

"아니 그냥 나는… 아이고 됐다."

은숙이 이쯤에서 화제를 돌렸다.

"그나저나 좀비 프린스, 좀 무리하는 거 아냐? 뜬금없이 E급이라니… 진도가 빨라도 너무 빠르잖아. 저번에 D급 겨우 잡았던 거 벌써 까먹은 건 아니지?"

"빠르다고 느끼는 게 맞을지도 모르지. 한 등급 차이면 질적으로 완전히 달라지는 게 몬스터라는 존재니까."

"그걸 아는 사람이 그래?"

"하지만 흑갑룡을 마주치고 깨달았어. 감당 못 할 몬스터를 또 한 번 맞닥뜨렸다간, 어쩌면 두 번째 기회가 영영 오지 않을 수도 있다는 걸. 감당해 낼 수 있다면 위험을 무릅쓸 필요도 있어. 마침 슬아도 합류했으니 우리가 공략 가능한 최대치까지 선정한 거야."

"물론 그건 너의 특성 포식과도 관련이 있는 거지?"

"그렇지. 어쨌든 지금은 내가 최대한 빠르게 성장하는 게 관건이니까. 이번 특성만 얻는다면 내 전투력을 두 배 가까이 끌어 올릴 수 있어."

"좋아. 마스터 한번 제대로 밀어 주는 셈 치지. 그럼 나는 뭐 준비할까?"

"이번 레이드는 하루 이상이 걸릴 거야. 은숙이 넌 이틀 분의 식량과 침낭을 준비해줘. 야영을 해야 할 상황이 발생할지도 모르니까."

"도심 속의 야영이라… 그거 완전 글램핑이잖아?"

"야, 우리 놀러 가는 거 아니거든?"

"나도 알지. 하여간 넌 그게 문제야. 맨날 진지해가지고."

"진지한 게 어때서?"

"참나, 대체 이런 앨 뭘 보고… 그나저나 침낭이라면 저번 아웃도어 숍에서 가져온 초경량 제품 말이지?"

"어차피 짐은 내 해골들이 들겠지만 부피는 될 수 있는 대로 작은 게 좋으니까."

"알겠어. 참, 그리고 너 유화 생각 좀 해."

"내가 뭘?"

"여자는 보기보다 예민하다구, 바보야."

은숙이 그 말을 마치고 안으로 들어갔다. 태랑은 혼자 옥상에 남아 담배를 피우며 생각했다.

'역시… 그날인 거겠지?'

여전히 눈치가 없는 태랑이었다.

다들 레이드 준비로 한창인 와중에 태랑은 서울시 지도를 보며 이동 경로를 체크했다. 강남역 근처는 높은 빌딩도 많고 지하철역도 있어 자칫 벌집을 들쑤시는 결과를 낳을 수도 있었다. 한마디로 타워와 던전이 무수히 깔린 지뢰밭인 셈. 될 수 있는 한 몬스터 출몰지역을 피해 우회하는 게 중요했다.

"흐음. 양재천을 따라 걷다가 경부고속도로를 타고 오르면 되겠구나. 그쪽으론 몬스터가 거의 없을 테니."

고속도로 양옆으론 몬스터의 접근을 차단하는 소음 방지

벽이 존재한다. 또 도로엔 놈들이 서식할 공간이 없기 때문에 출몰 위험도 낮은 편이었다. 현 시점에서 서울 시내를 주파할 수 있는 가장 빠른 길이라 할 수 있었다.

"근데 고속도로 위에 오르려면 밧줄이 필요 하겠구나 진입로를 우회하기엔 너무 돌아가는 거니…."

태랑은 혼잣말을 하며 스마트폰 메모장 어플을 켜 필요한 물품을 기록했다. 통신망이 죽은 상태라 전화는 되지 않지만, GPS 기능이라든지 지도를 보기 위해 항상 지니고 다니는 물건 중 하나였다.

본래 거실로 쓰이던 넓은 공간에는 커다란 지도가 걸려 있었고, 태랑은 지도가 걸린 벽 앞에 서성이는 중이었다.

"그러고 있으니 무슨 특수부대 상황실 같네요."

"어? 유화구나. 언제 나왔어?"

한동안 방안에 틀어박혀 있던 유화가 어느새 태랑의 뒤에 서있었다. 그녀는 한결 기분이 나아진 얼굴이었다. 연유는 알 수 없지만 태랑은 유화의 컨디션이 좋아 보여 다행이라고 여겼다.

"5분 전부터 계속요. 집중력 상당히 좋은데요? 근데 그런 건 어디서 배운 거예요?"

"작전계획도말야? 군대에서."

"혹시 장교출신?"

"아니 운전병인데. 병장 만기 제대."

"그런데 운전병이 무슨 그런 걸 배워요?"

"아, 그게 말이지."

태랑은 모처럼 군 시절을 회상했다. 동원예비군도 이미 끝난 나이지만 젊은 시절을 홀러덩 태워버린 군대의 추억은 어제 일처럼 생생했다.

"내가 대대장 운전병이면서 동시에 소속은 작전과 계원이었거든."

"작전과가 뭐에요?"

"쉽게 말하면 교육장교나 작전과장 시다바리야. 거기서 전술훈련 같은 대대급 훈련을 나갈 때마다 전략지도를 만드는 일을 도왔어."

"아하."

"일병 때까진 뭔지도 모르고 그저 시키는 대로만 했지. 근데 1년 넘게 이 짓만 하다 보니 대충 방법을 알겠더라고. 나중에 부대 간부들 바뀌어 가지고 허둥대고 있으면 나 혼자서도 만들었어. 나중에 사회 나가선 아무 쓸모없는 기술일 줄 알았는데… 하여튼 뭐든 배워놓으면 쓸모가 있다니까?"

"맞아요. 저도 취미로 익혔던 싸움기술이 몬스터 잡는데 쓰일 줄은 몰랐으니까요."

태랑은 유화가 다시 예전처럼 기운을 차린 것 같아 기분이 좋았다. 그러나 거기엔 그가 모르는 이야기가 있었다.

❖ ❖ ❖

슬아가 설거지를 마치고 방으로 돌아왔을 때 유화는 이불에 머리를 처박고 돌아누워 있었다. 그렇지 않아도 서먹한 두 사람 사이에 무거운 정적이 감돌았다.

그때 유화가 용기를 냈다. 은숙의 조언을 따라 정면 돌파를 선택한 것이다.

"슬아, 넌 이상형이 어떻게 되니?"

뜬금없는 질문에 슬아는 빗고 있던 도끼빗을 떨어뜨릴 뻔 했다.

"…뭐라구요, 언니?"

"아니 남자볼 때 주로 뭘 보냐구. 키? 아님 얼굴?"

"저 남자 안 좋아하는데요."

"뭐? 남자를 안 좋아한다고? 그런 여자가 어딨어."

"진짜 관심 없어요."

"전혀?"

"네… 한개도."

슬아는 최근 도와줬던 군인에게 강간당할 뻔 경험이 있었다.

그 뒤로 남자가 접근하면 괜한 의심부터 들었다. 물론 모든 남자가 그렇진 않겠지만 왠지 속으로 응큼한 생각을 하고 있을 것만 같았다.

그렇잖아도 사회성이 떨어지는 그녀에게 남자는 더더욱

대하기 어려운 존재가 됐다. 관심이 없다는 말은 빈말이 아니었다. 아마도 그녀가 다시 마음의 문을 열기 위해선 오랜 시간이 필요할 것이다.

슬아는 말하기 부끄러운 이야기라 자세한 사정은 얘기하지 않았지만, 정말 남자 따위는 안중에 없다는 표현을 확실히 했다.

또 은숙의 말에 따르면 태랑이 그녀에게 잘해주는 건, 그녀를 데려오기 위해 거짓으로 속인 게 미안한 마음 때문일 거라 했다.

유화는 태랑을 두고 슬아와 경쟁해야 한다는 불안감이 싹 가시면서 갑자기 어린 동생 같은 그녀에게 잘해주고 싶은 마음이 솟구쳤다.

"슬아야, 너 혹시 옷 필요하지 않니?"

"옷이요?"

"응, 마침 우리 사이즈도 비슷한 것 같은데 옷장에서 마음에 드는 거 있음 꺼내가. 언제까지 단벌로 지낼 순 없잖아."

"고마워요. 언니."

냉랭하던 유화가 갑자기 살갑게 대하는 게 영 어색한 슬아였지만, 꾸벅 고개를 숙이며 감사를 표했다. 태랑 일행은 시간이 남는 데로 인근의 가게를 털어가며 생필품을 챙겨놨기 때문에 아지트엔 남는 옷가지들이 많았다.

옷장을 살피던 슬아가 물었다.

"혹시 속옷 좀 남는 게 있을까요?"

역시 가장 급한 건 속옷이다. 겉옷은 안 빨고도 몇 일 견 딘다지만 속옷은 하루만 넘어가도 찝찝했다.

"응, 서랍에 새 것 많아."

"근데 사이즈가… 혹시 좀 더 큰 건 없을까요?"

"뭐? 너 A컵 아니었어?"

"저 꽉 찬 B…."

갑자기 다시 우울해 지는 유화였다.

'뭐야? 그럼 여기서 내가 제일 작아?'

슬아는 유화의 옷장에서 속옷 몇 벌과 몸에 꼭 달라붙는 면티, 레깅즈 팬츠 따위를 챙겼다.

"제가 체조를 해서 그런지 헐렁한 옷은 불편해서…."

"으, 응. 그렇구나."

'제길, 난 브라를 차도 헐렁 한데!'

불편했던 동거 기간은 다행히 하루 만에 끝이 났다. 두 사람은 오해(?)를 풀고 훨씬 친근한 사이가 됐다. 슬아는 유 화의 보살핌 덕에 빠르게 팀에 합류해 갔다.

이틀간의 준비를 마치고 태랑 일행은 좀비 프린스 레이 드에 본격 돌입했다. 지금까지 공략했던 몬스터 중 가장 강 력한 상대인 만큼 치열한 전투가 예상되었다.

6명의 헌터들과 커다란 백 팩을 맨 두 마리의 해골병사 가 양재천을 따라 이동을 시작했다.

"마스터는 좀 어떻습니까?"

"아직까지 의식을 회복 못했네. 화상으로 덧난 상처에서 고름이 계속 나오고 있어. 힐링 마법으로는 한계가 있는 모양이야. 아현이가 밤새 치료하다 방금 전 녹초가 돼서 쓰러졌네."

"저런… 아현이가 고생이 많군요. 마스터는 정신력이 강한 분이니 꼭 일어나실 거라 믿습니다."

"그렇게 되어야지. 참, 알아본 건 어찌 되었는가?"

"레이드 게시판에 올라온 목격담을 종합해보니 놈은 흑갑룡에게 독마법을 쓴 직후 도망쳤다 하더군요. 도망칠 당시엔 같이 왔던 모델 같은 여자와 다른 여자애 한명과 함께였는데 인상착의로 보아 2차 면접 당시 B조에 속해있던 도약 능력자 같았습니다."

"음… 도약 능력자라."

가정집 침대 위엔 얼굴 절반이 화상으로 일그러진 환자가 누워있었다. 협탁 옆에 세워진 스탠드 행거에선 투명관을 타고 끊임없이 링겔이 주입되고 있었다.

3일째 의식을 회복하지 못하는 클랜 마스터 강찬혁을 안타깝게 내려다보며, 이이동이 차가운 목소리로 말했다.

"기필코 놈들을 찾아야 하네. 따지고 보면 놈들은 이강호에게 시비를 걸어 사태를 이 지경으로 만든 원흉들이나 마찬가지야. 실력을 숨기고 우리 쪽으로 접근한 이유도 밝혀야겠지. 분명 좋은 의도는 아니겠지만."

"물론입니다. 비록 우리 클랜이 이번 사건으로 큰 타격을 받긴 했지만 부단장님이 건재하시고, 마스터 역시 언젠간 깨어나실 겁니다. 때가 되면 놈들에게 응당 책임을 물어야겠지요."

"그래야지. 반드시…."

이이동의 표정엔 웃음기가 사라져 있었다.

실상을 따지고 보면 그의 분노는 억지에 가까웠다.

이강호에게 손찌검을 하여 자폭까지 몰아붙인 사람은, 다른 사람도 아닌 바로 자기자신이었기 때문이다. 그러나 그는 어떻게든 책임을 전가하려는 마음에 사건의 원인을 태랑에게 뒤집어 씌우고 있었다.

강찬혁이 죽을 지경에 이르자 만사를 재쳐 두고 도와주던 태랑에 대한 고마움은 조금도 찾아볼 수 없었다.

양재천 양안은 자전거 도로가 설비되어 길이 잘 닦인 편이었다. 풀내음 물씬 풍기는 천변로는 지금이 몬스터로 발칵 뒤집어진 세상이란 걸 잠시나마 잊게 했다.

정오의 따사로운 햇살과 바람에 살랑대는 수풀을 보고 있자니, 야유회라도 떠나는 분위기였다. 은숙이 두 팔을 활짝 벌려 부드러운 바람을 맞았다.

"아~ 날씨 좋다."

"몬스터가 도시에 틀어박혀 있으니 상대적으로 이런 곳은 안전하군요."

수현이 말에 태랑이 반박했다.

"근데 몬스터가 꼭 도시에만 있다곤 볼 수 없어."

"네?"

태랑은 심심한지 훌쩍 키가 자란 풀 잎사귀를 뜯으며 설명했다.

"흑갑룡이 어디서 나온 것 같아?"

"음, 축구장 밑에서? 아!"

"그치? 몬스터가 도시로 몰려든 건 결국 먹잇감 때문이야. 인구밀도가 높은 지역일수록 사냥엔 효율적이니까. 사냥이 마친 몬스터들이 기어 들어 갈 곳을 찾다보니 우연히 고층빌딩이나 지하철을 은신처로 삼은 것뿐이야. 하지만 모든 몬스터가 그런 곳에만 있는 건 아니지."

"그럼 또 어디 있는데요?"

"흑갑룡처럼 착굴 능력을 갖춘 놈들은 땅 밑으로 파고 들어가겠지. 또 심해 몬스터들은 바다 속 깊은 곳에. 그밖에 서식지들도 정말 다양해. 사막이든 빙하든, 아니면 용암 대지나 아마존 정글까지… 게다가 환경을 자신에 맞추어 변화시키는 놈들도 있지."

"그렇군요."

태랑이 보다 상세히 설명했다.

"좀비 프린스가 마지막에 말한 케이스야."

"이번에 상대할 괴물 말이지?"

"응, 놈이 뿜어내는 데스랜드 오라는 대지를 황폐화 시키는 기술. 이름 그대로 멀쩡한 곳을 죽음의 대지로 만들어 버려. 데스랜드 오라의 영향을 받은 곳은 풀 한포기도 자랄 수 없게 되거든. 물도 곧 썩어 버리고."

"나 근데, 물 얘기 하니까 뜬금없이 민준이 동생 보경이 생각난다. 개라면 식수 하난 기똥차게 만들어 줄 텐데. 킥."

보경은 물 생성이라는 독특한 스킬을 보유했다.

따지고 보면 효과가 미미한 능력은 있을망정 쓸모가 없는 능력은 없는 셈이다.

"아마 강남역 주변은 강한 산성비라도 맞은 것처럼 노후화가 진행됐을 거야. 철은 녹슬고, 나무는 시들어 버리지. 콘크리트 건물이라 어떻게든 부식을 견디겠지만."

"그럼 사람도 영향 받는 거 아냐? 안 그래도 피부 탱탱한 애들 옆에서 주름살 더 늘면 곤란한데…."

"언니도 피부 좋잖아요."

"어머, 그렇게 말해주니 고맙구."

답정너에 만족한 은숙이 호들갑을 떨었다.

"물론 영향은 받겠지만 쉴드가 버티는 이상 괜찮을 거야. 그래도 최대한 빨리 해치워야 돼. 오라로 인해 쉴드가 깎이다 보면 정작 싸울 때 곤란해 질 수도 있으니까."

"근디 태랑아, 저그 위에 보이는 저 다리가 고속도로 아니냐?"

"네. 맞는 거 같아요."

"아따, 허벌나게 높아 븐디? 저길 진짜 오르자는 거제?"

태랑이 검은색 타이즈를 입은 슬아를 보고 말했다.

"슬아야. 스킬을 쓸데가 온 것 같아."

"네."

"한번에 최대 몇 미터 까지 뛸 수 있어?"

"음… 풀차징하면 거의 5미터 정도?"

"이야~ 높이뛰기 선수했으면 금메달은 따논 당상이었겠네. 인간 장대여 아주."

"근데 5M도 턱도 없어 보이는데?"

태랑은 주변을 둘러보다 천변로 옆에 세워진 커다란 가로수를 발견했다.

"저 나무를 이용하면 어때?"

슬아는 눈을 가늘게 뜨며 나무의 위치와 고속도로까지의 높이를 가늠했다. 한 번에 오르는 것은 불가능했지만, 가지를 밟고 오르면 어느 정도 견적이 나올 것 같았다.

"한번 해볼게요."

"무리는 허지 말고잉. 혹시 몰라서 밧줄 끝에 매달 갈고리도 준비해 놨응께."

"그래도 만에 하나 잘못 걸리면 불안하잖아요. 무게를 못 견디고 부러져 버릴지도 모르고."

"뭐시여? 시방 나의 용접솜씨를 못 믿는다는 것이여? 나가 군대서 작업병 출신이란거 말 안했냐?"

"아니요. 그런 뜻은 아니고… 일단은 슬아에게 한번 맡겨보죠."

슬아는 크게 심호흡을 한 뒤 빠르게 나무를 향해 뛰어갔다. 무릎을 바짝 굽혀 솟구치는 그녀의 동작은 흡사 배구선수의 스파이크 점프를 연상시켰다.

붕-!

그녀의 스킬 '도약'이 발휘되며 가녀린 신형이 하늘 높이 솟구쳤다. 곧 발끝이 두터운 가지에 내딛는 순간, 두 번째 도약이 이루어졌다.

"우와!"

나뭇가지가 크게 휘어지며 반발력으로 그녀를 밀쳐냈다. 슬아는 순식간에 고속도로 소음 방지벽 위까지 올라섰다. 눈을 의심케 하는 신기에 가까운 묘기.

"어어!"

슬아는 발 디딤 할 공간이 부족했는지 난간 위에서 착지한 후 위태롭게 휘청거렸다. 보기만 해도 아찔한 상황.

그러나 그녀의 균형감각은 역시 발군이었다. 잠시 흔들린다 싶더니, 슬아는 외줄타기를 하듯 두 손을 옆으로 펼쳐 균형을 잡았다.

"와! 대박 진짜 올라갔네?"

"완전 닌자구만, 닌자. 옷도 까만 것이 복면만 쓰면 아주."

태랑이 밑에서 크게 소리쳤다.

"화살에 걸어 밧줄을 날릴 게! 잠시만 기다려!"

태랑이 해골궁수 하나를 소환해 뼈 화살 끝에 밧줄을 묶었다. 이내 화살이 쏘아지며 살아있는 뱀처럼 밧줄을 허공으로 끄집고 올라갔다.

화살은 정확히 슬아의 발 밑에 꽂혔다.

슬아는 밧줄이 묶인 화살을 통째로 뽑아들고 고속도로 안쪽으로 넘어갔다. 그녀의 모습이 일순 시야에서 사라졌다. 잠시 후 밧줄이 팽팽하게 흔들렸다. 밧줄 끝을 안전하게 결착했다는 신호였다.

"제가 먼저 갈게요."

유화가 선두에 섰다. 그녀는 몸무게도 가볍지만 파워 건틀릿을 착용한 상태라 잡는 힘이 무척 좋았다. 10M에 이르는 밧줄을 순식간에 타고 오른 유화를 뒤따라, 태랑과 수현 은숙이 차례로 올랐다.

먼저 밧줄을 타고 오른 사람들이 위에서 당겨주었기에 뒤에 오르는 사람은 훨씬 수월했다. 백팩을 맨 태랑의 해골병사까지 마저 오르자 마지막으로 가장 무거운 한모가 밧줄을 잡았다.

"힘껏 댕겨라잉!"

한모는 원체 무게가 나가는 편이라 스스로 힘만으로 오르기 부담스러웠다. 먼저 오른 다섯 사람이 힘을 모아 마지막 남은 한모를 고속도로 위로 끌어 올렸다.

"흐흐, 솔찬히 무거웠제?"

"진짜 팔 빠지는 줄 알았어."

"아저씨, 살 좀 빼요."

"아따 나가 살만 있냐, 근육도 같이 있제."

"그나저나 와… 여긴 무슨 전쟁터도 아니고…."

몬스터가 하늘에서 떨어지던 날, 급하게 서울을 빠져나가던 차들이 뒤엉키며 고속도로 곳곳에서 사고가 속출했다. 사고는 정체를 유발했고 급기야 도로가 완전히 막히는 지경에 이르렀다. 그 결과 경부고속도로 위엔 시민들이 버리고 간 차들만 잔뜩 남아있었다.

일행은 한동안 묵묵히 길을 따라 걸었다.

적막에 사로잡힌 고속도로는 인류가 멸종한 후 문명의 흔적만 남아 있는 유적처럼 느껴졌다. 길가에 아무렇게나 방치된 차들이 을씨년스러운 분위기를 더했다.

가끔은 썩어빠진 시체들도 눈에 들어왔다. 사고로 전복되고나 추돌에 짓눌린 차체 사이로, 부패해가는 시체에서 악취가 밀려나왔다.

은숙이 코를 틀어막으며 진저리 쳤다.

"으! 끔찍해. 정작 도시에선 죽은 사람 보기도 어렵더만 여긴 왜 이렇게 많은 거야?"

"도시에선 찾기 힘든 게 당연하지. 몬스터 놈들이 보는 족족 하이에나처럼 먹어 치울 테니."

"아, 그렇구나…."

우울해가는 분위기를 환기시키기 위해 유화가 다른 말을 꺼냈다.

"그나저나 여기 주인 없는 차들만 팔아도 금방 부자 되겠어요. 봐요, 외제차도 잔뜩 있잖아요."

"부자는 무슨, 차를 살 사람이 있어야 팔지."

"아직 남쪽 지방엔 멀쩡한 도시들도 있다잖아요."

태랑은 꿈속의 기억을 떠올리며 고개를 가로저었다.

"아니, 꼭 그렇진 않을거야."

"그게 무슨 소리에요?

"겉은 멀쩡해 보여도 속은 엉망이란 소리지. 지금은 그 럭저럭 버티고 있지만, 피난민은 날이 갈수록 불어나게 돼. 곧 주거와 식량문제가 표면으로 떠오를 거야. 한정된 자원 을 두고 치열한 다툼이 벌어지는 거지."

"아…."

수현도 태랑의 말에 동조했다.

"그렇잖아도 요새 레이드 게시판에서 가보면 각성자들 이 벌이는 사회문제가 심각하다고 하더라구요. 범죄도 제 법 일어나는 거 같고…."

은숙이 질문했다.

"범죄? 무슨 수로? 몬스터를 잡지 못하면 스킬 역시 받 을 수 없잖아. 단순히 각성만 했다고 능력이 생기진 않을 텐데? 어차피 포스10, 쉴드10 정도면 평범한 인간에 가깝 잖아. 아, 몬스터를 때릴 수 있다는 거 빼면."

"물론 차크라로 얻을 수 있는 스킬은 없겠지. 하지만 특성 중엔 스킬이 바로 부여되는 경우가 있거든. 그런 걸 다른 말로 '원 스킬 특성'이라고 해."

"원 스킬 특성?"

원 스킬 특성은 특성자체에서 스킬을 보유한 경우를 의미한다.

가령 2레벨의 아이스 볼트 마법을 쓸 수 있다든지, 1레벨의 용기의 함성을 발현 한다든가 하는 식이다.

범용 특성에 비하면 효율은 떨어지지만, 시작부터 스킬하나를 들고 있는 셈이니 남들보다 빠르게 우위에 서는 장점이 있었다.

몬스터의 침공에서 빗겨간 남쪽 지방에선 이러한 원 스킬 특성 능력자들이 가장 먼저 두각을 드러냈다. 이는 불특정 다수에게 살상무기를 쥐어준 꼴이나 마찬가지.

그러나 아직까진 공권력이 잔존했다.

전방의 군부대가 전멸한 것과 달리 후방 부대들은 아직까지 건재한 상태였다. 기존 권력자들은 군 병력의 계엄통치하에 간신히 질서를 유지해 가고 있었다. 제 아무리 능력자라도 레벨링을 거듭하지 않는 이상 총탄 앞에 평범한 인간과 다를 바 없었다.

"하지만 남쪽 지방도 몇 년 내로 헌터들이 주도권을 갖게 될 거야. 몬스터들의 침공을 막아내면서 각성자들이 점차 성장해 갈 테니까. 그때가 되면 공권력도 더 이상 무용지물이지. 난세가 시작 된 달까?"

힘이 곧 권력이다.

국가권력이 쇠퇴하고 강력한 헌터가 세상을 지배하는 날이 머지않았다. 플라톤이 주창하던 철인(哲人)통치가 아닌, 초인통치의 시대가 도래 하는 것이다.

태랑이 아는 미래에서 헌터 클랜들이 모여 연합을 이루고, 연합은 또 다시 군주를 옹립했다.

그리고 벌어지는 각축전.

이른바 군웅할거의 시작이었다.

'하지만 난 그런 것엔 관심 없어. 군주니 뭐니 떠받들며 같은 인간끼리 패를 지어 싸워대는 건 공멸로 가는 지름길일 뿐이야. 커널을 막아내지 못하면 어차피 모두 죽게 될 거야.'

인간의 욕심은 끝이 없고, 같은 실수를 반복한다.

역사가 수없이 증명했지만 인류는 몬스터의 침공이란 전 지구적인 위기 속에서도 알량한 권력을 탐하며 으르렁 댔다. 힘을 모아 몬스터를 몰아내기도 시급한 상황에서 참으로 미련한 행동이 아닐 수 없었다.

그러나 그런 혼란의 와중에도 묵묵히 세상을 지켜낸 헌터들이 있었다. 태랑의 소설 속 주인공이 바로 그랬다. 그리고 이제 그 주인공은 바로 자신이었다.

태랑은 그것을 자신의 숙명이라 여겼다.

"이쯤인 것 같아."

태랑이 스마트폰을 보며 위치를 파악했다. GPS 신호만 가지고도 위치를 찾아주는 어플이 있다는 게 천만 다행이었다.

태랑 일행은 올라온 방법의 반대로 도심으로 내려갔다. 타고 내린 밧줄은 회수하지 않고 그대로 두었다. 복귀할 때 다시 이용할 계획이었다.

"이제부터 경계를 늦추지 마. 최대한 신중히 그리고 천천히 움직인다."

태랑은 해골병사 하나를 더 소환해 멀리 척후병으로 내세웠다. 소환수는 시야정보를 제공하진 않지만 공격을 받는 순간 즉각 알아챌 수 있다. 몬스터가 출현한다면 해골부터 공격할 것이다.

"좀비들이 언제 쯤 모습을 드러낼까?"

"데스랜드 오라의 영향을 받은 곳은 눈에 띄게 부식이 진행되어 있을 거야."

서초대로를 따라 강남역 쪽으로 걸음을 옮기자 길가의 가로수들이 고엽제를 맞은 것처럼 말라 죽어 있었다. 맨홀 뚜껑에선 썩은 내가 올라오고, 건물 외벽은 산성비라도 맞은 것처럼 페인트가 들떴다. 폐허로 변한 도시는 금방이라도 유령이 튀어나올 것 같았다.

"…슬슬 시작되겠는데."

그때 앞서 보낸 해골에게서 신호가 왔다. 포스로 연결된 소환수의 피해가 태랑에게 감지되었다.

"앞에 몬스터가 나타났다. 내 해골이 부셔졌어."

"얼른 가서 없애 버리자."

"아냐. 잠시 대기."

적의 숫자를 모르니 확인부터 해야 한다.

"슬아야. 건물 위로 올라가서 동태를 확인해봐."

"네."

슬아가 도약 스킬을 통해 3층 건물 옥상까지 차고 올라갔다. 그녀는 두 손으로 챙을 만든 뒤 멀리 해골을 둘러싼 좀비의 수를 헤아렸다. 곧 그녀가 지상으로 내려왔다.

"꽤 많아요. 못해도 100마리 쯤?"

"돌아서 갈까?"

"아냐. 그대로 두었다간 나중에 퇴로 확보가 어려워. 제거하고 간다."

"아따, 오랜만에 몸 좀 풀겠구만."

한모가 들뜬 표정으로 무기를 꺼내 들었다. 그의 양손에 철제 무진동 도끼 한 쌍이 들렸다. 앞엔 도끼날이, 뒤편은 해머처럼 뭉특한게 망치로도 사용할 수 있는 종류였다.

"무기 바꾸신 거예요?"

"아녀, 사슬낫허구 빠루도 챙겼제. 근디 여러 놈 줘 팰라믄 요거시 좋지 않겄냐."

유화 역시 인장에서 강철 건틀릿을 장착했다. 팡팡 두들기는 그녀의 주먹에 잔뜩 기합이 들어가 있었다.

"유화야, 좀비에게 물리지 않게 조심해."

"네, 오빠."

태랑의 걱정스런 말에 유화의 얼굴이 발그래졌다. 그녀는 극도의 근접전을 펼치는 스타일이라 다른 사람보다 위험에 노출될 가능성이 컸다.

태랑 또한 양날 창을 꼬나 쥔 체 스톤 골렘 두 마리를 소환했다. 거대한 스톤 골렘이 보디가드처럼 그의 좌우로 기립했다.

"해골은 안 써?"

"될 수 있는 대로 포스를 아껴야 할 것 같아. 어차피 좀비는 골렘들 만으로 충분할 거야."

대검을 입에 문 슬아가 두 손을 뒤로 돌려 머리를 포니테일로 묶었다. 솜털이 드러난 새하얀 목덜미에 자연스레 태랑의 시선이 머물렀다.

'이제 보니 슬아도 제법 여자 티가 나는구나. 하긴 스무 살이면 다 큰 거나 마찬가지지. 아참, 내가 지금 뭐하고 있는 거야?'

잠시 한눈 판 태랑이 곧 채비를 마친 일행들을 한데 모았다.

"좀비는 느리긴 해도 고통을 못 느껴. 급소가 없는 거나 마찬가지야. 칼로 찌르기보다 몽둥이 같은 둔기로 패는 편이 오히려 효과가 좋을 거야."

"그럼 슬아는 좀 불리하겠는데?"

군용 대검을 주 무기로 쓰는 슬아는 좀비와의 상성이 좋지 못했다. 그녀의 특성 역시 일대 다보다는 일대 일에 특화 되어 있었다.

"그럼 이렇게 하자. 스톤 골렘과 한모형, 유화가 전위를 맡아. 후방에선 은숙이랑 수현이가 지원 사격을 하고 슬아는 대열을 뚫고 두 사람에게 접근해 오는 놈들만 처리해 줘."

"네."

"오케이."

"태랑이 넌?"

"나도 이번에 앞에서 싸울 거야."

"아따 뭔 일이여?"

"오빠, 굳이 무리 안 해도 되는데…."

그는 최근 틈나는 대로 옥상에 나가 양날 창을 휘두르는 연습을 했다. 하지만 허공에 대고 백번 창질 하는 것보다 실제로 적과 싸워보는 것만큼 좋은 훈련은 없었다.

"저번에 폭룡 클랜 정령술사 죽은 거 봤지? 아무리 소환수가 강해도 소환자가 쓰러져 버리면 끝장이야. 나 역시 싸우는 법을 배워야해. 좀비들은 동작이 굼뜨니까 연습 상대로 괜찮을 거야."

태랑은 차량폭발에 휘말려 죽은 김도진을 보고 느낀 바가 컸다. 그가 쓰러지는 순간, 대지의 정령들 역시 허망하게 무너져 버렸다.

지금까진 비교적 하급 몬스터를 상대했으므로 스스로가 위기에 처하는 경우가 드물었다. 그러나 언젠간 자신을 직접 노리는 몬스터에도 대비해야 했다.

게다가 소환술만 가지곤 언젠가 한계에 봉착할 게 분명했다. 배울 수 있는 특성은 무궁무진 하다. 스스로를 소환사라는 틀에 가두고 싶은 생각은 전혀 없었다.

무기를 장착한 일행이 조심스럽게 앞으로 나아갔다.

얼마 안 있어 태랑의 해골병사를 무너뜨렸던 좀비 떼가 모습을 드러냈다. 놈들은 다리에 깁스라도 찬 것처럼 심하게 삐거덕거리며 다가왔다.

"크르륵…케륵….."

"커러러러러."

"시발, 이게 다 뭐여?"

"으윽 토할 것 같아."

좀비는 과거에 인간이었다곤 믿기지 않는 행색이었다.

퀭한 눈동자는 썩은 동태의 그것처럼 흐릿하고 초점이 없었다. 혈색을 잃은 피부는 어두운 코발트색을 띠고 있었고, 곪아 터진 상처에선 구더기가 쏟아져 나왔다. 하반신을 잃고 내장을 꼬리처럼 달고 기어오는 놈들도 있었으며, 부패가 심하게 진행되어 떨어져 나간 살점 사이로 갈비뼈가 드러난 놈들도 있었다.

성별도 나이도 각양각색. 남자도 있었고 여자도 있었다. 아이도 있었고 노인도 있었다. 경찰모를 쓴 남자, 정장을 입은 셀러리 맨, 편의점 조끼를 입은 여자 알바생 등… 좀비 바이러스는 만인에게 차별 없이 골고루 퍼져있었다.

"빌어먹을 괴물 자식… 사람들에게 대체 무슨 짓을 한 거야?"

좀비로 변한 시민들을 마주하자 좀비 프린스에 대한 분노가 더욱 끓어 올랐다. 사람들을 죽어서도 눈감지 못하고 배회하게 만들다니… 이제껏 만난 몬스터 중 최악이었다.

"수현아, 라이트닝 스피어!"

"네, 태랑이 형."

워낙에 숫자가 많은 탓에 자연스럽게 뭉쳐진 좀비 떼를 향해 수현의 번개창이 작렬했다.

콰지지지직—

체인으로 연결된 번개가 급속히 퍼져 나가며 최전방에 선 좀비들이 볼링 핀처럼 우르르 쓰러졌다. 뒤따르던 좀비들이 서로가 서로를 짓밟고 뒤엉키면서 순식간에 전열이 붕괴되었다.

돌격을 한다면 지금이 바로 적기.

그러나 태랑 일행은 쉽게 발을 떼지 못했다.

저들도 분명 사람 일 때가 있었을 것이다.

누군가의 소중한 자식이자, 남편이요, 아내였던 사람들… 비록 외형은 흉물스럽게 변했지만, 일말의 동정심이 태랑 일행을 주춤하게 만들었다.

결국 한모가 나섰다.

그는 피아가 분명한 타입. 어차피 좀비는 사람이 아니다. 사람의 탈을 쓴 괴물일 뿐. 그가 주저 없이 도끼를 내질렀다.

"문둥이 새끼들, 뒤졌으면 곱게 누워 있으랑께!"

한모의 도끼질에 좀비의 머리가 장작처럼 쪼개졌다. 머리가 좌우로 벌어진 좀비가 철퍼덕 바닥으로 쓰러진다.

이어 그가 도끼 춤을 추자 삽시간에 십 수개의 팔다리가 졸업식장 학사모처럼 날아올랐다. 좀비의 피가 끈적 하게 굳어있지 않았더라도 사방에 피분수가 쏟아졌을 것이다.

한모의 과감한 행동에 자극 받은 다른 일행들도 본격적인 좀비 소탕에 뛰어들었다.

유화가 마음을 굳게 먹고 주먹을 날렸다.

'그래, 어차피 이미 죽은 사람들이야… 차라리 숨통을 끊어주는 게 이들에겐 안식이겠지.'

좀비는 확실히 약했다.

아무리 고통을 느끼지 못하는 신체라지만, 유화의 강력한 펀치를 감당해 낼 재간이 없었다. 그녀의 주먹에 걸리는 족족 살이 짓이겨지고 뼈가 바스러졌다. 스킬을 사용할 필요도 없었다. 유화의 주먹은 그 자체가 살상무기였다.

스톤 골렘의 태클에 부딪힌 좀비 하나가 붕— 날아가더니 다른 좀비들과 한데 엉켜 나동그라졌다. 골렘의 돌진은 차로 들이받은 수준의 충격량을 전달했다. 거대한 발에 밟혀 부침개처럼 납작해진 좀비들은 두 번 다시 일어설 수 없었다.

태랑은 골렘을 좌우에 대동한 체 양날 창으로 좀비를 공격했다. 포스로 강화된 창질 한 번에 좀비의 목이 수수깡처럼 떨어져 나갔다. 과거라면 상상도 할 수 없는 절삭력이었다.

'포스의 위력이란 엄청나구나. 사람의 육신이 이토록 쉽게 잘려나가다니. 더 강해지면 강철도 썰어버리겠군.'

"매직 미사일!"

은숙은 후방에서 전열을 뚫고 들어오는 좀비들을 정밀 타격했다. 그녀의 매직 미사일에 얻어맞은 좀비 머리가 수박처럼 터져나갔다. 그러나 매직미사일 공격은 포스 소모가 크기 때문에 꼭 필요한 때가 아니면 슬아가 나섰다.

느린 좀비들은 기계체조로 단련된 그녀의 움직임을 도저히 따라갈 수 없었다. 앞에 서있는가 싶으면 순식간에 뒤로 돌아가 목을 도려내는 그녀의 솜씨는, 암살자의 클라스를 여지없이 보여줬다.

여러 사람의 활약으로 순식간에 백여 마리에 달하는 좀비무리가 격퇴되었다. 아직 꿈틀대는 놈들은 스톤 골렘이 지나가며 자근자근 다지는 것으로 마무리했다.

"후아─ 오랜만에 몸 좀 풀었더니 땀이 다나네….."

"확실히 A급 몬스터만 못하다. 느리고 약해."

"이 정도면 충분히 해 볼만 하겠는데요?"

"음… 스킬만 남발안하면 될 것 같아."

태랑은 그 어느 때보다 포스 관리에 신경 썼다. 운동장 절반도 안 되는 크기에 모여 있던 게 100마리다. 강남역 인근에 얼마나 많은 좀비들이 서성이고 있을지 상상 할 수 없었다.

'좀비의 무서운 점은 쪽수에 있어. 불필요한 싸움은 최대한 피하면서 최단 거리로 좀비 프린스를 찾아야 해.'

태랑 일행은 잠깐 휴식 후 진격을 시작했다.

좀비는 쉼 없이 등장했다. 골목 어귀마다 배회하던 좀비들이 쏟아져 나왔다.

놈들은 부패한 몸뚱이를 어기적거리며 맹목적으로 달려들었다. 죽음에 대한 공포가 없다는 것은 놈들이 가진 최대 무기였다. 옆에서 다른 좀비 몸뚱이가 쪼개지고 박살나도 기세가 꺾일 줄 몰랐다.

놈들에게 있어 살아있는 인간이란, 자신들의 정체성을 위협하는 존재. 오로지 생기를 잃은 자들이어야만 그들의 공격을 피할 수 있었다.

잦은 전투로 도끼날의 이가 빠질 지경이 되자 한모가 무기를 바꿔 찼다. 그는 커다란 사슬낫을 휘둘러 동시에 십수마리를 휩쓸었다. 사슬낫에 반 토막 난 좀비들은 기를 쓰고 두 팔로 기어왔다.

"오메 징한 놈들, 아조 끝도 없구만! 좀 뒤져라!"

"헉헉 아저씨, 설마 벌써 지친 건 아니죠?"

"아따 뭔 소리다냐. 아직까장 끄떡 없제. 너야 말로 숨 할딱대지 말고."

한모는 자신을 향해 기어오는 좀비의 머리통을 걷어 찬 뒤 에서 또 다시 달려드는 놈들을 향해 사슬낫을 던졌다. 그러나 이번엔 사슬낫이 좀비의 몸통에 깊게 박히며 바로 회수되지 않았다. 그 틈에 좀비들이 우르르 한모를 향해 달려들었다.

"둘러싸이면 안 돼요!"

태랑이 급히 소리쳤다. 한모는 대지 격동 스킬로 놈들을 기절 시킨 후 맹렬한 파동을 뼈의 장벽에 담았다. 적들을 넉백 시키는 특성이 발현되자 방패에 부딪히는 족족 좀비들이 뒤로 튕겨 나갔다.

"오메, 포스 딸려 죽겠는디."

좀비가 쉴 새 없이 달려드는 통에 다들 포스가 절반이하로 떨어졌다. 골렘을 유지하는 태랑 역시 포스의 소모가 극심했다.

'젠장. 이래가지곤 좀비 프린스를 만날 때 쯤 공격할 힘도 남아있지 않겠는데….'

태랑은 눈앞에 보이는 좀비를 모두 쓸어버린 후 잠시 일행을 불러 모았다.

"생각보다 좀비가 너무 많아. 오늘 내에 돌파는 무리야."

"그럼 어쩌지?"

"일단 안전한 곳에 물러서서 포스를 채워오자."

태랑은 더 이상의 진격을 포기하고 오라의 바깥 범위까지 후퇴했다. 오늘은 적 종심을 향한 교두보를 확보한 것에 만족하는 수밖에 없었다.

"다들 스텟창 확인해."

슬아가 왼쪽 귀를 만지면 스텟창을 켰다.

[성명 : 이슬아, 우(20)]

포스 : 16.12(45%)

쉴드 : 15.42(81%)

스킬 : (4/27Point)

'도약'(2Lv)

+포스의 5%를 사용해 한 순간에 높은 점프를 가능케 한
다.

+착지 시 중력에 대한 충격을 완화시킴.

+2연속 도약을 할 수 있음.

+다음 스킬레벨에 도달하면 3연속 도약을 할 수 있음.

+다음 스킬레벨에 도달하면 도약의 포스 소모가 20% 감
소.

특성 : 침묵의 암살자

-활성화시 상대의 쉴드를 무시하는 트루 데미지를 줌.
지속시간 5분, 재사용대기 1시간.

슬아가 스텟창을 확인하고 대답했다.

"전 45% 남았어요."

"나보다 낫네. 난 겨우 30%야."

"근데 쉴드는 왜 깎인 거지? 난 멀리 있어서 한대도 안 맞았는데?"

"데스랜드 오라에 저항하면서 쉴드가 손상을 입은 거야."

"와, 좀비 해치우느라 포스도 닳는데, 영역 안에만 있어도 쉴드가 깎인다고? 완전 최악인데."

에테르의 여유가 있었다면, 포스를 충전하면서 나아갈 수 있었을 것이다. 그러나 스톤 골렘을 만들고 남은 에테르는 모두 2개 뿐. 일행 전체를 회복시키기엔 어림없는 양이었다.

"이럴 때 홀리(Holy) 오라 스킬만 있었어도 좋았을 텐데…"

"홀리 오라? 그게 뭔데?"

"홀리 오라는 데스랜드 오라와 반대되는 특성을 가진 오라야. 산자의 생기를 회복시켜주지. 좀비는 그 안에서 맥을 못 추고."

"오, 그러니까 쉽게 말하면 슈퍼맨한테 크립토나이트 같은 거네?"

"무슨 나이트? 그건 누구 나와바리여?"

"아저씨, 그 나이트가 어떻게 그 나이트에요?"

"어쨌든 홀리 오라는 언데드 계열 몬스터가 아닌 이상 아무 쓸모없는 마법이기도 해. 우리에겐 지금 절실하지만."

"그나저나 포스를 회복하려면 반나절은 쉬어야 되잖아. 근데 내일이 된다고 한들 저 두터운 좀비벽을 돌파할 수 있을까?"

"…확실히 다른 방법을 찾아야 돼. 생각했던 것보다 너무 좀비가 많아."

태랑은 고민에 빠졌다.

"트럭으로 싹 밀어 버리는 건 어떨까?"

"좋은 생각이지만 도로가 엉망이라 차가 진입할 수가 없어요. 재수 없으면 트럭에 갇혀 험한 꼴 볼걸요?"

"어디 헬기라도 구해오면 좋겠구만…."

"얼씨구, 조종은 할 줄 알고?"

"구할 수 있어도 안 돼. 괜히 비행 몬스터를 끌어들이기 십상이야. 놈들은 날아가는 것만 보면 격추시키려고 달려드니까."

폐건물 2층에 자리 잡은 그들은 허기를 때우며 좀비 부대를 돌파할 아이디어를 냈다. 그러나 한참 갑론을박을 벌였지만 쓸 만한 아이디어가 나오지 않았다.

"조급해 말고 길게 보는 건 어떨까요? 좀비들이 무한정 나오진 않을 테니 차근차근 없애다 보면 언젠간 박멸되지 않겠어요?"

"준비한 식량은 이틀분이 전부야. 장기전은 무리라고."

"음식 문제는 아니지. 그건 어떻게든 조달 할 수 있어. 다만 시간을 오래 끌었다간 다른 몬스터들의 어그로를 끌지도 몰라."

"어그로라니?"

"좀비와의 싸움이 길어질수록 인근에 숨어있는 다른 몬스터들도 슬슬 눈치를 챌 거란 말이지. 보통 자기보다 상위 몬스터의 영역으론 잘 침범하지 않지만, 좀비 프린스보다 강한 놈이라면 얘기가 다르지."

"히엑. 좀비 프린스보다 더 세면 흑갑룡 같은 F급이잖아?"

몬스터들은 서로 싸우지 않는다.

생김새는 천차만별이지만 그들을 서로를 혈족으로 인식한다. 따라서 강력한 몬스터 하나가 자리를 잡게 되면 대체로 그 영역을 인정해주는 경향이 있었다.

"강남역 주변으로 교대, 양재, 역삼 등 많은 던전들이 존재해. 거기도 좀비프린스 못지않은 강력한 몬스터들이 자릴 잡고 있어. 만에 하나 불똥이 튀는 날엔 전혀 생각지도 못한 상대와 싸워야할지도 모른다는 소리야."

"하이고. 역시 쉬운 일이 없구나."

생각보다 좀비는 너무 많았고, 공략 시간은 한정되어 있었다. 대책을 찾지 못 하면 기지로 복귀하는 방법밖에 없었다. 태랑이 스마트 폰으로 곰곰이 지도를 들여다 보다 말했다.

"이런 건 어때?"

"뭔데? 좋은 생각났어?"

"오늘 싸워보니 좀비들이 서로 뭉치는 경향이 있잖아. 마치 바다 속 물고기들이 무리를 짓는 것처럼."

"죽고 나니 외롭나 보지."

은숙이 실없는 소릴 했다.

"오빠, 뭉치는 게 왜요?"

"내말은 놈들하고 싸워봐야 포스만 낭비되니까 차라리 싸워주지 말자는 거야."

"무슨 소린지 모르겠어요."

태랑은 구상한 것은 양동작전이었다. 한쪽에서 좀비들의 시선을 끄는 동안 일부가 적진의 심장부를 파고드는 것이다.

"일단 좀비들은 발이 느려. 작정하고 도망친다면 충분히 싸움을 피할 수 있을 거야. 싸우지 않고 계속 끌고 만 다니는 거지."

"한마디로 양떼몰이네?"

"그래. 뭉칠 수 있는 데까지 최대한 끌어 모아. 덩어리가 커질수록 더 많이 몰려 들 거야. 그렇게 방어진이 헐거워지면 습격조가 강남역으로 안으로 진입하는 거지."

"어떻게 팀을 나눌 건데?"

슬아는 이번 레이드의 핵심이다. 당장은 그녀만이 좀비 프린스에게 일격을 먹일 수 있다.

"슬아랑 내가 습격조를 맡을 게."

"둘만 가지고 되겠어?"

"좀비를 모는 쪽에 사람이 훨씬 필요할 거예요. 재수 없게 무리에 둘러싸이면 돌파를 해야 할지도 모르니까."

"그건 그렇지."

"수현의 체인 라이트닝은 다수의 좀비를 물리치는데 꼭 필요해. 돌파를 담당할 유화나 한모 형은 말할 것도 없지."

"나는?"

"은숙이 너는 만약의 경우를 대비해야지. 힐링이나 배리어 마법이 쓸데가 있을 거야."

태랑이 모든 소환수를 총동원하면 해골병사에서 골렘에 이르기까지 모두 15마리까지 소환 가능했다. 습격조가 둘뿐이라지만 실상은 몰이조보다 많은 셈이다.

"좀비 프린스만 해치우면 오라가 풀리면서 좀비들이 자연스레 소멸 될 거야. 다만 그때까지 버틸 수 있느냐가 관건이겠지."

"쉽지 않겠군요. 하지만 그 방법이 현재로선 제일 타당한 것 같아요."

"으, 만약에 우리 좀비 되면 태랑이 너 찾아서 물어 버릴 거야. 각오해."

"얼마든지."

"흥, 내가 어딜 물지 알고?"

태랑의 작전은 다음날 바로 펼쳐졌다.

어제 확보한 교두보에 다다른 태랑 일행은 조를 나누어 행동을 개시했다.

한모가 쇠파이프로 바닥을 요란스럽게 두들기며 걸어 나 갔다. 일부러 소음을 유발해 시선을 끄는 행동이었다.

"아야 느자구없는 새끼들아. 언능 안 뛰어 오냐?"

한모가 말을 마치기 무섭게 인근 골목길에서 좀비들이 어기적거리며 걸어 나왔다. 언제 봐도 끔찍한 푸르뎅뎅한 시체들은 먹잇감을 발견하고 질질 침을 흘렸다.

"워메 씨벌 것들, 밥맛 떨어지게 생겼네."

한모는 슬금슬금 물러서며 좀비들을 도발했다. 말귀를 알아 들을 리 없지만 그의 찰진 욕은 귀에 착착 감기며 좀 비들을 청각을 자극했다.

"끄어어어어!"

한모는 어제처럼 상대해 주지 않고 반대편으로 뛰었다. 맞은편에선 유화가 이끌고 온 무리가, 또 다른 한쪽에선 은숙과 수현이 몰고 온 좀비 떼가 사거리 중심에서 합류 했다.

"와따, 많이도 끌고 와브렀네."

"가보니까 200마리쯤 뭉쳐 있더라구요. 저도 모르게 번 개창 날릴 뻔 했어요."

"아저씨, 이제 어디로 가죠?"

"태랑이가 최대한 끌고 다니라 했응께 바깥쪽으로 빙빙 돌아야지. 각오들 해, 이제부터 마라톤 시작이여."

어느새 거대하게 뭉쳐진 좀비들의 숫자는 400마리에 이르렀다. 한모 패거리를 뒤따르는 좀비의 웨이브는 보기만 해도 기가 질렸다.

"지금이야. 강남역까지 무조건 뛰어!"

태랑과 슬아는 한모가 좀비 떼를 이끌고 반대편으로 사라지자 냅다 달리기 시작했다. 도로 위는 주인 없는 차량들과 쓰러진 전봇대, 교통 표지판 등으로 엉망이었다.

두 사람은 장애물 달리기를 하듯 자동차 본넷을 타고 넘고, 전봇대 밑으로 슬라이딩하며 빠르게 앞으로 치고 나갔다.

곳곳에서 무리에 휩쓸리지 않은 좀비들이 달려들었지만 무시하고 지나쳤다. 괜히 상대를 해줬다간 다른 좀비들을 불러들일 것이다. 그러면 애써 양동작전을 시행한 의미가 없었다.

숨이 턱에 차오를 즈음 두 사람은 겨우 강남역 입구에 다다를 수 있었다. 뒤에선 길을 잃은 좀비들이 몰려 왔다. 양 떼몰이에서 이탈한 낙오자들이었다.

"어쩌죠? 아직 꽤 많은데…."

"일일이 상대해줄 시간없어."

태랑은 급히 스톤 골렘 한 마리를 소환했다.

"좀비들이 진입하지 못하도록 입구를 틀어막아야 겠어. 얼마간은 버텨줄 수 있을 거야."

"역사 내부가 너무 어두워요."

"그건 걱정 마."

태랑이 수현에게 양도 받은 빛의 완드를 꺼냈다. 곧 어두운 역 내부가 환하게 밝혀졌다.

몰려드는 좀비들을 스톤 골렘에게 맡긴 체 두 사람은 강남역 안으로 발걸음을 옮겼다.

'시간을 끌면 바깥에 있는 몰이조가 위험해 질 거야. 더욱이 지상에 남은 좀비들도 계속 몰려올 거고. 지금부턴 무조건 속전속결이다.'

태랑은 있는 데로 소환수를 불러 들였다. 입구를 지키는 골렘을 제외하고 13마리에 달하는 다양한 병종의 해골들과 거대한 스톤 골렘 한 마리가 그들의 앞에 섰다. 충직한 부하들이 주인의 돌격 명령을 기다렸다.

"가자."

"네."

안으로 들어갈수록 좀비 프린스와의 거리가 가까워지는지 입술이 바짝 마르고 피부가 건조해 졌다. 생기를 흡수하는 강력한 디버프 오라가 쉴드를 뚫고 영향을 주고 있었다.

"역 내부에 있는 괴수는 정예병들이야. 조심해야 돼."

"저쪽에…."

뭔가를 발견한 듯 슬아가 앞을 가리켰다. 어둠속에서 시퍼런 불빛 두개가 번뜩이고 있었다.

불빛의 정체는 짐승의 눈동자였다. 가죽이 벗겨져 근조직이 적나라하게 노출된 커다란 들개는, 태랑을 발견하자 폭발적인 속도로 대쉬해 왔다. 느려터진 인간 좀비와는 비교할 수 없을만큼 날랜 동작이었다.

'좀비 들개!'

바이러스에 감염된 인간 좀비와는 달리, 좀비 프린스가 직접 소환한 강력한 몬스터였다.

태랑이 재빨리 해골공수를 동원해 뼈 화살을 날렸다. 4발의 화살이 일제히 쏘아지며 몸통에 적중했지만, 좀비 들개는 화살을 매달고 계속 달려들었다.

'고통을 전혀 느끼지 못하는 구나.'

화살 공격이 실패하자 태랑이 방패병으로 업그레이드 된 해골전사를 전면에 내세웠다. 한손에는 버클러를, 다른 한손에는 단창을 든 병사들이 스크럼을 짜고 벽을 쳤다.

무모하게 달려들던 좀비 들개는 결국 단창에 맞아 산적처럼 몸이 꿰뚫렸다. 그러나 놈은 온몸에 창을 맞고도 죽지 않고 사납게 짖어댔다. 태랑이 양날 창으로 목을 치자 겨우 푸덕거림을 멈췄다. 생명력 하나는 끝내 주는 놈이었다.

"이, 이게 뭐죠?"

"좀비 들개야. 좀비 프린스의 소환수로 인간 좀비에 비하면 훨씬 강력하지. 아마 몇 마리 더 있을 거야. 물리지 않게 조심해."

"네."

슬아가 태랑 곁에 바짝 붙었다. 큰 개만 봐도 겁을 먹는 슬아에게, 좀비 들개는 너무도 공포스러운 존재였다.

'얘도 은근 겁이 많네. 유화라면 발로 뻥 걷어 차버렸을 텐데….'

그러나 슬아는 팀의 핵심 전력 중 하나.

지금은 자신의 포텐을 모르지만, 앞으로 성장한다면 누구보다 강력한 공격수가 될 것이다. 남보다 뒤쳐진 그녀를 하루라도 빨리 성장시켜야 했다.

좀비 들개는 그 후로도 계속 나타났다. 태랑을 보고 미친 듯이 달려오는 모습이 흡사 광견병에라도 걸린 놈처럼 저돌적이었다.

마침 소환된 두 마리의 메이지 스켈레톤은 각기 빙결계와 전격계. 뼈 화살에 박히고, 창에 꿰뚫린 들개들은 서리 광선에 얼고, 전기화살을 얻어맞아 쓰러졌다. 1층의 소환수들을 모두 정리한 태랑은 좀비 프린스가 있을 2층으로 향했다.

"좀비 프린스의 내구력은 무지막지한 수준이야. 내 해골병사나 골렘만 가지곤 오래 버티지 못해. 결국 슬아 네가 결정타를 먹어야 해."

"제가 정말 놈을 해치울 수 있을까요?"

"스스로를 믿어. 네 특성은 누구보다 강해. 알았지?"

"네."

태랑의 말에 슬아가 용기를 냈다.

2층에 다다르자 데스랜드 오라의 영향이 더욱 강력해지며 두 사람의 쉴드가 눈에 띄게 깎여나갔다. 상대적으로 쉴드가 낮은 슬아가 태랑보다 훨씬 힘들어 했다. 한증막 안에 들어온 것처럼 그녀의 호흡이 거칠어졌다.

'젠장, E급 몬스터라 그런지 오라만으로 사람을 말려 죽이겠군. 대체 얼마나 강력한 거야.'

"슬아야, 조금만 참아."

"힘내 볼게요."

쿵—

그때 앞에서 묵직한 충격음이 들려왔다. 빛의 완드를 들어 밝히니 거대한 존재가 눈앞에 서있었다.

"저, 저게 좀비프린스?"

"아니야. 좀비 프린스는 인간형 몬스터야. 저렇게 크지 않아. 저건…."

거인의 몸체는 헝겊을 기운 것처럼 박음질 자국이 가득했다. 짜 맞춘 부위별로 피부색도 제각각인데다, 팔은 네 개나 달려있었다. 몸집 또한 어찌나 큰지 배 둘레를 재려면 세 사람을 둘러싸야 할 정도였다.

"…시체를 엮어 만든 괴물, 어보미야."

어보미는 쉽게 말하면 프랑켄슈타인이다. 수십마리의 좀비들을 해체하여 재조립한 생체괴물. 좀비 프린스가 부리는 최강의 몬스터였다. 거대한 어보미 뒤로 좀비 프린스가 우두커니 서있다. 짙은 회색의 피부색을 빼면 평범한 인간에 가까웠다.

놈이 해골들에 둘러싸인 태랑을 쳐다보며 묘한 표정을 짓고 있었다.

"이번엔 소환사끼리의 싸움인가. 어디 한번 해보자."

태랑이 리치킹의 분노와 광각의 심안을 동시에 발현했다.

특성 버프를 받은 해골병사의 동공이 진하게 타올랐다. 해골의 규모를 확인한 좀비 프린스는 숫자를 맞추려는지 다른 소환수를 불러들였다.

바닥에 검은 원이 생성되더니 앞서 등장했던 좀비 들개 는 물론, 거뭇거뭇한 인간형 괴수들이 모습을 드러냈다. 인 간형 괴수들은 분신을 시도한 자살자처럼 온몸이 불타고 있었다.

'제길, 불타는 좀비!'

불타는 좀비는 체내의 에너지를 연소시켜 끊임없이 타오 르는 특성이 있었다. 쉴드가 없는 상태에선 가까이 접근할 수도 없는 불꽃의 화신이었다.

그렇게 어보미 한마리와 불타는 좀비 셋, 좀비 들개 열 마리가 태랑의 소환수와 맞은편에 대치했다. 지하철 역사 내부가 한 순간에 빽빽이 들어찼다.

좀비프린스는 E급 몬스터답게 강력한 특성을 보유한데 다 스킬역시 여섯 가지가 넘었다.

시체를 좀비로 부활시키는 능력은 기본이고, 데스렌드 오라에 어보이네이션, 좀비 들개, 불타는 좀비 등 다양한 소환수를 부렸다. 게다가 물리방어력을 극단적으로 강화시키는 버프까지.

'과연 E급 몬스터… 하나같이 강력한 스킬들 뿐이야.'

이에 반해 태랑이 가진 스킬은 오로지 해골 소환 능력 하나.

그나마 특성 포식 능력조차 없었더라면 비벼댈 엄두도 못내는 수준이었다. 같은 소환사끼리의 싸움이었지만 격차가 너무 컸다.

왠지 자존심이 상한 태랑이 선언하듯 말했다.

"네놈이 가진 능력, 모조리 빼앗아 주지!"

소환수들이 장기판의 말처럼 서로 대치하는 가운데 중앙에 있던 어보미가 움직이기 시작했다. 돼지처럼 뚱뚱한 몸집의 어보미는 네 개나 달린 팔을 노처럼 휘저으며 달려들었다. 이에 태랑이 스톤 골렘으로 호응했다.

두 거인의 격돌을 기점으로 소환수들의 집단전이 막을 올렸다. 좀비 들개과 해골 전사들은 거대 괴물들 옆에서 전열을 나란히 했다.

좀비 들개의 숫자가 워낙 많았기에 해골전사 한 마리 당 두 마리를 상대해야 했다. 그러나 태랑이 리치킹의 분노로 소환수의 능력을 향상시켜 놓은 덕에 잠시나마 대등한 싸움이 가능했다.

좀비 들개 한마리가 달려들어 해골전사의 대퇴골을 깨물었다. 좀비 들개는 한번 문 상대를 절대 놓아 주지 않을

만큼 강력한 치악력을 자랑했다. 사람이었다면 물린 순간 허벅지가 걸레짝으로 변했을 것이다.

그러나 해골에겐 살점이 없었다. 뼈를 부러뜨리지 않는 이상에야 깨물기 공격은 무의미했다. 해골전사가 방패를 들어 머리통을 후려쳤다. 그러나 좀비 들개가 끝까지 떨어지지 않자 단창을 수직으로 세워 옆구리를 쑤셔버렸다.

푸욱-!

완전히 관통한 창끝이 좀비 들개의 내장을 끄집고 반대편으로 튀어 나왔다. 그러자 옆에 있던 다른 한 놈이 번쩍 몸을 날려 해골의 가슴팍에 부딪혀왔다. 소환수들은 서로 뒤엉켜 이전투구를 벌였다.

좀비 들개와 해골 전사의 싸움이 막간의 흥을 돋우기 위한 에피타이져였다면, 어보미와 스톤 골렘은 오늘의 메인 요리였다.

둘 다 신장이 2미터가 훨씬 넘어서는 거인들.

공간을 압도하는 두 거인의, 느리지만 묵직한 타격전이 벌어졌다. 주먹 한방 한방에 피륙이 찢어져 나가고, 돌 부스러기가 비산했다. 팔이 두개 더 많은 어보미가 공격의 주도권을 잡았지만, 강화된 스톤 골렘 역시 호락호락한 상대는 아니었다.

재수 없게 두 거인의 싸움에 휘말린 좀비 들개 한 마리가 골렘의 발에 짓밟혀 피떡으로 변했다. 어보니에게 붙들린 해골전사는 조립인형처럼 두 팔이 뽑혀나갔다.

숨 막히는 백병전이 전개되는 가운데 불타는 좀비 세 마리가 태랑을 노리고 우회해 들어왔다. 놈들은 처음부터 소환자를 노리는 특공대로 보였다.

그러나 광각의 심안으로 모든 소환수의 동선을 파악하고 있던 태랑은, 곧바로 해골궁수를 움직였다. 해골궁수를 전투에 투입하지 않고 대기시켰던 이유가 바로 이것이었다.

슈슈숙-

뼈 화살에 적중된 좀비들이 주룩 뒷걸음쳤다. 샷건에 비견되는 저지력. 리치킹의 분노로 인해 화살의 파워가 처음과 비교할 수 없이 배가되 있었다. 계속 화살이 날아들자 좀비 프린스가 급히 좀비들의 대형을 조정했다.

세 마리가 종대로 포개지며 선두에 선 좀비가 고기방패를 자처했다. 놈은 곧 고슴도치로 변해 쓰러졌지만, 뒤따르는 두 마린 희생을 바탕으로 상당히 접근할 수 있었다.

"이거나 먹어!"

거리가 좁혀지자 태랑이 기다렸다는 듯 메이지 스켈레톤을 움직였다.

빙결계 마법사로부터 서리광선이 뿜어져 나오며 불타는 좀비의 몸뚱이가 급속히 식어갔다. 수증기가 훅- 퍼져나가며 놈이 괴로움에 몸부림쳤다.

이제 남은 좀비는 단 하나. 태랑이 전격계 해골마법사를 조종해 번개의 화살을 날렸다.

그러나 놈은 라이트닝 볼트에 직격 당하고도 끄떡없었다.

애초 태랑의 해골 마법사들로 상급 좀비들에게 타격을 주기란 역부족. 다만 빙결계 마법은 화염 속성을 가진 좀비에게 극상성이라 통했지만, 낮은 수준의 전격계 마법으론 좀비의 항마력을 넘어설 수 없었던 것이다.

곧 불타는 좀비가 지척까지 달려들자 태랑이 뜨거운 열기에 자기도 모르게 고개를 돌렸다. 가까이 붙는 것만으로 쉴드가 녹아내릴 것 같았다.

"위험해요!"

그때 누군가 태랑을 부둥켜안고 바닥으로 뒹굴었다. 태랑이 영문도 모르고 쓰러지는데 갑자기 쾅-! 하는 폭발음이 나며 뜨거운 파편들이 비처럼 쏟아졌다.

파편의 정체는 불타는 좀비의 살점이었다. 그것은 입고 있던 옷을 태워버릴 정도로 강력한 열기를 담고 있었다. 그러나 쉴드의 방호효과로 큰 부상은 피할 수 있었다.

'아뿔싸! 불타는 좀비는 자폭공격을 하는 놈이었지!'

먼저 낌새를 챈 슬아가 구해주지 않았더라면 폭발에 휘말려 한순간에 치명상을 입을 뻔 했다.

"괜찮아요?"

"으응, 덕분에… 고마워. 순간 놈들의 능력을 떠올리지 못했어."

"그럼 좀… 비켜주세요. 무거워요."

슬아는 태랑을 껴안고 넘어지느라 바닥에 깔린 상태였다. 태랑은 그제야 등에 닿는 뭉클한 촉감의 의미를 깨달았다.

"아, 아! 실례!"

민망한 태랑이 곧바로 몸을 털고 일어났다. 목숨을 구원받은 것도 모자라, 민폐를 끼치다니… 창피한 일이 아닐 수 없었다.

정신을 차린 그는 다시 소환수의 컨트롤에 집중했다. 좀비 들개와 싸우는 해골전사들은 어찌어찌 백중세를 이루고 있었다.

그러나 어보미는 스톤 골렘을 인정사정 없이 몰아붙이는 중이었다. 좀비 프린스가 보유한 최강의 소환수다운 위력. 분명 티어 역시 스톤 골렘을 상회할 것이다.

자폭 공격이 무위로 돌아간 좀비 프린스가 곧바로 불타는 좀비 3마리를 더 소환해 냈다. 보유한 특성 덕에 소환수 리젠 쿨타임이 무척 빨랐다.

'이대로는 승산이 없어. 리치킹의 분노를 일으켰는데도 열세야. 특성 효과가 사라지고 나면 단번에 밀리고 말 거야.'

"슬아야! 지금부터 모든 원거리 공격을 본체에 집중시킬 거야. 그 틈에 어떻게든 놈을 노려!

"알겠어요!"

태랑은 새롭게 생성되는 불타는 좀비를 무시하고 해골 궁수와 메이지 스켈레톤의 타겟을 좀비 프린스로 수정했다. 어차피 자폭병 놈들 없애봐야, 또 다시 부활시키면 그만이다. 소모전을 치러서는 답이 없었다.

'어떻게든 슬아가 접근하도록 내가 시선을 끌어야 돼.'

그때 지하철 입구에 세워둔 스톤 골렘과 연결이 끊어졌다. 몰려드는 좀비를 막다 끝내 쓰러진 모양이었다.

입구까지 돌파 되었으니 조만간 앞뒤로 둘러싸일 상황. 그러나 태랑은 오히려 회심의 미소를 지었다.

'이건 차라리 기회다! 놈은 스톤 골렘이 한 마리 더 있다는 걸 아직 모르고 있어.'

태랑이 해골 궁수를 동원해 원거리 공격을 퍼부었다.

놈은 쏟아지는 화살비를 보면서도 피할 생각이 없어 보였다. 강력한 방어막을 지닌 좀비 프린스에게 뼈 화살 따윈 이쑤시개만도 못한 존재.

사거리가 짧은 얼음광선은 미처 거리가 닿지 않았고, 얼굴을 향해 날아드는 라이트닝 볼트 또한 태연한 표정으로 지켜볼 뿐이었다.

그 모습이 마치 마음껏 재롱 피워보라는 도발처럼 여겨졌다.

'건방진 놈 같으니, 반드시 후회하게 해주지.'

태랑이 불타는 좀비에게도 통하지 않던 라이트닝 볼트를 굳이 놈의 눈앞에서 터뜨린 건 다름이 아니었다. 번갯불의 섬광에 순간적으로 놈이 눈을 감는 순간, 좀비 프린스의 뒤에서 느닷없이 또 하나의 스톤 골렘이 튀어나왔다.

스톤 골렘은 곰처럼 좀비프린스를 얼싸안고 허리꺾기를 시도했다. 한껏 여유를 부리던 놈도 이번만큼은 당황하는 기색을 보였다. 그러나 얼마 지나지 않아 평정을 되찾았다.

스톤 골렘이 있는 힘을 다해 자신을 쥐어짰지만, 그저 백 허킹하는 느낌밖에 들지 않았던 탓이다. 실로 가공할 방어력이었다.

놈은 골렘의 방해를 무시한 채 불타는 좀비들을 태랑에게 돌진시켰다. 어차피 소환사만 잡고나면 모든 소환수가 힘을 잃는 다는 사실을 알고 있는 듯 했다.

그러나 태랑 곁에 있던 슬아가 아까부터 보이지 않는다는 점은 깨닫지 못하고 있었다.

'멍청한 놈, 미끼를 물었군!'

태랑 역시 좀비 프린스에게 소환수의 공격이 통할 것이라곤 기대하지 않았다. 이제까지의 모든 공격은 사실 슬아의 기습을 성공시키기 위한 눈속임일 뿐이었다.

검은 옷을 입은 슬아가 어둠 속에서 솟구쳤다.

"젠장! 이러다 진짜 뒈지는 거 아녀?"

"재수 없는 소리 말고 입구나 막아! 곧 부서지겠어!"

"수현아 번개창 다시 안 돼?"

"그러고 싶은데 지금 쿨타임 중이에요!"

"빌어먹을 태랑이 자식! 진짜 좀비로 변하면 가만 안둘 줄 알아!"

"언니! 오빠 쪽도 지금 최선을 다하고 있다구요!"

"말이 그렇다는 거지, 넌 이 지경에도 어쩜 태랑이 편을 드니!"

좀비 떼를 몰고 다니던 한모 일행은 끝내 포위되고 말았다.

최대한 시간을 끌며 도망 다녔지만, 사방에서 들이닥치는 좀비의 웨이브에 더 이상 물러설 공간이 없었다. 코너에 몰린 상태에서 그들은 급히 인근 건물로 대피했다.

철문을 틀어막고 버티는 것도 한계였다. 밀려드는 좀비의 무리가 워낙 많았다. 금방이라도 문짝이 떨어져 나갈 것처럼 덜컹거렸다.

"위로 도망칠까?"

"그래봐야 5층이 끝이에요."

쨍그랑—!

뒤편에서 유리창이 깨지는 소리가 들려왔다. 건물을 둘러싼 좀비들이 통유리를 몸으로 밀어뜨려 깨뜨린 것이었다.

"젠장 뚫렸다! 더 이상은 안되겠어! 다들 위로 올라가!"

"한모씨는 어떡하구!"

"내 걱정일랑 말고! 언능!"

유화가 앞장서며 수현과 은숙이 2층으로 가는 계단까지 물러섰다. 혼자 철문을 막고 있던 한모는 덜컹대는 철문에서 한발짝 물러섰다. 오른손엔 익숙한 무기인 빠루가 들려 있었다.

"드루와 이 잡것들아!"

쾅-!

끝내 경첩이 박살나며 철문이 앞으로 넘어갔다. 이어 엄청난 수의 좀비들이 물밀듯 밀고 들어왔다. 푸르뎅뎅한 시체들이 아귀처럼 입을 벌렸다. 좁은 입구에 몰려든 놈들은 군체를 이룬 것처럼 덩어리져 있었다.

한모는 장판파의 장비처럼 홀로 입구에 버티고 섰다.

"요, 잡놈의 새끼들! 내 뒤로 한 발자국도 못 갈 줄 알아!"

"한모씨! 그만하고 올라와!"

"아저씨 어서요!"

"가만있어봐! 으라차!"

적절한 타이밍을 잡던 한모가 대지격동을 시전했다. 순식간에 앞줄의 놈들이 기절하며 입구에 병목현상이 일어났다. 그제야 한모가 등을 돌렸다.

"아직이냐, 수현!"

"거의 다 됐어요! 조금만 더!"

"젠장, 매직 미사일!"

은숙이 기절한 좀비 틈으로 비집고 들어오는 놈들에게 매직미사일을 날렸다. 머리통이 터져나가며 쓰러진 좀비가 다시 입구에 포개어 졌다. 놈들은 넘어진 같은 편을 무자비하게 짓밟으며 끊임없이 진입을 시도했다.

"이제 됐어요!"

수현의 손에서 벼루어진 번개창이 하얀 섬광을 번뜩였다. 그의 라이트닝 스피어가 입구에 뒤엉킨 좀비를 향해 날아갔다.

꽈지지지지직-!

엄청난 밀도로 뭉쳐진 좀비들은 수현의 번개창에 한순간에 전기통구이가 되었다. 더미처럼 쌓인 시체들로 순식간에 입구가 틀어 막혔다.

"나이쓰!"

"얼른 위로 올라가! 시간을 조금 벌었을 뿐이야! 다시 뚫릴 거야!"

유화가 후미를 맡으며 창문을 깨고 넘어온 좀비들에게 칠보장을 난사했다. 그녀의 장법에 얻어맞은 좀비들이 퍽퍽 터져나갔다. 2층으로 향하는 계단은 좀비들의 진득한 피로 얼룩졌다.

"젠장! 진짜 끝도 없이 몰려드네!"

"얼추 천 마리는 넘을 거야! 그보다 많을지도 모르고!"

"어떻게든 막아야 돼! 계단에서 시간을 벌지 못하면 결국엔 옥상에서 뛰어내리는 수밖에 없어!"

"건물 밖에도 좀비들이 잔뜩인데 뛰어봐야 별 수 있을까요?"

"니미럴, 이래 죽으나 저래 죽으나!"

결국 한모 일행은 후퇴를 거듭하다 끝내 옥상 입구까지 내몰리게 되었다. 다들 체력은 떨어지고 포스가 바닥을 드러냈다.

이제는 더 이상 물러설 곳도 없었다.

난간에 서서 아래를 내려보니, 좀비 떼가 인산인해를 이루었다. 너무 많아서 그 끝도 보이질 않았다.

"으아! 피라냐 같은 놈들, 저기 떨어지면 뼈도 못 추리겠지?"

"그럼 좀비가 아니라 스켈레톤 되는겨?"

"지금 상황에 농담이 나와?"

"헉헉-, 태랑이형 설마 실패한 건 아니겠죠?"

"재수 없는 소리마! 오빠가 그럴 리가 없어!"

"성공하든 실패하든 당장 죽게 생겼구만 그게 다 무슨 소용이야? 이젠 끝이야. 포스가 바닥이라고!"

"아오! 여기서 죽는 건가!"

옥상 철문마저 부셔지며 마침내 최종 방어선이 돌파되었다. 악다구니 같은 좀비 떼가 물 만난 고기처럼 밀려들어왔다. 바짝 독이 오른 표정이, 철근이라도 씹어 먹을 기세였다.

스킬은 대부분 쿨타임이었고, 그게 아니더라도 포스가 떨어져 쓸 수 있는 기술도 거의 없었다.

맨몸으로 싸울 수도 있지만, 기술을 발휘하지 않는 이상 한계가 뚜렷했다. 특히 은숙이나 수현은 포스 없이는 평범한 일반인만 못했다.

"죽을 때 죽더라도 마지막 한 놈까지 데려가주마!"

한모가 빠루를 거머쥐고 앞에 나섰다. 포스는 마지막 대지격동을 날린 순간 이미 바닥났다. 이제는 맨땅에 해딩이었다.

"혼자 멋있는 척 하지 마요, 아저씨."

유화가 한모와 어깨를 나란히 했다.

두 사람이라면 포스가 없더라도 얼마간 버틸 수 있을 것이다. 그러나 다구리엔 장사 없는 법.

결국 마지막은 정해져 있었다.

수현은 태랑이 지금이라도 제발 좀비 프린스의 멱을 따주길 소망했다.

스톤 골렘에게 붙들려 있던 좀비 프린스는 옴짝달싹 못하고 그대로 슬아의 공격에 노출되었다.

좍학-

슬아의 군용대검이 좀비 프린스의 목젖을 가른다.

베일리 없다고 생각했다.

그의 몸엔 물리타격을 80% 이상 점감 받는 최강의 항마법이 걸려있었다. 아마도 단검이 부러지던지, 손목이 나가던지 둘 중 하날 테다.

그러나 좀비프린스의 시선은 의도치 않게 천장으로 향하고 있었다.

처음엔 이해할 수 없었다. 왜 고개를 들지도 않았는데 위를 바라보는 것일까?

그러다 잠시 뒤 깨달았다.

목이 절반 이상 잘려 고개가 들리게 되었음을.

"끄어—!"

신음조차 제대로 나오지 않았다. 기도로 공기가 흡입되지 못한 탓이다. 살점이 아직 남아 목과 몸뚱이 사이를 연결하고 있었지만, 이미 좀비 프린스의 머리는 마개달린 뚜껑처럼 완전히 젖혀진 상태였다.

믿을 수 없었다. 고작 평범한 단검에 목이 잘리다니.

푸화화확—!

잘려진 목구멍 사이로 피분수가 용암처럼 분출했다.

슬아가 재빨리 뒤로 물러섰다. 불결한 좀비 프린스의 피가 바닥에 커다란 얼룩을 남겼다.

좀비프린스는 육신의 단단함을 지나치게 과신했다. 태랑의 공격이 무위에 그치는 것을 보고, 이들이 자신에게 해를 끼칠 방법 따윈 없다고 생각했다.

방심하지 않았다면 충분히 대비할 수 있는 공격이었음에도, 그는 무시로 일관했다.

그러나 끝내 목이 잘려 쓰러진 건 자신이었다.

소환자가 죽자 태랑에게 달려오던 불타는 좀비들도 급격하게 허물어졌다. 보이지 않는 에스컬레이터를 타고 내려가는 것처럼 몸체가 지면으로 가라앉더니 바닥에 그을음만 남긴 채 불꽃으로 변했다.

좀비 들개와 어보미 역시 마찬가지.

혼이 빠져나간 것처럼 괴물들이 철퍼덕 쓰러지더니, 육신이 눈 녹듯 녹아내렸다. 시체를 조립해 만든 어보미는 마법이 풀리면서 팽팽하게 부풀었던 몸체가 풍선 빠지듯 쪼그라들었다. 그 자리엔 인피(人皮)를 엮어 만든 커다란 거죽만이 덩그라니 남았다.

"쓰러뜨렸다!"

태랑은 믿기지 않는 승리에 손을 들어 포효했다. 곧 어마어마한 양의 차크라가 몸속으로 흡수 되었다. 스킬 차크라도 포함이었다.

이어 좀비 프린스가 죽은 자리로 아티펙트가 쏟아졌다. 상급 몬스터다 보니 3개가 넘었다. 종류도 제각각. 가죽 재질의 갑옷, 어깨 방어구, 그리고 한권의 낡은 책이었다.

"책이라고? 설마!"

아이템 중 그가 아는 책은 하나 뿐이었다.

"이게 뭐죠? 뜬금없이 책이라니…."

"스킬 북이야!"

그것은 상급 몬스터에게 드랍 된다는 스킬북이었다.

태랑이 황급히 아이템들을 감식했다.

[좀비 조련사] 4등급 스킬북
-스킬북 소모시 다음의 3가지 스킬을 배울 수 있음.

+좀비 들개(1Lv)

좀비 들개 3마리를 소환할 수 있음.

+불타는 좀비(1Lv)

불타는 좀비 1마리를 소환할 수 있음.

+좀비 부활(1Lv)

죽은 몬스터를 부활시켜 사역하게 함. 영속적이지 않음.

"와! 한번에 3가지 스킬이나?"

함께 감식한 슬아 역시 놀라움을 금치 못했다. 이제껏 스킬은 순전 운으로 얻는 것이라 믿었던 그녀였기에 스킬북의 존재는 엄청난 충격이었다.

특정 몬스터를 해치웠을 때 어떤 스킬북을 얻는지 안다면, 완벽한 스킬트리를 짜는 것도 가능했기 때문이다.

태랑 역시 처음 등장한 스킬북에 놀랐지만, 그녀만큼은 아니었다. 다만 E급 몬스터에게서 스킬북이 떨어진 게 조금은 의외였다.

아티펙트 드랍률과 마찬가지로 스킬북이 떨어질 확률은 극도로 낮았다. 상위등급인 F급이라 해도 겨우 20% 정도. 이번에 스킬북이 드랍된 것은 천운이라고 부를 만한 것이었다.

처음에 놈의 능력을 빼앗겠다고 선언한 게 현실이 되어버린 셈이었다.

물론 4등급 좀비 조련사 스킬북만으로 모든 좀비 관련

스킬을 배울 수 있는 건 아니지만, 당장 스킬이 하나밖에 없던 태랑에겐 폭랩이나 마찬가지였다.

태랑은 이어 나머지 두개의 아티펙트도 차례로 감식했다.

[불굴의 완갑] 4등급 아티펙트

-단단해 보이는 청동재질의 완갑.

+물리 계열 공격에 30% 점감효과.

+쉴드 15% 상승효과.

+혼란 중에도 평정심을 빠르게 회복함.

+ '해제/장착' 명령으로 인장에 소지할 수 있음.

[좀비 조련사의 상의] 3등급 아티펙트

-좀비 조련사가 평소 즐겨 입던 옷.

+좀비 계열 소환수의 공격속도 20% 증가.

+쉴드 12% 상승효과.

+이 옷을 입고 있으면 좀비 바이러스에 면역됩니다.

아티펙트 하나하나가 대박이었다. 태랑은 모두 갖고 싶은 욕심이 났지만 이내 생각을 고쳐먹었다.

'스킬북과 좀비 조련사 갑옷은 세트나 마찬가지. 이건 내가 갖더라도 제일 수고한건 슬아니까 완갑을 양보하자.'

태랑이 완갑을 슬아에게 건내자 그녀가 무척 고마워했다.

"이렇게 귀한 걸 제가 받아도 될지…"

"아니야. 이건 정당한 너의 몫이야. 남들보다 스탯도 떨어지니 템빨이라도 받아야지. 사양 안해도 돼."

"고맙습니다. 마스터."

"그리고 그런 딱딱한 호칭은 안 써도 돼. 참 스킬 포인트도 차지 않았어?"

"네, 확인 했는데 새 스킬을 배울지, 지금 있는 도약스킬을 강화할지 선택해야 할 것 같아요."

태랑이 판단할 때 이미 2레벨까지 올린 도약을 또다시 올리는 것은 의미가 없었다. 2연속 점프나, 3연속 점프나 전투효율적인 측면에선 큰 차이가 없기 때문이다.

"새로운 스킬 배워봐."

태랑이 기억하는 그녀는 엄청나게 강했다. 꿈속에서 강력한 전사이던 주인공을 궁지로 내몰았다. 분명 도약 스킬 말고도 다른 좋은 스킬들을 가지고 있을 것이다. 슬아는 태랑의 말에 따라 새로운 스킬을 선택했다. 잠시 후 그녀가 말했다.

"설명을 봐도 잘 모르겠는데… 마스터가 한번 봐주실래요?"

"그래?"

태랑이 가까이 다가가 슬아의 귀를 매만졌다. 흠칫 몸을 떨며 고개를 숙이는 슬아를 보자, 아무 생각 없던 태랑마저 기분이 이상해졌다.

'둘만 있는데 이러니까 좀 모양새가…'

가속(1Lv) (55/81)

−순간적으로 신체의 반응속도를 극한으로 끌어 올린다. 단 무리한 가속은 어지럼증을 동반한다.

+이동거리에 비례해 포스가 소모됨.

+다음 스킬 레벨에 도달하면 포스 소모도가 10% 줄어 듦.

"굉장히 좋은 스킬이야."

"그래요? 헤이스트 마법과 비슷한 거 아닌가요?"

"활용도 면에선 훨씬 뛰어나지. 근거리선 블링크에 필적 할 정도로 빠르거든. 물론 본인밖에 쓸 수 없다는 단점도 있지만, 네 특성과 결합한다면 엄청난 시너지를 발휘할 수 있을 거야."

"아… 그렇군요. 근데 이제 그만 떼도 될 것 같은데…."

태랑은 자기도 모르게 흥분한 나머지 계속 슬아의 뺨에 손을 대고 있었다. 그가 화들짝 놀라 손을 뗐다.

"아, 미안… 고의가 아니었어."

"아닙니다. 마스터."

"그렇게 부르지 말래두."

"전 이게 편합니다."

왠지 거리감을 두는 슬아에게 태랑은 섭섭한 마음이 들 었다. 그러나 그녀의 성격으로 보아, 이것도 분명 애 쓰는 것이라 생각했다.

이제 태랑은 자신의 스킬을 고를 차례였다.

E급 몬스터 좀비 프린스가 엄청난 스킬 포인트를 주었기 때문에 태랑 역시 오랜만에 스킬 포인트를 찍을 수 있었다.

'레이즈 스켈레톤 4레벨이 뭐였더라…'

태랑이 스탯창의 상세 설명을 확인하니 다음과 같은 설명이 나왔다.

−다음 스킬레벨에 도달하면 동시에 21마리의 해골을 소환할 수 있음.

−다음 스킬레벨에 도달하면 광전사 스켈레톤이 등장함.

스켈레톤의 머릿수는 1Lv에 3마리, 2Lv 6마리, 3Lv에 12마리였다. 그리고 4Lv에 도달하면 21마리. 규칙을 찾아보니 레벨이 증가할수록 +3, +6, +9의 패턴이었다.

만일 5레벨을 찍는다면 12마리가 증가하며 33마리에 다다를 것이다. 기하급수까진 아니지만, 레벨이 오르면서 증가폭도 덩달아 상승하므로 상당한 메리트가 있었다.

게다가 4레벨에 등장하는 '광전사 스켈레톤'은 일반 스켈레톤 병사에 비해 세배 이상 강력하다. 쌍도끼를 들고 적진에 난입해 무자비하게 적을 도륙해 낸다. 문자 그대로 전투에 미친 병사였다.

그러나 이전까지 별다른 고민 없이 레이즈 스켈레톤 스킬레벨을 올리던 태랑이었지만, 이번에는 좀 더 신중을 기했다.

'다음번 스킬포인트 요구치는 243 맥시멈이야. 그 말은 좀비 프린스 같은 E급 몬스터를 4마리 이상 잡고나야 올릴 수 있다는 소리지.'

요구치라는 개념 덕에 처음 1, 2레벨은 올리기 쉽지만 점점 더 스킬레벨을 올리기 어려워 진다. 다음 스킬레벨을 올리기 위해선 아마 오랜 시간이 필요할 것이다.

'문제는 그때까지 소환술만 가지고 버틸 수 있느 냔데….'

태랑은 고민은 바로 그 점에 있었다. 이번에 얻은 좀비 조련사 스킬북 덕에 이미 소환술은 차고 넘쳤다.

해골병사 12마리, 좀비 들개 3마리, 스톤 골렘, 불타는 좀비… 죽은 몬스터를 좀비로 부활시키는 스킬까지 포함한다면 거의 스무 마리를 넘는 숫자였다. 게다가 소환의 가락지 효과로 모든 소환수에게 +1이 더해진다.

'반 장난으로 조폭 네크로라 했는데 진짜로 그렇게 되버렸구나.'

또 다른 문제도 있었다.

이번 좀비 프린스의 경우처럼 소환 계열 마법사들에겐 치명적인 약점이 존재한다. 적이 본체를 직접 노리고 들어올 경우 한 순간에 무너질 수 있다는 점이다.

소환수가 제아무리 강력하다 한들 결국 장기판 말 신세.

왕이 죽고 나면 게임은 끝장난다.

'그래. 유화나 슬아를 보면 꿈속에서처럼 본인들에게 딱 어울리는 스킬을 얻었어. 나 역시 꿈속에선 강력한 마검사였지. 단지 순서상 처음 얻은 스킬이 소환술이었을 뿐이야. 한번 도전해 보자.'

태랑은 고민 끝에 새로운 스킬을 선택하기로 했다. 4레벨의 레이즈 스켈레톤을 포기하고, 미지의 스킬에 도박을 걸어본 것이었다.

스텟창에 곧 새로운 스킬 정보가 떴다.

'불카토스의 화신' (1Lv) (7/243 Point)

+가장 위대한 전사, 백병전의 황제라 불린 불카토스의 무기술을 사용할 수 있게 함.

+불카토스의 아티펙트를 사용할 시 공격력 500% 증가.

+불카토스의 창술을 사용할 수 있음.

+다음 스킬레벨에 도달하면 불카토스의 궁술을 사용할 수 있음.

'대박! 이정도면 거의 에픽에 가까운 스킬이잖아?'

에픽 레벨 스킬은 오로지 스킬북을 통해 얻을 수 있다는 최상급의 스킬을 일컫는다. 블리자드나 메테오같은 최강급 스킬들이다.

비록 불카토스의 아티펙트를 구해 사용할 때 최강의 위력을 발휘한다는 제약이 존재했지만, 무기술에 일절 조예가 없는 태랑에게는 가장 알맞는 스킬이었다.

상세 설명을 읽어보니 레벨 상승에 따라 궁술이나 검술 등도 익힐 수 있는 웨폰 마스터리 계열.

마스터리 스킬의 경우 특정 기술을 발휘하는 종류와 달리, 즉효성은 떨어져도 숙련도에 따라서 다양한 응용이 가능한 장점이 있었다.

"잘 나왔나요?"

"직접 볼래?"

태랑이 흥분한 나머지 슬아의 손을 잡아당겨 자신의 귀에 철썩 붙였다.

[성명 : 김태랑, ♂(27)]

포스 : 29.43(12%) {소환의 가락지-소환수 개체 +1}

쉴드 : 28.86(24%)

스킬 : (7/243 Point)

'레이즈 스켈레톤' (3Lv)

+포스의 30%를 사용해 동시에 12마리의 해골을 소환해 둘 수 있음.

+전사, 궁수, 마법사의 비율은 3:2:1을 따름.

+메이지 스켈레톤은 랜덤으로 소환됨.

-다음 스킬레벨에 도달하면 동시에 21마리의 해골을 소환할 수 있음.

-다음 스킬레벨에 도달하면 광전사 스켈레톤이 등장함.

'불카토스의 화신' (1Lv)

+가장 위대한 전사, 백병전의 황제라 불린 불카토스의 무기술을 사용할 수 있게 함.

+불카토스의 아티펙트를 사용할 시 공격력 500% 증가.

+1Lv 랜스 마스터(숙련도 : 0%)

−다음 스킬레벨에 도달하면 불카토스의 궁술을 사용할 수 있음.

'좀비 들개' (1Lv)

+포스의 10%를 소모하여 좀비 들개를 3마리까지 소환할 수 있음.

+좀비 들개는 '추적자의 본능' 고유 특성을 가지고 있음.

+ '추적자의 본능' −목표로 한 대상을 끝까지 추적함.

−다음 스킬레벨에 도달하면 좀비 들개의 소환 숫자가 6마리까지 늘어남.

−다음 스킬레벨에 도달하면 좀비 들개의 민첩성과 내구도가 10% 상승함.

'불타는 좀비' (1Lv)

+포스의 15% 소모하여 불타는 좀비 1마리를 소환할 수 있음.

+불타는 좀비는 '불의 고리' 고유 특성을 가지고 있음.

+ '불의 고리' –불꽃에 닿으면 공격력의 200% 데미지를 줌.

+불타는 좀비는 목표된 대상에게 자폭하여 공격력의 1000% 데미지를 유발함.

–다음 스킬레벨에 도달하면 불타는 좀비의 소환 숫자가 2마리까지 늘어남.

–다음 스킬레벨에 도달하면 불타는 좀비의 이동속도가 10% 상승함.

'좀비 부활' (1Lv)

+포스의 10%를 소모하여 죽은 몬스터를 부활시킴.

+부활한 몬스터는 부여된 포스가 소모될 때 까지 유지됨.

+부활한 몬스터는 생전의 능력을 고스란히 발휘할 수 있음.

+부활시키는 대상이 시전자의 포스와 쉴드를 능가할 경우 부활되지 않음.

–다음 스킬레벨에 도달하면 몬스터의 부활시간이 20% 늘어남.

특성 : 특성 포식자

–죽인 몬스터의 특성을 강탈함.

–획득 특성(4)

+리치킹의 분노 : 일시적으로 소환수들의 공격속도와 체력을 두 배로 올려줌. 지속시간 10분, 재사용대기 10시간.

+광각의 심안 : 활성화시 시전자의 시야를 270도까지 확장함. 공간지각과 인식능력을 상승시킴.

+독발 : 중독 계열의 스킬 적중 시 중독된 개체가 지속적인 독무를 일으켜 독을 전이함.

+성급한 부활 : 소환 계열 마법사용 시 재사용대기시간과 포스 소모량을 절반으로 줄여 줌.

슬아는 길게 펼쳐지는 태랑의 스텟창을 보고 눈이 휘둥그레 졌다. 스킬은 모두 5개, 특성 또한 4개가 넘었다.

현재 레이드 게시판에서 잘나간다고 으스대는 헌터들이 아직스킬수가 3개도 못 넘는 걸 감안한다면 비교도 안 되는 수준이었다. 게다가 오로지 하나밖에 가질 수 없다는 특성을 4개씩이나 갖고 있다니….

"마스터, 정말 대단해요!"

"아냐. 이번에 운이 좋아서 스킬 개수가 늘어난 것뿐이야. 원래 하나밖에 없었어."

"그래두요. 그 하나도 무려 3Lv짜리 스킬이잖아요."

"하하. 그런가? 참! 우리 이럴 데가 아니다. 얼른 밖에 나가서 다른 일행들 찾아봐야지."

"네."

태랑은 소환수를 거둬들이고 지하철역 밖으로 발걸음을

옮겼다. 뒤따르는 슬아가 태랑의 귀를 만졌던 손을 물끄러미 바라보았다. 지난번 사건이후 남자랑은 말도 섞지 않겠다는 그녀였는데 태랑과의 스킨쉽은 이상하게 거부감이 들지 않았다.

슬아는 앞서 가는 태랑의 뒷모습에서 한동안 눈을 때지 못했다.

한모 일행이 있는 곳을 찾기란 어렵지 않았다.

지하철에서 나오자 멀지 않는 곳에 많은 시체들이 쓰러져 있었다. 데스랜드 오라가 풀리면서 힘을 잃은 좀비들이었다.

"저 건물이 틀림없어."

"세상에, 죽은 사람들이 저렇게나…."

"안타깝지만 어쩔 수 없어. 어차피 한번 죽었던 사람들이야. 이제라도 영면하길 기도해야지."

태랑과 슬아는 무수한 시체의 산을 넘어 건물 안으로 진입했다. 입구 부근으로 특히 훼손당한 좀비들이 많이 보였다. 한모 일행이 좀비와 싸우면서 남긴 흔적이었다.

'생각보다 치열했구나. 최대한 서두른다 했는데도….'

태랑의 발걸음이 빨라졌다. 좀비 프린스를 쓰러뜨리기 전에 일행이 당했으면 큰일이었다.

"다들 무사해야 할 텐데요."

슬아가 걱정스럽게 말했다.

"호락호락 당할 사람들이 아니야."

"쓰러진 좀비들을 봐선 옥상 쪽으로 피신한 것 같아요."

"빨리 올라가 보자."

계단을 따라 오르자 위에서 사람 목소리가 들려왔다. 죽은 좀비가 말을 할 리 없으니 일행이 틀림없었다.

'다행이다. 아직 살아 있어!'

태랑은 늦지 않았다는 사실에 안도하며 옥상입구로 들어갔다. 멀찌감치 모여 있는 일행들이 보였다.

"다들 무사했구나! 슬아가 놈을 해치웠어, 아티펙트에 스킬북까지…."

"오빠! 큰일 났어요!"

태랑을 발견한 유화가 급히 뛰어왔다.

"한모 아저씨가, 아저씨가!"

"무슨 일이야? 침착하게 말해봐."

"아저씨가 수현이를 구하려다 좀비에 물렸어요!"

"뭐라고!"

태랑은 급히 한모가 있는 곳으로 움직였다.

난간에 등을 대고 기절한 한모와 그를 걱정스럽게 바라보는 은숙, 안절부절 못하고 발을 동동 굴리는 수현이 보였다.

"태랑이 형!"

"이게 어찌 된 일이야?"

"죄송해요, 저 때문에 한모 형님이…."

수현이 울먹거렸다.

옥상까지 내몰린 한모 일행은 최후의 순간까지 저항했다.

사방에서 난전이 벌어진 가운데, 수현 앞으로 좀비 한마리가 다가왔다. 좀비는 초등학생 정도로 보이는 여자애였다.

수현은 쇠파이프를 들고 있었지만, 아이의 얼굴을 보는 순간 도저히 공격할 수 없었다. 결국 우물쭈물하는 사이 좀비가 덮쳤다. 발이 엉켜 넘어지면서 좀비로 변한 여자애가 수현의 배위에 올라탔다.

굶주린 짐승처럼 목을 물어뜯으려는 여자애를 한모가 득달처럼 달려와 떼어냈다. 그러나 그 순간 뒤에서 다가온 좀비가 한모의 왼팔을 깨물었다.

"…그때 갑자기 좀비들이 쓰러졌어요."

하필 슬아가 좀비 프린스의 멱을 따기 바로 직전, 좀비에 물리고 만 것이다.

태랑은 급히 한모의 안위를 살폈다.

"물린 부위가 어디라고?"

"왼쪽 팔."

한모의 왼 손목에 이빨자국이 선명히 남아 있었다. 물린 부위를 중심으로 왼 팔목 전체가 시퍼렇게 변색된 상태였다.

'물린지 그리 오래 되지는 않았구나.'

"한모씨 이제 어떻게 되는 거야? 정말 좀비로 변하는 건 아니지?"

은숙이 노심초사하며 물었다.

"너무 걱정마. 데스랜드 오라가 사라진 이상 절대 그럴 일 없어."

"그러면? 대체 왜 정신을 못 차리는 건데?"

"다만 좀비 바이러스는 그 자체만으로 인간에게 치명적이야. 끊임없이 수마(睡魔)가 몰려오고, 물린 부위를 시작으로 괴사가 진행 될 거야."

"세상에 괴사라니? 힐링 마법으로 치료할 순 없는 거야?"

은숙이 근심어린 마음에 눈썹을 파르르 떨었다.

"힐링 마법 가지곤 안 돼. 2레벨 이상의 큐어 마법은 되어야 해독이 가능해."

그 무렵 한모가 겨우 의식을 차렸다. 밀려오는 졸음을 초인적인 의지로 이겨내는 중이었다.

"어…태랑이 왔냐잉…."

"형님, 정신이 좀 드세요?"

"…으따… 졸려 죽겠다야. 니미럴…."

"어떻게든 치료해 드릴게요. 조금만 참으세요."

"…아야. 혹시라도 나가 좀비로 변해블믄…."

"그럴 일 없어요, 형님!"

"…은숙이 좀 부탁한다잉…"

"오빠! 무슨 소리야! 빨리 나을 생각부터 해야지!"

"…그라고 수현이헌테 너무 뭐라고 하지 말고잉… 갸 잘못 아니여…"

"한모 형님!"

한모는 졸음을 견디지 못하고 다시 눈꺼풀을 내리 깔았다. 좀비 바이러스의 전형적인 증상. 보통은 이 상태에서 데스랜드 오라가 활성화 되면, 다시 깨어나 좀비로 변한다.

태랑은 한모의 물린 부위를 유심히 살피더니 심각한 표정으로 말했다.

"은숙아."

"응."

"현재로서 괴사의 진행을 막는 방법은 한 가지 뿐이야."

"말해. 듣고 있어."

"…팔을 잘라야 해."

"……"

불길한 예감을 감지하던 은숙이 끝내 눈시울을 붉혔다.

"죄송합니다. 제가 그때 망설이지만 않았어도…"

수현이 죄책감에 고개를 들지 못하고 닭똥 같은 눈물을 흘렸다. 어깨를 움츠린 채 바르르 몸을 떠는 모습이, 잔뜩 혼이 나 벌 받는 아이 같았다.

태랑이 수현을 향해 말했다.

"수현이 고개 들어."

"한모 형이 그렇게 된 건 모두 저 때문이에요. 죄송합니다. 정말로 죄송합니다."

"내가 고개 들라고 했잖아!"

태랑의 일갈에 깜짝 놀란 수현이 움찔 고개를 쳐들었다. 갑작스런 태랑의 노성에 다들 입을 다물었다.

"너 이 자식, 정신 똑바로 안차려? 죄송하면 다야?"

"태, 태랑이 형…."

태랑은 수현의 쓸데없는 동정심으로 한모가 저 지경이 된 것에 몹시 화가 났다. 그러나 그보다 참을 수 없는 건 무작정 울고만 있는 수현의 태도였다.

수현은 평소에도 마음이 굳지 못했다. 곱상하게 생긴 얼굴처럼 성격 역시 여렸다. 저런 마인드면 언제고 같은 실수를 반복할 것이다. 이번에 따끔히 가르쳐야 한다.

그것은 수현을 위해서도, 모두를 위해서도 필요한 일이었다.

"자책만 하고 있으면 문제가 해결이 되냐? 눈물 당장 안 그쳐? 뭘 잘했다고 질질 짜고 있어, 사내새끼가!"

"오빠…."

"태랑아, 너무 혼내지 마. 수현이도 일부러 그런 건 아니잖아."

보다 못한 은숙이 성난 태랑을 말렸다.

지금 가장 힘든 사람은 누구보다 한모의 연인이던 그녀일 게 분명했다. 은숙의 만류에 태랑도 겨우 화를 누그러뜨렸다.

"네가 망설인 결과로 무슨 일이 벌어졌는지 똑똑히 기억해. 알겠어? 두 번 다시 이런 일이 생기면 절대 그냥 안 돼."

"네, 넷. 다신 안 그러겠습니다."

수현을 따끔하게 혼낸 태랑이 슬아에게 말했다.

"슬아, 대검 줘봐."

"정말 팔을 자르시게요?"

"지금이면 팔꿈치 아래까진 살릴 수 있어. 내일이 지나면 어깨 밑까지 못 쓰게 될 거고."

슬아가 내키지 않는 표정으로 군용대검을 건넸다. 날이 잘 선 군용 대검이 차갑게 번뜩였다. 은숙은 차마 쳐다보지 못하고 시선을 돌렸다.

〈3권에 계속〉